UM DRINK ANTES DA GUERRA

Série policial:

Réquiem caribenho — Brigitte Aubert
Bellini e a esfinge — Tony Bellotto
Bellini e o demônio — Tony Bellotto
Bilhete para o cemitério — Lawrence Block
O ladrão que achava que era Bogart — Lawrence Block
O ladrão que pintava como Mondrian — Lawrence Block
Punhalada no escuro — Lawrence Block
Uma longa fila de homens mortos — Lawrence Block
O destino bate à sua porta — James Cain
Nó de ratos — Michael Dibdin
Vendetta — Michael Dibdin
Edições perigosas — John Dunning
Impressões e provas — John Dunning
Máscaras — Leonardo Padura Fuentes
Jogo de sombras — Frances Fyfield
Tão pura, tão boa — Frances Fyfield
Achados e perdidos — Luiz Alfredo Garcia-Roza
Uma janela em Copacabana — Luiz Alfredo Garcia-Roza
O silêncio da chuva — Luiz Alfredo Garcia-Roza
Vento sudoeste — Luiz Alfredo Garcia-Roza
A noite do professor — Jean-Pierre Gattégno
Neutralidade suspeita — Jean-Pierre Gattégno
Transferência mortal — Jean-Pierre Gattégno
Continental Op — Dashiell Hammett
Pecado original — P. D. James
Uma certa justiça — P. D. James
Domingo o rabino ficou em casa — Harry Kemelman
O dia em que o rabino foi embora — Harry Kemelman
Sábado o rabino passou fome — Harry Kemelman
Sexta-feira o rabino acordou tarde — Harry Kemelman
Morte no Teatro La Fenice — Donna Leon
Dinheiro sujo — Ross Macdonald
Também se morre assim — Ross Macdonald
É sempre noite — Léo Malet
Assassinos sem rosto — Henning Mankell
O labirinto grego — Manuel Vázquez Montalbán
Os mares do Sul — Manuel Vázquez Montalbán
O quinteto de Buenos Aires — Manuel Vázquez Montalbán
O diabo vestia azul — Walter Mosley
Aranhas de ouro — Rex Stout
Clientes demais — Rex Stout
Cozinheiros demais — Rex Stout
Milionários demais — Rex Stout
Mulheres demais — Rex Stout
Ser canalha — Rex Stout
Serpente — Rex Stout
A noiva estava de preto — Cornell Woolrich
Casei-me com um morto — Cornell Woolrich

DENNIS LEHANE

UM DRINK ANTES DA GUERRA

Tradução:
LUCIANO VIEIRA MACHADO

COMPANHIA DAS LETRAS

Título original:
A drink before the war

Projeto gráfico de capa:
João Baptista da Costa Aguiar

Foto de capa:
Ricardo Hantzschel

Preparação:
Cláudia Cantarin

Revisão:
Ana Maria Barbosa
Carmen S. da Costa

Dados Internacionais de Catalogação na Publicação (CIP)
(Câmara Brasileira do Livro, SP, Brasil)

Lehane, Dennis
Um drink antes da guerra / Dennis Lehane ; tradução Luciano Viera Machado. — São Paulo : Companhia das Letras, 2001.

Título original : A drink before the war.
ISBN 85-359-0195-7

1. Ficção norte-americana I. Título.

01-5356 CDD-813.5

Índices para catálogo sistemático:
1. Ficção : Século 20 : Literatura norte-americana 813.5
2. Século 20 : Ficção : Literatura norte-americana 813.5

2001

EDITORA SCHWARCZ LTDA.
Rua Bandeira Paulista, 702, cj. 32
04532-002 — São Paulo — SP
Telefone: (11) 3846-0801
Fax: (11) 3846-0814
www.companhiadasletras.com.br

Este livro é dedicado a meus pais,
Michael e Ann Lehane,
e a Lawrence Corcoran, S. J.

AGRADECIMENTOS

Quando estava escrevendo este livro, as seguintes pessoas me ajudaram com sugestões, críticas, estímulo e entusiasmo, pelo que sempre lhes serei grato, de uma forma que certamente elas nem podem imaginar: John Dempsey, Mal Ellenburg, Ruth Greenstein, Tupi Konstan, Gerard Lehane, Chris Mullen, Courtnay Pelech, Ann Riley, Ann Rittenberg, Claire Wachtel e Sterling Watson.

NOTA DO AUTOR

Quase toda a ação deste livro se passa em Boston, mas tomamos algumas liberdades na representação da cidade e de suas instituições. Isso foi absolutamente intencional. O mundo representado aqui é fictício, como também são as personagens e os acontecimentos. Qualquer semelhança com acontecimentos e pessoas reais, vivas ou mortas, é mera coincidência.

Nas minhas lembranças mais remotas o fogo está sempre presente. Assisti ao incêndio de Watts, Detroit, e de Atlanta, no noticiário vespertino. Vi oceanos de manguezais e de palmeiras se desfazendo em napalm enquanto Cronkite falava de desarmamento multilateral e de uma guerra que perdera sua razão de ser.

Meu pai, que era bombeiro, sempre me acordava à noite para que eu pudesse ver nos noticiários as últimas imagens dos incêndios que ele ajudara a combater. Eu sentia seu cheiro de fumaça e de fuligem, o odor espesso de gasolina e de graxa e, sentado em seu colo na velha poltrona, achava-os agradáveis. Ele apontava com o dedo quando sua silhueta atravessava a tela, uma sombra indistinta recortada contra um fundo de vermelhos violentos e amarelos cintilantes.

À medida que eu crescia, parecia-me que também os incêndios cresciam, até que há pouco tempo Los Angeles se incendiou, e a criança que havia em mim se perguntava o que aconteceria se as cinzas e a fumaça se deslocassem para o nordeste, viessem parar aqui, em Boston, e contaminassem o ar.

No verão passado, tudo levava a crer que seria assim. O ódio chegou como um turbilhão, e demos a ele diversos nomes — racismo, pedofilia, justiça, retidão —, mas todas essas palavras não passavam de fita e papel colorido de um presente emporcalhado que ninguém queria abrir.

Pessoas morreram no verão passado. Quase todas inocentes. Algumas mais culpadas que outras.

E pessoas mataram no verão passado. Nenhuma delas era inocente. Sei disso; fui uma delas. Por trás do cano de um revólver, mergulhei o olhar em olhos dominados pelo medo e pelo ódio, e neles vi meu reflexo. Apertei o gatilho para fazer com que desaparecesse.

Ouvi o eco de meus tiros, senti o cheiro do explosivo e, na fumaça, continuei a ver o meu reflexo, e me dei conta de que sempre haveria de vê-lo.

1

O bar do Ritz-Carlton dá para o Public Gardens e exige que se use gravata. Já olhei para o Public Gardens de outros pontos de observação, sem gravata, e nunca tive problemas com isso, mas talvez o Ritz saiba de alguma coisa que eu ignoro.

Normalmente, em matéria de roupas, prefiro jeans e camiseta, mas eu estava a serviço, portanto era a vez deles, não a minha. Além do mais, eu estava um pouco atrasado na lavagem da roupa, e acho que meus jeans poderiam ter pulado no metrô e vindo me esperar aqui, sem me dar tempo de vesti-los. Peguei um Armani trespassado azul-escuro no meu closet — ganhei muitos de um cliente à guisa de pagamento —, meus sapatos, a gravata e a camisa adequadas e, num abrir e fechar de olhos, estava preparado para comer.

Ao atravessar a Arlington Street, lancei um rápido olhar à vitrine de vidro fumê do bar para ver como estava a minha aparência. O andar lépido, o brilho no olhar e nenhum fio de cabelo fora do lugar. Tudo estava bem no mundo.

Um porteiro jovem, de rosto tão liso que se poderia pensar que ele simplesmente pulara a puberdade, abriu a pesada porta de metal e me disse: "Seja bem-vindo ao Ritz-Carlton, senhor". E ele achava aquilo mesmo; sua voz tremia de orgulho pelo fato de eu ter escolhido seu tão gracioso hotelzinho. O jovem estendeu o braço num gesto largo para me mostrar o caminho — para o caso de eu não conseguir achá-lo sozinho — e, antes que eu pudesse agradecer, a porta se fechou atrás de mim: ele já estava chamando o melhor táxi do mundo para algum outro felizardo.

Meus sapatos soavam no pavimento de mármore com precisão militar, e os vincos impecáveis da minha calça se refletiam nos cinzeiros de latão. Sempre tenho a impressão de que vou encontrar Georges Reeves caracterizado como Clark Kent no hall do Ritz, ou quem sabe Bogey e Raymond Massey fumando juntos. O Ritz é um desses hotéis que mantêm uma opulência fora de moda: tapetes do Oriente espessos e luxuosos; balcões de carvalho reluzentes na recepção e na portaria; um vestíbulo que mais parece um hall de estação, pelo qual passavam autoridades políticas pachorrentas carregando destinos em suas maletas de couro fino, apinhado de duquesas bostonianas com casacos de pele, expressão de impaciência no rosto, manicure diária e um exército de empregados trajando uniformes azul-marinho empurrando pesados carrinhos metálicos de bagagens, acompanhados do deslizar suave das rodas nos tapetes grossos e macios. Independentemente do que acontece lá fora, quando estamos nesse hall e olhamos essas pessoas podemos acreditar que Londres ainda está sofrendo bombardeios aéreos.

Driblando o empregado do hotel junto do bar, eu mesmo abri a porta. Se ele se divertiu com esse gesto, não deu o menor sinal. Se estava vivo, tampouco se manifestou. De pé no tapete luxuoso, deixei que a porta se fechasse lentamente atrás de mim, e os avistei numa mesa do fundo, de frente para o Gardens. Ali estavam três homens que tinham influência bastante para melar o jogo político até o século XXI.

O mais jovem, Jim Vurnan, levantou-se sorrindo quando me viu. Jim é meu deputado; é o trabalho dele. Ele atravessou toda a extensão do tapete em três passadas largas, o sorriso de Jack Kennedy logo atrás da mão estendida. Apertei sua mão. "Olá, Jim."

"Patrick", disse ele como se tivesse passado o dia inteiro na pista de um aeroporto esperando minha volta de um campo de prisioneiros. "Patrick", repetiu. "Que bom que você pôde vir." Jim tocou em meu ombro e olhou para mim como se não tivesse me visto na véspera. "Você parece ótimo."

"Você está me dando uma cantada?"

Jim respondeu a isso com um riso jovial, muito mais jovial do que o gracejo merecia. Levou-me até a mesa. "Patrick Kenzie, senador Sterling Mulkern e senador Brian Paulson."

Jim pronunciou a palavra "senador" como algumas pessoas dizem Hugh Hefner, com uma reverência absolutamente descabida.

Sterling Mulkern era um homem gordo, de pele avermelhada, do tipo que carrega o próprio peso como uma arma, não como um aspecto negativo. Ele tinha uma massa de cabelos brancos e esticados sobre a qual podia pousar um DC-10, e um aperto de mão que só se detinha quando se estava à beira da paralisia. Era líder da maioria do senado de Massachusetts pelo menos desde a Guerra de Secessão, e não pensava em se aposentar. Ele disse: "Pat, meu velho, que bom ver você novamente". Também tinha um sotaque irlandês afetado que dera um jeito de conseguir crescendo em South Boston.

Brian Paulson era magro feito um palito, cabelos lisos cor de estanho e um aperto de mão úmido e sem vigor. Antes de sentar-se, esperou que Mulkern o fizesse, e eu me perguntei se ele pedira permissão para molhar toda a palma da minha mão de suor. Ele saudava com um movimento de cabeça e uma piscadela, como acontece com alguém que só saiu da sombra por um momento. Diziam, porém, que tinha a mente afiada por anos de serviço como pau-mandado de Mulkern.

Mulkern arqueou levemente as sobrancelhas e olhou para Paulson. Paulson arqueou as suas e olhou para Jim. Jim arqueou as suas e olhou para mim. Esperei uma fração de segundo e arqueei as minhas para todo mundo. "Eu faço parte do clube?"

Paulson pareceu confuso. Jim sorriu. Levemente. "Por onde devemos começar?", perguntou Mulkern.

Olhei para o bar, atrás de mim. "Com um drink?"

Mulkern soltou um riso alegre, e Jim e Paulson o acompanharam. Agora eu sabia de onde Jim tirara aquilo. Pelo menos eles não deram tapinhas nas coxas ao mesmo tempo.

"Claro", disse Mulkern. "Claro."

Ele levantou a mão e uma jovem incrivelmente encantadora, que uma placa dourada identificava como Rachel, apareceu junto ao meu cotovelo. "Senador! Em que posso servi-lo?"

"Você pode trazer um drink para este jovem", foi a sua resposta, algo entre um rosnado e um riso.

O sorriso de Rachel ficou ainda mais radiante. Ela deu um pequeno giro e baixou os olhos na minha direção. "O que o senhor gostaria de beber?"

"Uma cerveja. Vocês têm esse tipo de coisa aqui?"

Ela sorriu. Os políticos também. Eu me obriguei a continuar sério. Meu Deus, que lugar de gente feliz.

"Sim, senhor", ela respondeu. "Nós temos Heineken, Beck's, Molson, Sam Adams, St. Pauli Girl, Corona, Löwenbräu, Dos Equis..."

Interrompi antes que anoitecesse. "Uma Molson seria perfeito."

"Patrick", disse Jim cruzando as mãos e inclinando-se em minha direção. (Era hora de passar para os assuntos sérios.) "Temos um pequeno..."

"Enigma", completou Mulkern. "Um pequeno enigma em nossas mãos. E nós gostaríamos de resolvê-lo discretamente e esquecer."

Por alguns instantes, ninguém disse nada. Acho que estávamos todos surpresos por conhecer alguém que usava a palavra "enigma" numa conversa normal.

Fui o primeiro a recuperar-se do espanto. "O que vem a ser, exatamente, esse enigma?"

Mulkern reclinou-se na cadeira e ficou me observando. Rachel apareceu e pôs um copo gelado diante de mim, no qual colocou dois terços da Molson. Eu via os olhos negros de Mulkern fixos nos meus. Rachel me disse "Bom proveito" e foi embora.

O olhos de Mulkern estavam fixos em mim. Provavelmente só uma explosão o faria piscar. Ele disse: "Conheci bem o seu pai, meu caro. Melhor do que ele... bem, nunca conheci ninguém. Um verdadeiro herói".

"Ele sempre falava do senhor com carinho, senador."

Mulkern balançou a cabeça, o que era meio óbvio. "Uma pena que tenha partido tão jovem. Ele parecia vigoroso como Jack LaLane, mas", ele bateu no peito com os nós dos dedos, "nunca se pode saber a quantas anda o velho coração."

Meu pai perdera uma batalha de seis meses contra um câncer no pulmão, mas se Mulkern queria achar que ele morrera de infarto, quem ia se importar?

"E agora, aqui está o filho dele", continuou Mulkern. "Quase totalmente adulto."

"Quase", disse eu. "No mês passado cheguei a me barbear."

Jim dava a impressão de ter engolido um sapo. Paulson apertou os olhos.

"Certo, meu jovem, certo. Ponto para você", disse Mulkern com um sorriso radiante. Ele deu um suspiro. "Vou lhe dizer uma coisa, Pat: quando você chegar à minha idade, tudo, menos o dia de ontem, vai lhe parecer novo."

Balancei a cabeça sabiamente, sem entender nada.

Mulkern mexeu sua bebida, tirou o mexedor do copo e colocou-o delicadamente num guardanapo de coquetel. "Se entendi bem, quando se trata de encontrar uma pessoa, não existe ninguém melhor do que você", disse, movendo a mão bem aberta na minha direção.

Fiz que sim com a cabeça.

"Ah. Nada de falsa modéstia?", perguntou ele.

Dei de ombros. "É o meu trabalho. Tenho que ser bom nisso." Tomei uns golinhos da Molson, e o sabor agridoce picante se espalhou na minha língua. Não pela primeira vez, lamentei ter parado de fumar.

"Bem, rapaz, nosso problema é o seguinte: temos um projeto de lei muito importante que vai começar a ser debatido na próxima semana. Temos argumentos de peso, mas alguns métodos e efetivos de que nos valemos para reforçar esses argumentos poderiam ser... mal interpretados."

"Por exemplo?"

Mulkern balançou a cabeça sorrindo, como se eu tivesse dito "Muito bem, rapaz". "Mal interpretados", ele repetiu.

Decidi aceitar o jogo. "Existem documentos, registros por escrito, desses métodos e efetivos?"

"Ele é rápido", Mulkern disse a Jim e a Paulson. "Sim senhor. Rápido." Ele olhou para mim. "Documentos", disse, "exatamente, Pat."

Eu me perguntava se devia dizer a ele o quanto me irrita ser chamado de Pat. Talvez devesse começar a chamá-lo de Sterl para ver se ele se incomodava. Beberiquei mais um pouco da cerveja. "Senador, eu procuro pessoas desaparecidas, não coisas."

"Se me permite interromper", cortou Jim, "os documentos estão com uma pessoa que desapareceu há pouco tempo. Uma..."

"... ex-empregada de confiança da Câmara", completou Mulkern. Sua técnica da "mão-de-ferro em luva de pelica" funcionava perfeitamente bem. Nada, em seu comportamento, em suas palavras ou em seus modos, denunciava a censura, e no entanto Jim ficou com cara de cachorro surpreendido maltratando o gato. Ele tomou uma boa talagada de uísque, fazendo os cubos de gelo tilintarem nas bordas do copo. Tive a impressão de que dificilmente ele iria "se permitir" de novo.

Mulkern olhou para Paulson e este pegou sua pasta de documentos, da qual tirou um pequeno maço de papéis e o passou para mim.

A folha que estava em cima era uma fotografia, de baixíssima definição. Era a ampliação de uma foto da ficha de identificação do pessoal da Câmara. Mostrava uma mulher negra, em idade madura, com olhos e expressão de cansaço. Seus lábios eram ligeiramente entreabertos e repuxados, como se estivesse prestes a manifestar sua impaciência ao fotógrafo. Virei a página e vi uma fotocópia de sua carteira de motorista centralizada numa folha branca. Seu nome era Jenna Angeline. Tinha 41 anos, mas parecia ter cinqüenta. Sua carteira de motorista era de Massachusetts classe 3, sem restrições. Olhos castanhos e 1,67 metro de altura. Morava na Kenneth Street, número 412, em Dorchester; o número de seu registro na Previdência Social era 042-51-6543.

Olhei para os três políticos e meus olhos foram atraídos para o centro, na direção do olhar de Mulkern. "E...?", disse eu.

"Jenna era a faxineira do meu gabinete. E do de Brian também." Ele deu de ombros. "O fato de ser preta não me incomodava."

Mulkern era o tipo de pessoa que dizia "pretos" quando não se sentia muito à vontade, em determinadas rodas de interlocutores, para dizer o pejorativo "crioulos".

"Até que um dia...", falei.

"Até ela desaparecer, nove dias atrás."

"Férias sem aviso prévio?"

Mulkern olhou para mim como se eu tivesse afirmado que a tabela dos jogos de basquete interuniversitários fosse passível de alterações. "Quando tirou as tais férias, Pat, levou os documentos com ela."

"Uma leitura leve para a praia?", arrisquei.

Paulson bateu na mesa à minha frente. Forte. Estilo Paulson. "Isto não é brincadeira, Kenzie. Está entendendo?"

Olhei para a mão dele com um olhar de sono.

"Brian", disse Mulkern.

Paulson retirou a mão para verificar as marcas do chicote em seu dorso.

Encarei-o, ainda com olhos sonolentos — olhos mortos, como diz Angie — e voltei-me para Mulkern. "Como você sabe que ela levou os... documentos?"

Paulson desviou os olhos dos meus e fitou o seu martíni. Ainda estava intacto, ele não tinha tomado nem um gole. Provavelmente esperando permissão.

Mulkern disse: "Nós checamos. Pode acreditar. Não há ninguém mais que seja um suspeito lógico".

"Por que ela é?"

"O quê?"

"Um suspeito lógico."

Mulkern sorriu. Um pequeno sorriso. "Porque ela desapareceu no mesmo dia em que os documentos desapareceram. Como se pode saber, com gente dessa laia?"

"Hum hum", fiz.

"Você vai encontrá-la para nós, Pat?"

Olhei pela janela. Zé Feliz, o porteiro, empurrava alguém para dentro de um táxi. No Gardens um casal de meia-idade, com camisetas de *Cheers* combinando, tirava fotos e mais fotos da estátua de George Washington. Certamente iam fazer o maior sucesso quando voltassem para o interior. Sentado na calçada, um bêbado apoiava a mão numa garrafa; a outra, ele mantinha estendida, firme como uma rocha, esperando algumas moedas. Passavam mulheres bonitas aos montes.

"Eu sou caro", respondi.

"Sei disso", disse Mulkern. "Por que você continua morando no bairro velho?" Disse aquilo como se quisesse me fazer acreditar que seu coração ainda morava ali, como se para ele não se tratasse apenas de um caminho alternativo quando o trânsito ficava engarrafado.

Esforcei-me para encontrar uma resposta. Alguma coisa que tivesse a ver com minhas raízes, com terra natal. Mas afinal disse-lhe a verdade:

"O aluguel do meu apartamento é barato."

Ao que parece, a resposta lhe agradou.

2

O bairro velho é o setor do Edward Everett Square, em Dorchester. Fica a pouco menos de oito quilômetros do centro de Boston propriamente dito, o que significa, num dia de trânsito fácil, que se leva apenas meia hora de carro para se chegar lá.

Meu escritório é o campanário da igreja de são Bartolomeu. Nunca consegui descobrir o que aconteceu com o sino da torre, e as freiras que lecionam na escola paroquial ao lado se recusam a me dizer. As mais velhas simplesmente não me respondem, e as mais jovens parecem achar minha curiosidade divertida. A irmã Helen certa vez me disse que ele fora levado dali "por um milagre". Palavras dela. A irmã Joyce, com quem cresci, sempre me diz que ele "se extraviou", e me dá um sorriso maroto de que não se imagina serem as freiras capazes. Sou um detetive, mas as freiras são capazes de mandar Sam Spade para um asilo com suas respostas evasivas.

No dia seguinte àquele em que consegui minha licença de investigador, o ministro da igreja, padre Drummond, me perguntou se eu me incomodaria em dar um pouco de segurança ao lugar. Alguns infiéis tinham voltado a invadir a igreja para roubar cálices e círios, e, nas palavras do padre, "Essa merda tem que acabar". Ele me oferecia três refeições por dia na casa paroquial — e esse foi meu primeiríssimo caso — e as graças de Deus, se eu me instalasse no campanário e esperasse o próximo arrombamento. Disse-lhe que eu não era tão barato. Pedi para usar a torre até encontrar um lugar onde pudesse instalar o meu próprio escritório. Para um padre, até que ele cedeu com facilidade. Quando vi o estado em que se encontrava a sala — abandonada por nove anos —, entendi por quê.

Angie e eu conseguimos encaixar duas escrivaninhas na sala. E duas cadeiras. Quando percebemos que não havia espaço para um arquivo, levei de volta todos os meus velhos arquivos para casa. Fizemos a extravagância de comprar um computador, colocamos tudo o que pudemos em disquetes, empilhamos alguns dos arquivos mais recentes em nossas mesas. Isso impressiona os clientes, quase o bastante para fazê-los esquecer a sala. Quase.

Angie estava sentada à sua mesa quando alcancei o último degrau. Estava ocupada em ler com toda atenção o correio sentimental de Ann Landers, por isso entrei sem fazer barulho. A princípio ela não notou a minha presença — Ann deve ter deparado com um caso bem sério —, e aproveitei a oportunidade para observá-la em um de seus raros momentos de serenidade.

Seus pés estavam apoiados na mesa, calçados num par de botas de camurça preta à la Peter Pan e com as bainhas da calça jeans cinza-escura enfiadas nelas. Acompanhei com o olhar as longas pernas até a camiseta branca, larga, de algodão. Todo o resto de seu corpo estava escondido por trás do jornal, exceto uma vista parcial da cabeleira espessa e abundante, cor de piche lavado pela chuva, que caía sobre seus braços azeitonados. Por trás do jornal havia um pescoço fino que tremia quando ela fingia não rir de uma de minhas brincadeiras, um queixo voluntarioso e uma pintinha marrom quase microscópica do lado esquerdo, um nariz aristocrático que não combinava nem um pouco com sua personalidade, e olhos cor de caramelo derretido. Olhos nos quais a gente podia mergulhar sem pestanejar.

Não tive oportunidade de vê-los, porém. Ela pôs o jornal na mesa e me olhou através de um par de Wayfarers escuros. E eu duvidava que ela fosse tirá-los tão cedo.

"Ei, Skid", disse ela, pegando um cigarro do maço que estava em sua mesa.

Angie é a única pessoa que me chama de "Skid". Provavelmente porque é a única pessoa que estava comigo, no carro de meu pai, na noite em que o enfiei num poste em Lower Mills, há treze anos.*

"Oi, minha linda", respondi antes de deslizar para a minha cadeira. Acho que não sou o único a chamá-la de "minha linda", mas é força do hábito. Ou a constatação de um fato — vocês escolhem. Fiz um gesto com a cabeça em direção aos óculos escuros. "Você se divertiu muito ontem à noite?"

Ela deu de ombros e olhou pela janela. "Phil ficou bebendo."

Phil é o marido de Angie. Phil é um cretino.

Foi isso o que lhe disse.

"É, bem..." Ela pegou uma ponta da cortina e ficou balançando-a pra lá e pra cá. "O que você quer fazer em relação a isso, hein?"

"O que já fiz antes", respondi. "E isso só me deixa muito feliz."

Ela inclinou a cabeça de forma que os óculos escuros escorregassem até a pequena protuberância no meio do nariz, descobrindo uma marca escura que ia do canto do olho esquerdo à têmpora. "E quando você fizer isso", disse ela, "ele vai voltar para casa novamente e fazer com que isto aqui pareça um tapinha de amor." Então puxou os óculos para a altura dos olhos. "Diga-me que estou errada." Sua voz era alegre, mas dura como o sol do inverno. Detesto essa voz.

"Como quiser", disse eu.

"É isso aí."

(*) *To skid* significa "derrapar". (N. T.)

Angie, Phil e eu crescemos juntos. Angie e eu, melhores amigos. Angie e Phil, melhores amantes. Às vezes as coisas acontecem assim. Nem sempre, na minha experiência, graças a Deus, mas às vezes. Há alguns anos, Angie veio ao escritório com óculos escuros e duas bolas pretas no lugar onde deviam estar os olhos. E com uma bela coleção de contusões nos braços e no pescoço e um galo de três centímetros na parte de trás da cabeça. Meu rosto deve ter traído minhas intenções, porque as primeiras palavras que saíram de sua boca foram "Patrick, seja razoável". Não parecia ser a primeira vez, e não era mesmo. Mas foi a pior delas e então, quando encontrei Phil no Jimmy's Pub em Uphams Corner, tomamos uns tragos razoáveis, jogamos uma ou duas partidas razoáveis de bilhar e pouco depois eu toquei no assunto; ele respondeu com um "Por que diabos você não cuida lá das suas putas e me deixa em paz, Patrick?". Por pouco não o matei com uma tacada de bilhar, também muito razoável.

Por alguns dias fiquei muito satisfeito comigo mesmo por ter feito aquilo. É possível, embora eu não me lembre, que tenha tido algumas fantasias com Angie e eu num estado de felicidade conjugal. Então Phil saiu do hospital e Angie faltou ao trabalho durante uma semana. Quando ela veio trabalhar, estava se movendo com todo cuidado e arfava toda vez que sentava ou levantava. Ele só lhe poupou o rosto, mas todo seu corpo estava arroxeado.

Ela passou duas semanas sem falar comigo. Duas semanas é muito tempo.

Naquele momento eu a observava, e ela estava olhando pela janela. Mais uma vez me perguntei por que uma mulher como aquela — uma mulher que não deixava absolutamente ninguém pisar em seus calos, uma mulher que mandou dois balaços num durão como Bobby Royce quando ele resistiu aos nossos gentis esforços para levá-lo de volta ao xadrez — deixava que o marido fizesse dela um saco de pancadas. Bobby Royce nunca mais se levantou e eu sempre me perguntava quando chegaria a vez de Phil. Mas, até aquele dia, não tinha chegado.

E ouvi a resposta à minha pergunta naquele tom brando e cansado que ela usava quando falava do marido. Ela simplesmente o amava. Deve haver um lado da personalidade dele que com certeza já não consigo ver, mas que se revela à mulher em seus momentos de intimidade e brilha como o Santo Graal. Deve ser isso, porque nada mais em seu relacionamento faz o menor sentido para mim e para as pessoas que a conhecem.

Ela abriu a janela e jogou o cigarro fora. Garota da cidade, até a medula. Esperei que um dos alunos dos cursos de verão gritasse ou que uma freira subisse as escadas bufando, a fúria divina no olhar, uma bagana de cigarro acesa na mão. Não aconteceu nem uma coisa nem outra. Angie se afastou da janela aberta, e a brisa fresca do verão trouxe para a sala o cheiro de fumaça de escapamento, de liberdade e das pétalas de lilases que cobriam o pátio da escola.

"Então", disse ela reclinando-se na cadeira, "estamos empregados de novo?"

"Estamos empregados de novo."

"Uau!", fez ela. "A propósito, que belo terno."

"Dá vontade de transar comigo no ato, não dá?"

"Oh, não", Angie respondeu balançando a cabeça devagar.

"Você não sabe onde estive, é isso."

Ela balançou a cabeça novamente. "Eu sei exatamente onde você esteve, Skid, e aí é que está o problema."

"Puta", eu disse.

"Sem-vergonha." Ela me mostrou a língua. "E o caso, o que é?"

Tirei os papéis sobre Jenna Angeline do bolso interno e os joguei em sua mesa. "É um caso simples de achar alguém e ligar ao cliente para avisar."

Ela examinou os papéis atentamente. "Por que alguém se importaria com o desaparecimento de uma faxineira de meia-idade?"

"Parece que desapareceram alguns documentos com ela. Documentos da Câmara."

"Sobre o quê?"

Dei de ombros. "Você sabe como são esses políticos. Tudo é secreto como a bomba de Los Alamos, até a coisa explodir."

"Como eles sabem que foi ela que pegou os documentos?"

"Olhe a foto."

"Ah", fez Angie balançando a cabeça. "Ela é negra."

"Para muita gente, isso já é uma prova."

"Mesmo para o liberal de plantão no Senado?"

"O liberal de plantão no Senado é só mais um racista de Southie* quando não está dando plantão na Câmara."

Contei a Angie como fora a reunião, sobre Mulkern e seu fiel cãozinho Paulson, sobre os empregados do Ritz que se comportavam como verdadeiras Polianas.

"E o deputado James Vurnan, como é que ele estava na companhia desses chefes de Estado?"

"Você já viu aquele desenho animado que tem um cachorrão e um cachorrinho? O cachorrinho passa o tempo todo arquejando, pulando de um lado para o outro e perguntando ao cachorrão: "Pra onde a gente vai, Butch? Pra onde a gente vai, Butch?"."

"Vi."

"Pois era igual."

Ela ficou mordendo um lápis, depois começou a bater com ele nos dentes. "Então você me deu uma versão do 'ratinho que fica observando de um canto'. O que foi que aconteceu de verdade?"

"Foi só isso."

"Você confia neles?"

"De jeito nenhum."

"Quer dizer então que aí tem dente de coelho, detetive?"

(*) Southie: bairro popular de Boston, de população predominantemente irlandesa. (N. T.)

Dei de ombros. "Eles são parlamentares eleitos. No dia em que falarem toda a verdade, as putas vão dar de graça."

Ela sorriu. "Como sempre, suas comparações são uma maravilha. O produto de uma educação refinada, isso é o que você é." Seu sorriso foi se tornando cada vez mais largo enquanto ela me fitava, batendo o lápis no dente esquerdo da frente, o que é ligeiramente trincado. "E aí, qual é o resto da história?"

Afrouxei minha gravata o bastante para passar pela cabeça. "Uma pergunta difícil de responder."

"Grande detetive", disse ela.

3

Jenna Angeline, como eu, nasceu e cresceu em Dorchester. O visitante ocasional da cidade poderia pensar que isso constituiria um belo denominador comum entre mim e Jenna, um elo — embora pequeno — determinado pela geografia: um mesmo ponto de partida para dois corredores diferentes. Mas o visitante ocasional estaria errado. O Dorchester de Jenna Angeline e o meu Dorchester tinham tanto em comum como Atlanta, Geórgia, e a Geórgia russa.

O Dorchester em que cresci era operário, e quase todos os bairros que o constituíam eram definidos por suas igrejas católicas. Os homens eram contramestres, líderes de turnos, fiscais de condicional, técnicos de telefone ou, como meu pai, bombeiros. As mulheres eram donas-de-casa; algumas tinham empregos de meio expediente, outras tinham diploma de professora obtido em universidades públicas. Nós todos éramos irlandeses ou poloneses, ou parecidos o bastante para passarmos por uns ou outros. Éramos todos brancos. Quando teve início o processo de dessegregação federal nas escolas públicas, em 1974, a maioria dos homens se pôs a fazer horas extras, a maioria das mulheres passou a trabalhar em horário integral e a maioria das crianças começou a estudar em escolas secundárias católicas e particulares.

Esse Dorchester mudou, naturalmente. O divórcio — de que a geração de meu pai praticamente nunca ouviu falar — agora é algo banal para a minha, e conheço muito menos vizinhos do que conhecia antigamente. Mas continuamos tendo acesso aos empregos sindicalizados e em geral conhecemos algum deputado que nos arruma um emprego público. De certa forma, temos os nossos pistolões.

O Dorchester de Jenna Angeline é pobre. Os bairros, quase sempre, são definidos pelos parques públicos e pelos centros sociais da comunidade neles compreendidos. Os homens são estivadores e atendentes de enfermagem, alguns são funcionários dos correios, um ou outro é bombeiro. As mulheres são atendentes de enfermagem, caixas, faxineiras, balconistas de loja. Alguns também são enfermeiros, policiais e funcionários públicos, mas o mais provável é que, se conseguiram chegar tão alto, já tenham se mudado de Dorchester. Já terão mudado para Dedham, Framingham ou Brockton.

No meu Dorchester, você fica por causa da comunidade e da tradição, porque construiu uma vida confortável, embora um pouco pobre, na qual quase nada muda. Uma aldeia.

No Dorchester de Jenna Angeline, as pessoas ficam porque não têm escolha.

Em nenhum outro lugar é mais difícil de estabelecer as diferenças entre esses dois Dorchester — o Dorchester Branco e o Dorchester Negro — que no Dorchester Branco. Isso é especialmente verdade no que se refere ao meu bairro, porque é um dos bairros limítrofes. A partir do momento em que atravessa o Edward Everett Square indo na direção sul, leste ou oeste, você se encontra no Dorchester Negro. Assim, as pessoas, por aqui, têm muita dificuldade de aceitar as diferenças a não ser em termos de negro e branco. Um sujeito com quem cresci exprimiu isso de uma forma que não podia ser mais clara: "Olhe, Patrick", disse ele, "chega dessa bobagem. Eu cresci em Dorchester. Cresci pobre. Ninguém nunca me deu nada. Meu velho se foi quando eu era menino, exatamente como acontece com muitos negros do 'Bury. Ninguém me pediu que aprendesse a ler, que arranjasse um emprego ou que fosse alguma coisa na vida. Ninguém me beneficiou com leis de cotas para trabalhadores negros, pode acreditar. Nem por isso peguei uma Uzi, entrei numa gangue ou me pus a atirar nas pessoas na rua. Então, não me venha com essas bobagens. Eles não têm nenhuma desculpa".

Os habitantes do Dorchester Branco sempre chamam o Dorchester Negro de "o Bury". É a forma abreviada de Roxbury, a parte de Boston que começa onde termina o Dorchester Negro, e onde, todo fim de semana, eles carregam uma média de oito cadáveres de crianças negras em rabecões. O Dorchester Negro deixa também seus jovens com certa regularidade, e os habitantes do Dorchester Branco se recusam a chamá-lo de outro nome que não "o Bury". Alguém simplesmente se esqueceu de mudar o nome nos mapas.

Há um fundo de verdade no que meu amigo diz, por ínfimo que seja, e a verdade me dá medo. Quando ando de carro por meu bairro, vejo pobres, porém não vejo pobreza.

Quando andei de carro no bairro de Jenna, vi muita pobreza. Vi o bairro como uma enorme e horrenda ferida, com muitas vitrines cobertas com tábuas. Vi uma ainda sem tábuas, mas que de qualquer modo estava fechada. A vitrine fora quebrada e os buracos de bala cobriam as paredes de acnes letais. O interior havia sido queimado e estava completamente destruído, e a placa de fibra de vidro onde antes se lia DELICATESSEN em vietnamita fora estilhaçada. O comércio de pratos prontos para viagem já não era o mesmo no bairro, mas o comércio de crack parecia ir muito bem, obrigado.

Saí da Blue Hill Avenue e peguei uma estrada esburacada que parecia não ter sido asfaltada desde o governo Kennedy. O sol estava se pondo, vermelho-sangue, por trás de um jardim coberto por mato em decomposição, no alto da colina. Um grupo de crianças negras pouco loquazes atravessou a rua na minha frente, bem devagar, olhando para dentro do meu carro. Eram quatro, e um deles segurava um cabo de vassoura na mão. Ele virou a cabeça para me olhar e bateu o cabo de vassoura com força na calçada. Um de seus companheiros, que quicava uma bola de tênis na sua frente, sorriu e apontou para o meu pára-brisa em sinal de advertência. Eles ignoraram a calçada e cortaram por um beco entre duas construções baixas. Continuei a subir a colina, e algum instinto primitivo me tranqüilizou: minha arma pesava no coldre, no meu ombro esquerdo.

Minha arma, como diria Angie, "não é pouca porcaria". É uma magnum 44 automática — uma "automag", como eles se comprazem em dizer em *Soldier of fortune* e em outras publicações do mesmo calibre — e eu não a comprei por causa de um complexo fálico ou de uma síndrome de Clint Eastwood, nem porque queria possuir o maior berro da redondeza. Eu a comprei por uma razão muito simples: sou um péssimo atirador. Preciso ter certeza de que, se algum dia eu precisar usá-la, vou acertar no alvo e de forma que ele caia e não se levante mais. Atire um projétil calibre 32 no braço de certas pessoas e isso só lhes dará raiva. Atire nelas no mesmo lugar com a automag e elas vão querer chamar um padre.

Atirei com ela duas vezes. Uma vez quando um sociopata com QI negativo, e só um pouco maior que o estado de Rhode Island, queria que eu lhe mostrasse como eu era durão. Ele descera do carro, estava a dois metros de mim e se aproximava velozmente, quando dei um tiro e a bala atravessou o bloco do motor. Ele olhou para o seu Cordoba como se eu tivesse acertado seu cachorro e só faltou chorar. Mas o vapor que saía do metal rompido o convenceu de que existiam, no vasto mundo, coisas mais duras que nós dois.

A segunda vez foi em Bobby Royce. Ele estava com as mãos no pescoço de Angie e eu lhe arranquei um boa lasca de perna. Vou dizer uma coisa sobre Bobby Royce: ele conseguiu se levantar. Apontou sua arma para mim e ainda a manteve assim mesmo depois que as duas balas de Angie o acertaram, perfuraram e o jogaram contra um hidrante e que a luz de seus olhos se apagara. Bobby Royce chegou à rigidez cadavérica com a arma apontada para mim, olhos mortos e apagados, não muito diferentes do que eram quando ele ainda respirava.

Eu trajava um casaco de linho cinza-pérola mal-ajambrado quando parei o carro diante do último endereço conhecido de Jenna. O casaco era grande demais e escondia totalmente a arma. Os adolescentes sentados em cima dos carros na frente da casa de Jenna não perceberam nada. Quando eu estava atravessando a rua em sua direção, um deles disse: "Ei, tira, onde estão seus reforços?".

A menina ao seu lado brincou. "Embaixo do casaco, Jerome."

Eles eram nove. Metade deles sentada no porta-malas de um Chevy Malibu azul desbotado, com uma trava amarelo brilhante amarrada ao pneu da frente, porque o dono não tinha comprado o cartão de zona azul. Os demais estavam sentados no capô do carro atrás do Malibu, um Granada verde-vômito. Dois meninos desceram dos carros e começaram a subir a rua depressa, cabeças baixas, passando a mão na testa.

Parei ao lado dos carros. "Jenna está em casa?"

Jerome sorriu. Era magro e rijo, mas tinha uma postura descansada; usava camiseta roxa, short branco e Air Jordan pretos. Ele disse "Jenna está em casa?" com voz de falsete. "Como se ele e Jenna fossem velhos amigos." Os outros riram. "Não, cara, Jenna saiu e só volta à noite." Ele olhou para mim e coçou o queixo. "Mas eu estou aqui e respondo por ela. Por que você não deixa um recado comigo?"

Os outros meninos caíram na gargalhada àquele "respondo por ela".

Também achei engraçado, mas tinha que dar a impressão de que controlava a situação. Eu disse "Tipo meu representante fala com o dela?".

Jerome olhou para mim impassível. "É, cara, é isso mesmo. Do jeito que você quiser."

Mais gargalhadas. Muitas mais.

Este sou eu, Patrick Kenzie, que sabe lidar com os jovens. Passei entre os dois carros, o que é difícil quando ninguém se afasta para dar passagem, mas consegui. "Obrigado pela ajuda, Jerome."

"Não precisa agradecer, cara. É só uma faceta da minha maravilhosa personalidade."

Comecei a subir os degraus do edifício de dois andares onde morava Jenna. "Vou falar bem de você quando encontrar Jenna."

"É uma puta gentileza de sua parte", disse Jerome quando eu estava abrindo a porta do hall de entrada.

Jenna morava no segundo andar. Subi os degraus com dificuldade, sentindo os odores comuns a todos esses pequenos edifícios de dois andares da periferia — madeira rachada e queimada de sol, pintura velha, areia higiênica para gatos, madeira e linóleo encharcados, décadas a fio, de neve derretida e de lama de botas molhadas, de cerveja e de soda derramadas, das cinzas de milhares de cigarros jogados no chão. Eu tinha o cuidado de não tocar no corrimão. Ele dava a impressão de que iria cair aos pedaços.

Entrei no corredor do segundo andar e fui até a porta de Jenna, ou ao que restava dela. Alguma coisa fizera estourar a madeira junto à maçaneta, que estava caída no chão, num monte de lascas de madeira. Uma olhadela no corredor à minha frente revelou um fino linóleo verde-escuro sobre o qual jaziam pernas de cadeiras quebradas, uma gaveta podre, algumas peças de roupa rasgadas, enchimento de travesseiro, as peças de um pequeno rádio transistor.

Saquei minha arma e fui entrando devagarinho, examinando, de arma apontada, cada porta. A casa tinha aquela quietude que só existe quando não resta mais nada vivo em seu interior, mas eu já me deixara enganar por aquele tipo de quietude, e meu queixo remendado era uma prova disso.

Levei dez minutos de busca cuidadosa e obstinada para chegar à conclusão de que o lugar estava mesmo vazio. Àquela altura, minha pele estava coberta de suor, minhas costas doíam, e os músculos das mãos e dos braços estavam bambos.

Deixei a mão que segurava a arma pender frouxa e de novo andei por todo o apartamento, mais descontraído, reexaminando cada uma das peças, olhando cada coisa com mais atenção. Nada saiu do quarto dançando na minha frente com um letreiro de néon indicando ISTO É UMA PISTA!!! No banheiro também não. A cozinha e a sala de estar também não ajudaram muito. Tudo o que eu sabia era que alguém andara procurando alguma coisa e que não tivera a menor preocupação em ser cuidadoso. Nada que pudesse ser quebrado estava inteiro, nada que pudesse ser rasgado estava intacto.

Voltei para o corredor e ouvi um ruído à minha direita. Voltei-me e por trás do cano da arma eu vi Jerome. Ele se agachou, as mãos cobrindo o rosto. "Oh, não!! Não atire, porra!"

"Meu Deus", disse eu, aliviado e exausto de tanta adrenalina.

"Puta que o pariu!" Jerome ficou de pé novamente e, sabe-se lá por quê, passou a mão na camiseta e alisou as bainhas de seu short. "Diabo! Para que você carrega esse troço assim? Faz uma cara que eu não vejo um elefante aqui no pedaço."

Dei de ombros. "O que você está fazendo aqui?"

"Ei, bacana, eu moro neste bairro. Acho que você é que precisa de uma desculpa. E guarde a porra dessa arma."

Recoloquei o revólver no coldre. "O que aconteceu aqui, Jerome?"

"Agora você me pegou", disse Jerome entrando e olhando a bagunça como se já a tivesse visto centenas de vezes. "Faz mais de uma semana que a velha Jenna não aparece por aqui. Isso aconteceu no fim de semana." Ele adivinhou minha pergunta seguinte. "E ninguém viu nada, cara."

"Não é de estranhar", comentei.

"Ah, deve ser porque as pessoas do seu bairro passam a vida indo atrás dos tiras para dar informações."

"Não quando as coisas vão bem para elas", respondi sorrindo.

"Hum hum", fez Jerome. Ele olhou para a bagunça novamente. "Esse troço tem a ver com o Roland. Só pode ser."

"Quem é Roland?"

Ele deu uma risadinha e me fitou. "Bem, é isso."

"Não. Estou falando sério. Quem é Roland?"

Jerome deu meia-volta e começou a sair. "Vá embora, doutor."

Segui-o, descendo a escada. "Quem é Roland, Jerome?"

Ele foi balançando a cabeça até o térreo. Ao chegar à escada externa, onde seus amigos estavam espalhados pelos degraus, moveu o polegar para trás na minha direção, quando eu estava passando pela porta. "Ele está perguntando quem é Roland."

Seus amigos caíram na gargalhada. Eu devia ser o branco mais engraçado que eles tinham visto nos últimos tempos.

A maioria se levantou quando cheguei aos degraus. A menina disse: "Você quer saber quem é Roland?".

Desci metade dos degraus. "Eu quero saber quem é Roland."

Um dos rapazes mais encorpados deu uma estocada com o dedo no meu ombro. "Roland, velho, é o seu pior pesadelo."

"Pior que a tua mulher", a menina falou.

Todos riram, e eu desci os degraus e passei entre o Malibu azul e o Granada verde.

"Fique longe de Roland", disse Jerome. "O que mata um elefante não perturba Roland. Porque ele não é humano."

Eu parei, me voltei, apoiando a mão no Malibu. "O que ele é então?"

Jerome deu de ombros, cruzou os braços sobre o peito. "Ele é mau, só isso. É mau a não poder mais."

4

Logo que voltei ao escritório, pedimos comida chinesa e fizemos um balanço do dia.

Angie se encarregou de examinar os papéis, enquanto eu seguia a pista material. Eu disse a ela aonde minha investigação nos levara, coloquei os nomes "Jerome" e "Roland" na primeira página de nosso arquivo, e o passei para o computador. Escrevi também "Arrombamento" e "Motivo?", sublinhando esta última palavra.

A comida chinesa chegou e nos pusemos a trabalhar obstruindo nossas artérias e obrigando nossos corações a trabalhar em dobro. Angie me deu os resultados do exame dos documentos, entre bocados de arroz frito com carne de porco e de *chow mein*. No dia seguinte ao do desaparecimento de Jenna, Jim Vurnan andara por restaurantes e lojas próximos à Beacon Street e da Câmara para ver se ela estivera nesses lugares recentemente. Ele não a encontrou, mas numa casa de frios de Somerset conseguiu com o proprietário um de seus recibos de cartão de crédito. Jenna pagara um sanduíche de presunto e uma Coca com um cartão Visa. Angie pegou esse recibo e, recorrendo à técnica do "Bom dia, eu sou (inserir o nome da pessoa em questão) e parece que perdi meu cartão de crédito", descobriu que Jenna possuía só um cartão Visa, não tinha bons antecedentes em matéria de crédito (um problema com uma empresa de cobrança em 1981) e usara o cartão pela última vez no dia 19 de junho, o primeiro dia em que faltara ao trabalho, no Bank of Boston, na esquina da Clarendon com a St. James, para pegar um empréstimo de duzentos dólares. Então Angie ligou para o Bank of Boston dizendo ser representante do American Express. A senhora Angeline fizera um pedido de cartão de crédito, seria possível verificar a sua conta?

Que conta?

Ela teve a mesma resposta em todos os bancos para os quais ligou. Jenna Angeline não tinha conta em banco. Isso não me incomoda nem um pouco, mas torna a pessoa mais difícil de ser encontrada.

Eu já estava prestes a perguntar se Angie não havia esquecido algum banco, mas ela levantou a mão e conseguiu articular um "Ainda não acabei" por cima da costelinha de porco restante. Ela limpou a boca com o guardanapo e engoliu. Depois tomou um gole de cerveja e disse: "Você lembra de Billy Hawkins?".

"Claro." Billy estaria passando uma temporada de dez anos na penitenciária de Walpole se não tivéssemos demonstrado que ele tinha um álibi.

"Bem, Billy agora trabalha para a Western Union num desses postos de Checagem de Crédito Automática." Angie se recostou na cadeira, satisfeita.

"E então?"

"Então o quê?" Ela estava se divertindo.

Peguei uma costelinha de porco e levantei o braço.

Ela levantou as mãos. "OK, OK. Billy vai fazer uma pesquisa para nós para saber se ela usou algum de seus postos. Ela não pode ter sobrevivido desde o dia 19 com duzentos dólares. Pelo menos não nesta cidade."

"E quando Billy vai dar um retorno?"

"Hoje não dava para fazer nada. O chefe dele iria ficar desconfiado se ele continuasse no trabalho depois do seu turno, que iria acabar dali a cinco minutos. Ele vai fazer isso amanhã. Disse que vai nos ligar por volta do meio-dia."

Assenti com a cabeça. Por trás de Angie o céu escuro tingia-se de quatro raias escarlate, e a brisa leve soprava os cabelos finos detrás das orelhas dela, fazendo-os roçar nas maçãs de seu rosto. Van Morrison cantava sobre "o louco amor" no aparelho de som atrás de mim, e lá estávamos nós sentados naquele escritório abarrotado, olhando um para o outro, experimentando o bem-estar provocado pela pesada comida chinesa, pelo dia úmido e pela satisfação de saber de onde viria o nosso próximo pagamento. Ela sorriu, um riso ligeiramente embaraçado, mas não desviou os olhos, e recomeçou a bater o lápis contra o dente trincado.

Deixei que a calma pairasse sobre nós por uns bons cinco minutos antes de dizer: "Venha para casa comigo".

Ela balançou a cabeça, ainda sorrindo, e girou um pouco a cadeira.

"Vamos. Vamos assistir televisão um pouco, conversar sobre os velhos tempos..."

"Tem uma cama em algum lugar nessa história. Eu sei."

"Só como um lugar para dormir. A gente pode se deitar e... conversar."

Ela sorriu. "Hum hum. E que vamos fazer com todas aquelas coisinhas lindas que costumam ficar plantadas na sua porta e ocupar seu telefone?"

"Quem?", perguntei inocentemente.

"Quem? Donna, Beth, Kelly, a garota da bunda, Lauren..."

"Que garota da bunda?"

"Você sabe quem é. A italiana. Aquela que faz", sua voz subiu umas duas oitavas, "'Ooooh, Patrick, a gente pode tomar um banho de espuma agora? Hiii!'. É essa."

"Gina."

Ela fez que sim com a cabeça. "Giiina. É essa mesmo."

"Eu trocaria todas elas por uma noite com..."

"Sei disso, Patrick. Espero que você não ache que isso seja motivo de orgulho."

"Bem, mamãe..."

Ela sorriu. "Patrick, o principal motivo que o faz pensar estar apaixonado por mim é que você nunca mais me viu nua..."

"Desde..."

"Faz treze anos", ela apressou-se em dizer, "e ambos já chegamos à conclusão de que isso é coisa do passado. Além disso, treze anos para uma mulher é uma vida."

"Você diz isso como se fosse uma coisa ruim."

Ela voltou os olhos para mim. "Então", disse ela, "o que temos para fazer amanhã?"

Dei de ombros, bebi um pouco de cerveja da lata. Definitivamente, o verão havia chegado: ela estava com gosto de chá. Van acabara de cantar o "amor louco" e entrava no "místico". Eu disse: "Acho que a gente deve esperar que Billy ligue, e, se ele não ligar, ligamos pra ele ao meio-dia".

"Isso quase se parece com um plano." Ela bebeu a cerveja, depois olhou para a lata fazendo uma careta. "Ainda temos outras geladas?" Estendi a mão para minha cesta de papéis, que também funcionava como geladeira, e joguei uma para ela. Angie a abriu e tomou um gole.

"O que vamos fazer quando encontrarmos Angeline?"

"Não faço idéia. Na hora a gente vê."

"Você é muito bom nisso."

Fiz que sim com a cabeça. "É por isso que eles me deixam portar uma arma."

Ela o viu antes de mim. Sua sombra estendeu-se no chão, e foi subindo pelo lado direito do rosto dela. Phil. O Bundão.

Eu não tinha cruzado com ele desde que o mandara para o hospital havia três anos. Ele estava com uma aparência melhor do que naquela ocasião — estendido no chão com as mãos nas costelas, tossindo sangue na serragem do soalho —, mas ainda parecia um bundão. Tinha uma cicatriz feia perto do olho esquerdo, cortesia daquele razoável taco de bilhar. Não tenho bem certeza, mas acho que arreganhei os dentes quando o percebi.

Ele não quis olhar para mim; olhava para ela. "Eu estava lá embaixo buzinando há uns dez minutos, bem. Você não me ouviu?"

"Tem muito barulho aí fora e..." Ela apontou para o aparelho de som, mas Phil preferiu não olhar porque se o fizesse teria de olhar para mim.

"Podemos ir?"

Ela fez que sim, levantou-se e tomou o resto da cerveja numa longa golada. Aquilo não alegrou nem um pouco Phil. E foi pior ainda quando ela jogou a lata vazia na minha direção e eu a rebati diretamente para a lata de lixo.

"Dois pontos", disse ela vindo para perto da mesa. "Até amanhã, Skid."

"Até", respondi quando ela pegou na mão de Phil e se dirigiu à porta.

Pouco antes de chegarem à porta, Phil se voltou e, ainda segurando a mão de Angie, olhou para mim. Ele sorriu.

Mandei-lhe um beijo.

Ouvi-os descendo os degraus estreitos, em caracol. Van parara de cantar e o silêncio que o substituiu era espesso e poluído. Sentei-me na cadeira de Angie, vi os dois lá embaixo. Phil estava entrando no carro; Angie estava de pé, junto da porta oposta à do motorista, com a mão na maçaneta. Ela estava com a cabeça baixa e tive a impressão de que fazia um esforço para não olhar para a janela. Phil abriu sua porta por dentro, e logo depois que ela entrou eles mergulharam no trânsito.

Olhei para o aparelho de som, para as fitas espalhadas em volta dele. Pensei em tirar Van e colocar alguma coisa dos Dire Straits. Ou dos Stones. Não. Jane's Addiction, talvez. Springsteen? Algo bem diferente, então. Ladysmith-Black-Mambazo ou The Chieftains. Pensei em todos eles. Pensei em qual era o mais adequado ao meu estado de ânimo. Pensei em pegar o aparelho de som e jogá-lo com toda força exatamente no lugar em que Phil segurando a mão de Angie, se voltara e sorrira.

Mas não fiz isso. Aquilo ia passar.

Tudo passa. Mais cedo ou mais tarde.

5

Poucos minutos depois saí da igreja. Nada mais me prendia ali. Cruzei o pátio da escola vazio, chutei uma lata que estava na minha frente. Passei pela abertura da pequena cerca de ferro batido que circunda o pátio e atravessei a avenida, a caminho do meu apartamento. Moro no edifício de frente para a igreja, num dois-andares azul e branco que conseguiu evitar a praga do revestimento de alumínio que avassalou toda a redondeza. Meu senhorio é um velho agricultor húngaro cujo sobrenome eu não conseguiria pronunciar sem um ano de treino. Ele passa o dia inteiro perambulando pelo pátio interno, e já me falou um total de duzentas e cinqüenta palavras nos cinco anos em que moro aqui. As palavras são quase sempre as mesmas: "Cadê meu aluguel?". Ele é um velho sacana e, além do mais, agressivo.

Entrei no meu apartamento, que fica no primeiro andar, e coloquei as contas que me esperavam numa pilha junto com suas irmãzinhas, na mesa de centro. Não havia nenhuma mulher plantada à minha porta, nem dentro nem fora, mas havia sete mensagens na secretária eletrônica.

Três eram de Gina, a do Banho de Espuma. Todas as suas mensagens eram acompanhadas de grunhidos e gemidos que vinham da academia de aeróbica onde ela trabalhava. Nada como uma pequena transpiração de verão para manter aceso o fogo da paixão.

Uma era um DDD de minha irmã Erin, que me telefonara de Seattle. "Está se cuidando, menino?" Minha irmã. Um dia meus dentes vão estar num copo com água e meu rosto todo enrugado feito uma passa e ela vai continuar me chamando de "menino". Outra era de Bubba Rogowski, perguntando se eu queria tomar uma cerveja e jogar uma partidinha de bilhar. Bubba parecia meio alto, o que significava que alguém ia perder sangue naquela noite. Como de hábito, ignorei o convite. Alguém, acho que Lauren, me ligara para fazer sérias ameaças que tinham a ver com tesouras enferrujadas e minha genitália. Tentei me lembrar do que acontecera em nosso último encontro para saber se meu comportamento justificava aquelas providências extremas, quando a voz de Mulkern invadiu minha sala e esqueci Lauren completamente.

"Pat, meu velho, aqui é Sterling Mulkern. Você deve estar fora ganhando seu dinheiro, o que é ótimo, mas você teve tempo de ler o *Trib* de hoje? Colgan, o meu querido Colgan, está pegando no meu pé de novo. Ah, esse rapaz seria capaz de acusar seu pai de atear incêndios só para poder apagá-los. O tipo de sujeito mau, esse Richie Colgan. Eu me pergunto, Pat, se você daria uma palavrinha a ele, para pedir-lhe que deixe este velho em paz por algum tempo. Foi só uma idéia. Reservamos uma mesa para o almoço no Copley, à uma da tarde, no sábado. Não vá esquecer." A gravação terminou com um sinal, depois a fita começou a rebobinar.

Olhei para a maquininha. Ele perguntava se eu podia dar uma palavrinha a Richie Colgan. Era só uma idéia. E, de quebra, tocando na memória de meu pai. O bombeiro herói-co. O estimado vereador. Meu pai.

Todo mundo sabe que eu e Richie Colgan somos amigos. É por isso, em parte, que as pessoas agora me olham com mais desconfiança. Nós nos conhecemos no alegre campus da U-Mass./Boston, quando ambos estávamos fazendo um curso de invasores do espaço, mais a opcional "boas maneiras no bar". Agora Richie é o principal colunista do *Trib*, uma verdadeira praga se ele desconfia que você é adepto de um destes grandes males: elitismo, sectarismo ou hipocrisia. Como Mulkern é uma encarnação dos três, Richie costuma dar uma cutucada nele uma ou duas vezes por semana.

Todo mundo adorava Richie — até que um dia publicaram uma foto dele sob sua assinatura. Um nome bem irlandês. Um bom menino irlandês. Que caía em cima dos caciques corruptos da Prefeitura e da Câmara. Então publicaram aquela foto e todo mundo viu que sua pele era mais negra que o coração de Kurtz, e de repente passaram a chamá-lo de "baderneiro". Mas ele aumenta a tiragem do jornal e seu alvo preferido sempre foi Sterling Mulkern. Entre os apelidos que ele deu ao senador estão "Sósia Ruim de Papai Noel", "Sterling, o Rato", "Mulkern Maracutaia", "Hipopótamo Hipócrita". Boston não é uma cidade para políticos sensíveis.

E agora Mulkern queria que eu desse "uma palavrinha" a Richie. Afinal, ele estava pagando ou não estava? Da próxima vez que eu encontrasse Mulkern, resolvi, iria lhe fazer um discurso do tipo "O seu dinheiro aluga mas não compra" e dizer que deixasse meu pai herói de fora dessa história.

Meu pai, Edgard Kenzie, teve seus quinze minutos de fama local, havia quase vinte anos. Fora notícia de primeira página dos dois jornais da cidade; até sua foto foi publicada e terminou nas últimas páginas do *New York Times* e do *Washington Post*. Por pouco o fotógrafo não ganhou um Pulitzer.

Era uma puta foto. Meu pai, metido no uniforme preto e amarelo dos bombeiros de Boston, com um balão de oxigênio amarrado às costas, escalando um edifício de nove andares com uma corda de lençóis. Uma mulher descera pela mesma corda alguns minutos antes. Bem, descera até a metade. Sua mão se soltou e ela morreu na hora. O edifício era uma velha fábrica do século XIX que alguém transformara num prédio de apartamentos, de tijolos vermelhos e de madeira barata; para o fogo, podia ser papel ou gasolina: arderiam do mesmo jeito.

A mulher dissera aos filhos, num momento de pânico, que a seguissem, em vez de fazer o contrário. Os meninos viram o que aconteceu com ela e ficaram parados, de pé na janela escura, olhando para a mãe, uma boneca quebrada, enquanto a fumaça jorrava da sala atrás deles. O edifício dava para um estacionamento e os bombeiros estavam esperando que um guincho viesse tirar os carros para que pudessem entrar de ré com a escada. Sem uma palavra, meu pai pegou um balão de oxigênio, foi até a corda de lençóis e começou a subir. No quarto andar, uma janela caiu em seu peito, e há uma outra foto, ligeiramente fora de foco, em que ele aparece se debatendo no ar enquanto pedaços de vidro se espatifam contra sua pesada capa preta. Ele finalmente chegou ao nono andar, pegou as crianças — um menino de quatro anos e uma menina de seis — e desceu com elas. Aquilo não foi nada, ele costumava dizer dando de ombros.

Quando se aposentou, cinco anos depois, as pessoas ainda se lembravam dele, e acho que meu pai nunca mais pagou um só copo de bebida em toda a sua vida. Ele se candidatou à Câmara Municipal por sugestão de Sterling Mulkern e passou a levar uma vida de propinas e de mansões, até que o câncer invadiu seus pulmões como fumaça num armário e comeu-lhe a carne e o dinheiro.

O Herói, em casa, era outra história. Com uma bofetada, ele garantia que seu jantar o estaria esperando. Com uma bofetada, garantia que o trabalho doméstico estaria em dia. Com uma bofetada, ele fazia com que tudo funcionasse como um relógio. E, se não funcionasse, um cinturão, um ou dois socos ou, como aconteceu uma vez, uma velha tábua de bater roupa. Fosse o que fosse, contanto que pudesse manter a ordem no mundo de Edgar Kenzie.

Eu nunca soube, e provavelmente nunca saberei, se foi o trabalho que o fez assim — se ele apenas reagia da única maneira que sabia a todos aqueles corpos enegrecidos com que se deparava, encarquilhados pelo fogo em posições fetais, dentro de closets em chamas ou sob camas fumegantes —, ou se ele simplesmente nascera mau. Minha irmã dizia não se lembrar de como ele era antes do meu nascimento, mas ela disse também, na ocasião, que ele nunca batera em nós a ponto de nos fazer faltar à escola. Minha mãe seguiu o Herói na tumba seis meses depois, de forma que também nunca cheguei a lhe fazer a pergunta. Mas duvido que ela fosse me responder. Os pais irlandeses não são conhecidos por falar mal de seus cônjuges aos filhos.

Eu me vi sentado no sofá em meu apartamento, pensando mais uma vez no Herói, dizendo a mim mesmo que aquela seria a última vez. O fantasma se fora. No entanto, eu estava mentindo e sabia disso. O fantasma me acordava à noite. O Herói ficava à espreita — nas sombras, nas ruelas, nos vestíbulos anti-sépticos de meus sonhos, dentro de minha arma. Como se ainda estivesse vivo, ele fazia exatamente o que queria fazer.

Levantei-me e passei na frente da janela para ir ao telefone. Lá fora alguma coisa se moveu de repente no pátio da escola, do outro lado da rua. Os vagabundos do bairro tinham chegado para se esconder nas sombras, sentar-se nos bancos de pedra sob as janelas, fumar um pouco de erva e tomar umas cervejas. Por que não? Quando eu era um vagabundo do bairro, fazia a mesma coisa. Eu, Phil, Bubba, Angie, Waldo, Hale, todo mundo.

Disquei o número de Richie no escritório, esperando encontrá-lo trabalhando até mais tarde, como de costume. Sua voz surgiu na metade da segunda chamada. "Notícias locais. Espere na linha." Uma versão pasteurizada da música tema de *Sete homens e um destino* chegava até mim pela linha.

Então tive uma resposta para uma pergunta do tipo "descubra o erro da gravura" sem nem ao menos ter feito a pergunta conscientemente. Não estava vindo nenhuma música do pátio. Pouco importa se a música denuncia a sua presença: os jovens não vão a lugar algum sem seus aparelhos de som. É uma coisa que não se faz.

Olhei para o pátio da escola por uma fresta da cortina. Não havia mais nenhum movimento brusco. Não havia mais movimento nenhum. Nem brasas de cigarros nem tilintar de garrafas. Olhei com toda atenção para a área onde eu tinha visto o tal movimento. A escola era em forma de E sem a barra do meio. As barras das extremidades iam além da parte central uns bons dois metros. Havia sombras espessas no canto formado pelo ângulo de noventa graus. O movimento viera do canto que ficava à minha direita.

Eu continuei, na esperança de ver um fósforo. Nos filmes, quando alguém está seguindo o detetive, o idiota sempre acende um fósforo para que o herói possa vê-lo. E então me dei conta do filminho barato que eu estava fazendo com aquelas bobagens. Acho que o que eu tinha visto era um gato.

De qualquer forma, continuei observando.

"Notícias locais", disse Richie.

"Você já disse isso."

"Senhor Kenzie", disse Richie. "Como vão as coisas?"

"Vão bem", respondi. "Vi que você hoje cagou novamente na cabeça do Mulkern."

"Uma razão para continuar a viver", disse Richie. "Os hipopótamos que se disfarçam de baleia levam arpão."

Eu seria capaz de apostar que ele escrevera aquela frase num cartaz de doze por oito e o pregara com fita adesiva em cima de sua mesa. "Qual é o projeto de lei mais importante a ser discutido nessa sessão?"

"O projeto de lei mais importante...", repetiu ele refletindo. "Não há dúvida, o projeto de lei contra o terrorismo nas ruas."

Alguma coisa se mexeu no pátio. "O projeto de lei contra o terrorismo nas ruas?"

"Isso mesmo. Ele qualifica todos os membros de uma gangue como 'terroristas de rua'. Isso significa que você pode metê-los na cadeia simplesmente porque fazem parte de uma gangue. Simplificando..."

"Use palavras curtas para que eu possa entender."

"Claro. Simplificando, as gangues seriam consideradas grupos paramilitares com interesses contrários aos do Estado, devendo ser tratadas como um exército invasor. Qualquer um que for pego usando as cores de uma equipe, ou mesmo um boné do time de basquete dos Raiders, é culpado de traição. Vai direto para a cadeia, sem apelação."

"Será que passa?"

"É possível. Na verdade há uma boa chance de que isso aconteça, considerando que todo mundo está disposto a qualquer coisa para se livrar das gangues."

"E então..."

"Dentro de seis meses a lei será anulada por um juiz. Uma coisa é dizer 'Devíamos decretar a lei marcial e tirar esses sacanas das ruas, os direitos civis que se danem'. Outra, bem diferente, é fazer isso, chegar bem perto do fascismo, transformar Roxbury e Dorchester num outro South Central, com helicópteros voando sobre as nossas cabeças dia e noite e a zorra toda. Por que você está interessado nisso?"

Tentei ligar o caso de Mulkern, Paulson e Vurnan a isso, mas não vi nenhuma relação. Mulkern, o liberal da Câmara, nunca iria defender publicamente um projeto desses. Mas Mulkern, o pragmático, tampouco tomaria partido, publicamente, das gangues. Ele simplesmente iria tirar uma licença na semana de votação desse projeto.

"E quando vai ser votado?", perguntei.

"Na próxima segunda-feira, 3 de julho."

"Não se lembra de nenhum outro projeto?"

"Não, realmente não. Há um projeto de lei de sete anos de prisão por pedofilia, que deve ser aprovado sem dificuldade."

Eu sabia desse projeto. Sete anos de prisão para aqueles condenados por abuso infantil. Sem possibilidade de fiança. O único problema que vejo nesse projeto é que ele não prevê a prisão perpétua e não tem uma cláusula que obrigue os condenados a se juntarem ao grosso da população carcerária para experimentar um pouco do que fizeram aos outros.

Richie perguntou mais uma vez: "Por que esse interesse, Patrick?".

Fiquei pensando na mensagem de Mulkern: "Fale com Richie Colgan. Mude de lado". Por um segundo, considerei a possibilidade de contar a Richie. Para ensinar Mulkern a me pedir ajuda para aliviar seu ego ferido. Mas eu sabia que Richie não teria outra saída senão contar tudo, em negrito, na sua próxima coluna, e, profissionalmente falando, desafiar Mulkern daquela forma era o mesmo que cortar os pulsos numa banheira.

"Estou trabalhando num caso", disse a Richie. "Por enquanto, secretíssimo."

"Depois você me conta."

"Depois."

"Certo." Richie não me pressiona e eu não o pressiono. Aceitamos o não um do outro, e essa é uma das razões de nossa amizade. "Como vai a sua sócia?", ele perguntou.

"Continua deliciosa."

"Ela ainda não entrou na sua?", perguntou entre risinhos.

"Ela é casada", respondi.

"Isso não quer dizer nada. Você já teve outras casadas. Você vai ficar louco, Patrick. Uma mulher bonita daquela perto de você o dia inteiro, sem que o menor desejo de passar a mão em seu pau lhe perpasse o corpo apetitoso. Puta vida, isso deve fazer mal." Ele riu.

Richie às vezes deve se achar muito engraçado.

"Bem, tenho que ir." Alguma coisa se mexeu de novo no canto escuro do pátio. "O que acha de tomar uma cerveja, outra hora?"

"Você traz a Angie?" Tive a impressão de ouvi-lo ofegar.

"Vou ver se ela está a fim."

"Certo. Vou lhe mandar alguns dossiês sobre esses projetos de lei."

"*Gracias.*"

Ele desligou e eu me reclinei, e de novo olhei por uma fresta das cortinas. Meus olhos já tinham se habituado à sombra e consegui ver uma grande forma no meio dela. Animal, vegetal ou mineral, não saberia dizer, mas havia alguma coisa ali. Pensei em ir ao encontro de Bubba; ele era útil em casos como aquele em que a gente não sabe onde está pondo os pés. Entretanto, ele me ligara de um bar. Mau sinal. Mesmo que eu conseguisse localizá-lo, ele haveria de querer matar o problema, não investigá-lo. A gente tinha que usar Bubba com muito cuidado, como nitroglicerina.

Decidi recorrer aos préstimos de Harold.

Harold é um urso de pelúcia de 1,80 metro que ganhei na feira de Marshfield, alguns anos atrás. Quis dá-lo a Angie; afinal de contas eu o havia ganho para ela. Mas ela me lançou aquele olhar que me lançaria se eu acendesse um cigarro enquanto estivesse fazendo amor, um olhar fulminante. Não consigo entender por que ela não quis um urso de pelúcia de 1,80 metro com um short de borracha amarelo-claro para decorar seu apartamento; como não encontrei uma lata de lixo grande o bastante para recebê-lo, fiquei com ele em meu apartamento.

Arrastei Harold do quarto para a cozinha escura e o sentei na cadeira junto da janela. A cortina estava fechada e, quando saí, acendi a luz. Se alguém estivesse me espionando da sombra, iria pensar que Harold era eu. Embora minhas orelhas sejam menores.

Fui de mansinho até a porta do fundo, peguei meu Ithaca que estava atrás dela e desci pela escada de serviço. A única arma melhor que uma automag para uma pessoa absolutamente incompetente quando o assunto é armas de fogo é um fuzil Ithaca calibre 12 com empunhadura de revólver. Se você conseguir errar o alvo com um troço destes, pode ser declarado cego para todos os efeitos legais.

Saí pelos fundos do edifício, me perguntando se eram dois sujeitos. Um para a frente e outro para os fundos. Mas aquilo me pareceu tão improvável como a possibilidade de haver alguém de fato. Era preciso controlar a paranóia.

Pulei algumas cercas até a avenida, escondi o Ithaca sob minha capa azul. Passei pelo cruzamento e pelo lado sul da igreja. Há uma estrada atrás da igreja e da escola, e eu a tomei na direção norte. No caminho, encontrei alguns conhecidos, cumprimentei-os rapidamente com a cabeça, mantendo minha capa bem fechada com a mão; os vizinhos não iriam gostar de me ver com um fuzil.

Entrei sorrateiramente por trás do pátio da escola, pisando de leve com meus tênis Avia, e fui deslizando, colado na parede, até o primeiro ângulo formado pelas paredes do edifício. Eu estava num ângulo do E, e ele estava três metros adiante, atrás de outro ângulo, no escuro. Perguntei-me como devia me aproximar dele. Pensei em simplesmente andar depressa até onde ele estava, mas as pessoas tendem a morrer quando agem assim. Pensei também em ir rastejando como costumavam fazer na série de televisão *Rat Patrol*,* contudo eu nem ao menos tinha certeza de que havia alguém ali, e se eu terminasse me deparando com um gato ou um casal de adolescentes dando um beijo de língua, ia passar um mês sem ter coragem de mostrar a cara.

A decisão foi tomada à minha revelia.

Não se tratava de um gato nem de um casal de adolescentes. Era um homem, e ele estava segurando uma metralhadora Uzi. Ele saiu de seu esconderijo no ângulo à minha frente e apontou a terrível arma contra meu esterno e eu esqueci como se faz para respirar.

O homem estava de pé, em meio à escuridão, com um boné de beisebol azul-escuro, do tipo que se usa na Marinha,

(*) Seriado sobre guerra, do fim da década de 1960. (N. T.)

com um bordado dourado na aba e uma inscrição dourada qualquer na frente. Eu não conseguia ver o que estava escrito, ou talvez eu estivesse apavorado demais para me concentrar.

Ele usava óculos escuros panorâmicos. Não é a coisa mais adequada quando se quer atirar em alguém no escuro, mas com aquela arma e àquela distância até Ray Charles poderia me mandar para o cemitério.

Trajava roupas negras sobre a pele negra, e isso é praticamente tudo o que posso dizer a respeito dele.

Comecei a ponderar o fato de que aquele bairro não era conhecido por sua cortesia para com seus vizinhos de pele mais escura depois do pôr-do-sol quando algo rápido e duro atingiu minha boca, e de novo algo igualmente duro atingiu minha têmpora, e lembro-me de ter pensado, pouco antes de perder a consciência: o urso Harold já não os engana como antigamente.

6

Enquanto eu dormia o sono dos idiotas, o Herói veio me visitar. Estava vestindo seu uniforme e trazia uma criança debaixo de cada braço. O rosto estava coberto de fuligem, saía fumaça de seus ombros. As duas crianças choravam, mas o Herói não parava de rir. O riso se transformou num uivo e logo começou a sair uma fumaça escura de sua boca, e eu acordei.

Eu estava sobre um tapete. Pelo menos isso eu sabia. Havia um sujeito vestido de branco ajoelhado ao meu lado. Ou eu fora internado, ou estava recebendo os primeiros socorros. Ele trazia um estetoscópio no pescoço e ao seu lado havia uma maleta. Um paramédico. Ou um excelente imitador. "Você quer vomitar?", perguntou ele.

Balancei a cabeça e vomitei no tapete.

Alguém começou a vociferar comigo numa algaravia estridente. Então a reconheci. Gaélico. Ela se lembrou do país em que se encontrava e passou a falar em inglês com um forte sotaque irlandês. Aquilo não fazia muita diferença, mas pelo menos agora eu sabia onde estava.

Na casa paroquial. A harpia vociferante era Delia, a governanta do padre Drummond. De um momento para outro ela podia começar a me bater.

"Padre?", falou o médico. E eu ouvi o padre mandando Delia sair da sala.

"Você terminou?", perguntou o médico. Ele dava a impressão de ter outras coisas para fazer. Um verdadeiro anjo de misericórdia. Virei o corpo e me levantei. Mais ou menos. Passei os braços em volta dos joelhos e fiquei assim agarrado, a cabeça girando. Diante de mim as paredes se mexiam numa dança psicodélica, e a impressão que eu tinha era de que a minha boca estava cheia de moedas ensangüentadas.

"Ai", fiz eu.

"Você tem o dom da palavra", disse o paramédico. "Você também tem uma leve concussão cerebral, alguns dentes moles, um lábio cortado e uma baita marca roxa se formando em volta do olho esquerdo."

Ótimo. Angie e eu vamos ter do que falar amanhã de manhã. A dupla do ray-ban. "É só isso?"

"É só", respondeu ele, jogando o estetoscópio na maleta. "Eu poderia lhe dizer para vir comigo ao hospital, mas como você é de Dorchester, imagino que vai querer dar uma de machão e se recusar."

"Humm", fiz eu. "Como vim parar aqui?"

O padre Drummond, atrás de mim, disse: "Eu encontrei você". Ele passou na minha frente com meu fuzil e a magnum e os colocou com cuidado no sofá à minha frente.

"Desculpe pelo tapete", falei.

Ele apontou o vômito. "O padre Gabriel, quando se deleitava nas vinhas do Senhor, fazia isso o tempo todo. Se bem me lembro, foi por isso que escolhemos essas cores." Ele sorriu. "Agora Delia está preparando uma cama para você."

"Obrigado, padre", respondi, "mas acho que, se posso ir andando até o quarto, posso atravessar a rua e ir dormir em casa."

"Aquele assaltante ainda pode estar por aí."

O paramédico pegou a maleta que estava do meu lado e falou: "Divirta-se".

"Foi muito legal para mim também", consegui dizer.

O paramédico fez uma careta e deu um leve aceno, saindo em seguida pela porta lateral.

Estendi a mão e o padre Drummond pegou-a e me levantou. "Eu não fui assaltado, padre", disse-lhe.

Ele arqueou as sobrancelhas. "Algum marido enfurecido?"

Olhei para ele. "Padre", disse eu. "Por favor, o senhor tem que parar de derivar sensações inverdadeiras do meu modo de vida. A coisa tem a ver com um caso em que estou trabalhando. Acho." Eu nem tinha certeza. "Foi um aviso."

Fui andando apoiado nele até o sofá. A sala continuava tão estável quanto os camarotes do *Titanic*. "Que belo aviso", o padre comentou.

Balancei a cabeça, concordando. Foi uma má idéia. O *Titanic* adernou e o quarto pendeu para um lado. A mão do padre Drummond me empurrou de volta para o sofá. Eu disse: "Sim, um belo aviso. O senhor ligou para a polícia?".

Ele pareceu surpreso. "Sabe, não pensei nisso."

"Ótimo. Não quero passar a noite depondo."

"Mas talvez Angela tenha ligado."

"Você ligou para Angie?"

"Claro que ele me ligou." Angie estava parada na porta. Seus cabelos estavam totalmente revoltos, com mechas embaraçadas caindo na testa; aquilo a fazia ficar ainda mais sexy, como se tivesse acabado de acordar. Ela estava com um casaco de couro sobre uma camiseta pólo cor de vinho, um abrigo de jogging cinza e tênis brancos de aeróbica. Carregava uma bolsa onde se podia esconder a Bolívia, e a deixou cair no chão quando se aproximou do sofá.

Ela se sentou ao meu lado. "Isto aqui não está nada bonito", disse, pondo a mão no meu queixo e levantando-o. "Nossa, Patrick, com quem você cruzou... Algum marido enfurecido?"

Padre Drummond deu um risinho. Um padre de sessenta anos que ri escondendo o riso com a mão. Aquele não era o meu dia.

"Acho que foi um parente do Mike Tyson", disse eu.

Ela olhou para mim. "Ora, você não tem mão?"

Afastei a mão dela. "Ele estava com uma metralhadora Uzi, Ange. Com certeza foi com ela que me bateu."

"Desculpe-me", ela disse. "Estou um pouco preocupada. Não queria aborrecer você." Ela olhou os meus lábios. "Isso não foi feito com uma Uzi. O golpe na têmpora, talvez. Mas não o dos lábios. Para mim, parece mais o golpe de um soco inglês, pela forma como cortou a pele."

Angie, a especialista em escoriações.

Ela chegou bem perto. "Você conhece o sujeito?", perguntou baixinho.

"Não", respondi num sussurro.

"Nunca o viu antes?"

"Nunca vi a cara dele."

"Tem certeza?"

"Angie, se eu quisesse responder a um interrogatório, teria chamado os tiras."

Ela se levantou, as mãos erguidas. "Tá bom, tá bom." Ela olhou para o padre Drummond. "Tudo bem se eu o levar para a casa dele, padre?"

"Delia iria achar o máximo", disse o padre.

"Obrigado, padre", eu disse.

Ele cruzou os braços e falou, piscando os olhos: "Que belo segurança você é".

Ele é padre, mas eu poderia ter lhe dado um pontapé.

Angie pegou as armas e, com a outra mão, me ajudou a levantar.

Olhei para o padre Drummond e consegui dizer "Boa noite".

"Deus o abençoe", disse ele à porta.

Quando estávamos descendo as escadas para o pátio da escola, Angie me disse: "Você sabe por que isso aconteceu com você, não sabe?".

"Não, por quê?"

"Porque você não vai mais à igreja."

"Ah", fiz eu.

Ela me ajudou a atravessar a rua e a subir as escadas, e o mal-estar foi se dissipando à medida que o calor de sua pele e a consciência do sangue que pulsava em seu corpo despertavam os meus sentidos.

Nós nos sentamos na cozinha. Chutei o urso Harold para fora da minha cadeira e Angie serviu um suco de laranja para cada um de nós. Ela cheirou o suco antes de beber.

"O que você disse ao Bundão?", perguntei.

"Quando lhe contei o que aconteceu, ele ficou tão feliz pelo fato de alguém ter finalmente acertado você que seria capaz de me deixar ir para Atlantic City com o dinheiro da poupança."

"Fico feliz em saber que pelo menos alguma coisa de bom essa história rendeu."

Ela colocou sua mão sobre a minha. "O que aconteceu?"

Fiz-lhe um relatório de tudo o que havia acontecido desde que ela saíra do escritório até dez minutos antes.

"Você seria capaz de reconhecê-lo?"

Dei de ombros. "Talvez. Talvez não."

Angie recostou-se na cadeira, uma perna levantada, o pé apoiado no assento, a outra dobrada sob ela, e me olhou longamente.

"Patrick", disse ela.

"Sim?"

Ela sorriu com tristeza e balançou a cabeça. "Durante um certo tempo vai ser difícil para você arranjar encontros amorosos."

7

No dia seguinte ao meio-dia, quando íamos ligar para Billy Hawkins, ele entrou em nosso escritório. Billy, como muitos que trabalham nos escritórios da Western Union, dava a impressão de estar saindo de um tratamento para desintoxicação. Ele é extremamente magro e sua pele tem aquela textura ligeiramente amarelada das pessoas que passam a vida dentro de salas cheias de fumaça. Sua magreza é ainda mais acentuada porque ele usa calças e camisetas jeans apertadas, as mangas arregaçadas até os ombros, como se tivesse bíceps. Seus cabelos negros dão a impressão de terem sido penteados com um garfo, e ele tem um daqueles bigodes derramados de bandido mexicano que ninguém mais usa, nem mesmo a média dos bandidos mexicanos. Em 1979, o resto do mundo continuou a girar, mas Billy não percebeu.

Ele se deixou cair preguiçosamente na cadeira em frente à minha mesa. "Bem, pessoal, quando vocês vão arrumar um escritório maior?"

"No dia em que eu achar o sino", respondi.

Billy apertou os olhos. "Ah, bom. Sim", ele disse devagar.

"Como vai, Billy?", Angie perguntou, dando a impressão de que estava mesmo interessada em saber.

Billy olhou para ela e corou. "Eu vou... eu vou bem. Muito bem, Angie."

Angie disse: "Ótimo. Fico feliz com isso". Como ela gosta de provocar.

Billy olhou para o meu rosto. "O que aconteceu com você?", perguntou.

"Tive uma briga com uma freira", respondi.

"Você parece ter brigado com um caminhão", Billy disse, e olhou para Angie.

Angie deu um risinho, e me perguntei qual dos dois eu tinha vontade de atirar primeiro pela janela.

"Você pesquisou aquele cheque para nós, Billy?"

"Claro, meu velho. Claro. E você fica me devendo essa. Já lhe conto."

Arqueei as sobrancelhas. "Billy, lembre-se de com quem você está falando."

Billy refletiu. Refletiu sobre os dez anos que estaria cumprindo em Walpole, indo buscar cigarros para seu namorado Rolf, o Animal, se nós não o tivéssemos salvo. Sua pele amarela ficou lívida, e ele disse: "Desculpe, cara. Você tem razão, você tem razão. E quando você tem razão, você tem razão". Ele enfiou a mão no bolso de trás de seu jeans e jogou um pedaço de papel amassado e um pouco engordurado na minha mesa.

"O que estou vendo aí, Billy?"

"A lista de referências de Jenna Angeline", ele disse. "Pescada em nosso escritório de Jamaica Plain. Ela descontou um cheque lá na terça-feira."

O papel estava ensebado, amassado, mas valia ouro. Jenna dera quatro referências todas pessoais. No item trabalho ela escrevera "autônoma", em pequenos garranchos de pés de passarinho. No item referências pessoais ela listou quatro irmãs. Três moravam no Alabama, em Mobile ou nas cercanias. Uma morava em Wickham, Massachusetts. Simone Angeline, Merrimack Avenue, 1254.

Billy me passou outra folha de papel — uma fotocópia do cheque que Jenna descontara. O cheque fora assinado por Simone Angeline. Se Billy não fosse um almofadinha pegajoso, eu teria lhe dado um abraço.

Depois que Billy saiu, finalmente me animei a dar uma olhada no espelho. Eu evitara isso na noite anterior e durante toda a manhã. Meus cabelos são curtos o bastante para que eu os penteie com os dedos, e foi exatamente isso que fiz depois do banho da manhã. Também deixei de me barbear e, sentindo a leve sombra de barba, disse a mim mesmo que estava na moda, que era muito chique.

Atravessei o escritório e entrei no cubículo que um dia alguém qualificou de "banheiro". É verdade que tem um vaso sanitário, mas em miniatura, e sempre me sinto como um adulto preso na pré-escola quando sento nele e meus joelhos batem no queixo. Fechei a porta atrás de mim, levantei a cabeça acima da pia para anões e me olhei no espelho.

Se eu não fosse eu, não teria reconhecido meu rosto. Meus lábios tinham dobrado de volume, e a impressão que se tinha era que eu havia trocado um beijo com uma colheitadeira. Em volta do olho esquerdo havia uma larga faixa marrom-escura e a córnea estava estriada de filetes de sangue vermelho vivo. A pele da têmpora rachou quando Boné Azul me golpeou com o cabo da Uzi, e enquanto eu estava inconsciente o sangue coagulara em meus cabelos. O lado direito da testa, com o qual, pelo que suponho, eu tinha batido no muro da escola, estava esfolado, em carne viva. Se eu não fosse um detetive particular muito viril, talvez tivesse chorado.

A vaidade é uma fraqueza. Sei disso muito bem. É uma frívola dependência em relação à própria imagem, à forma como parecemos, e não àquilo que somos. Sei disso muito bem. Mas eu já tenho no abdome uma cicatriz que tem o aspecto e o tamanho de uma água-viva, e você ficaria surpreso ao ver como a sua percepção de si mesmo muda quando já não pode tirar a camisa na praia. Em meus momentos mais íntimos, tiro minha camisa e olho para ela, digo a mim mesmo que não tem importância, mas toda vez que uma mulher a sentia na palma da mão, tarde da noite, apoiava-se no travesseiro e me perguntava sobre ela; eu dava minha explicação o mais rápido possível, fechava as portas do meu passado tão logo elas eram abertas, e nunca, nem mesmo quando Angie perguntou, eu disse a verdade. A vaidade e a desonestidade podem ser vícios, mas foram os primeiros meios de proteção que conheci em minha vida.

O Herói sempre dava um tapinha de desprezo na minha nuca toda vez que me pegava me olhando no espelho. "Os homens fizeram esses troços para que as mulheres tivessem alguma coisa para fazer", ele costumava dizer. Herói. Filósofo. Meu pai. Meu pai, o homem de múltiplos talentos.

Aos dezesseis anos eu tinha olhos de um azul profundo, um belo sorriso, muito pouco que pudesse me inspirar autoconfiança, à força de viver em volta do Herói. E se eu ainda tivesse dezesseis anos, olhando o espelho, querendo tomar coragem, dizendo a mim mesmo que *esta noite* eu faria enfim alguma coisa em relação ao Herói, com certeza estaria perdido.

Mas agora, diabo, eu tinha um caso de verdade para resolver, uma Jenna Angeline para localizar e uma sócia impaciente do outro lado da porta, uma arma em meu coldre, a licença de detetive em minha pasta e... um rosto que parecia o de uma personagem de Flannery O'Connor. Ah, vaidade.

Quando abri a porta, Angie estava remexendo em sua bolsa, com certeza procurando um microondas perdido ou um carro velho. Ela levantou a cabeça. "Está pronto?"

"Estou pronto."

Ela puxou o cassetete elétrico da bolsa. "Mais uma vez: como era o tal sujeito?"

"Na noite passada ele estava com um boné azul e óculos panorâmicos. Mas não sei se esse é seu uniforme habitual ou seja lá o que for." Abri a porta. "Ange, você não vai precisar de cassetete elétrico. Se você o vir, fique na sua. Só queremos saber se ele ainda está no pedaço."

Angie olhou para o cassetete elétrico. "Não é para ele, é para mim. Para o caso de eu precisar de alguma coisa para ficar acordada na terra das vacas."

Wickham fica a 95 quilômetros de Boston, por isso Angie acha que lá ainda não tem telefone.

"Você tem que deixar de ser tão urbana...", eu disse.

"Vai ser preciso me fuzilar primeiro", ela revidou, antes de começar a descer as escadas.

Ela parou na igreja para que eu me adiantasse um pouco, e ficou olhando pela abertura sob um vitral.

Atravessei a rua e me dirigi ao que chamo de "o carro da empresa". É um Volaré verde-escuro 1979. O Vomonstro. Ele tem uma aparência nojenta, anda de um jeito nojento, faz um barulho nojento e em geral se integra bem aos ambientes em que preciso trabalhar. Abri a porta, esperando ouvir passos atrás de mim, seguidos pelo golpe de uma arma na parte posterior do meu crânio. É nisso o que dá ser vítima; a gente começa a achar que a coisa vai acontecer regularmente. De repente, tudo parece suspeito, e a menor réstia de luz que você via na véspera se dissipou nas trevas. E as sombras estão por toda parte. Isso é viver na consciência da própria vulnerabilidade, e é muito ruim.

Mas não aconteceu nada daquela vez. Eu não vi o Boné Azul no retrovisor quando fiz o retorno para pegar a estrada. A verdade é que eu não esperava mesmo reencontrá-lo, a menos que ele tivesse apreciado muitíssimo o encontro da noite anterior; de qualquer forma, eu apenas tinha que supor que ele estava lá. Entrei na avenida com o Vomonstro, peguei a alça de acesso norte na I-93 e segui na direção do centro.

Vinte minutos depois eu estava na Storrow Drive, com o rio Charles correndo à minha direita e lançando reflexos cor de cobre. Duas enfermeiras do centro hospitalar de Massachusetts almoçavam na relva; um homem corria numa das passarelas com um gigantesco chow-chow cor de chocolate ao seu lado. Por um momento, pensei em arranjar um para mim também. Com certeza me protegeria muito mais do que o urso Harold. Mas na verdade eu não precisava de um cão de guarda; eu tinha Bubba. No hangar de barcos, vi um grupo de estudantes da Boston University ou de Emerson, presos na cidade no período do verão, partilhando uma garrafa de vinho. Juventude louca. Certamente também traziam em suas mochilas *brie* e biscoitos salgados.

Entrei na Beacon Street, fiz a volta novamente para pegar a avenida paralela, depois fiz uma curva rápida na Revere Street, e me dirigi ao alto de Beacon Hill, atravessando a Charles Street. Ninguém atrás de mim.

Fiz nova conversão e peguei a Myrtle Street, uma rua não muito mais larga que um fio dental, com altos edifícios coloniais que se comprimiam contra mim. É impossível seguir alguém em Beacon Hill sem ser notado. As ruas foram construídas antes da existência de carros e imagino que antes também de existirem pessoas gordas e altas.

Na época em que Boston era um maravilhoso mundo mítico de professores de aeróbica anões, Beacon Hill certamente parecia espaçoso. Mas agora é exíguo e estreito e tem muito em comum com uma velha cidade provinciana francesa: muito agradável de se ver, mas um desastre do ponto de vista funcional. Um caminhão que estacione para descarregar em Beacon Hill pode interromper o trânsito por um quilômetro e meio. As ruas podem ser de mão única, no sentido norte, por dois ou três quarteirões, passando depois, de forma arbitrária, a mão única na direção sul. Em geral isso pega o motorista desprevenido e o obriga a dobrar numa outra rua estreita que tem o mesmo problema e, antes que tenha tempo de perceber, lá está ele de novo na Cambridge, Charles ou Beacon Street a olhar a colina e a se perguntar como diabos pôde voltar ali — com a nítida impressão, por mais irracional que seja, de ter sido expulso pela própria colina.

É um excelente lugar para esnobes. As casas são de majestosos tijolos vermelhos. Os lugares para estacionar são guardados pela polícia de Boston. Os pequenos cafés e lojas são dirigidos por proprietários arbitrários que fecham suas portas toda vez que algum desconhecido dá a impressão de querer entrar. E ninguém consegue achar seu endereço, a menos que você mesmo trace um mapa minucioso.

Olhei pelo retrovisor, no momento em que passava no topo da colina, a abóbada dourada da Câmara apontando através da cerca de ferro batido de um terraço ajardinado à minha frente. Duas ruas atrás, vi um carro andando devagar; com o motorista virando a cabeça para a direita e para a esquerda como se procurasse um endereço.

Entrei à esquerda na Joy Street e desci os quatro quarteirões de casas que me separavam da Cambridge Street. Quando o sinal abriu e passei pelo cruzamento, vi o mesmo carro atrás de mim. No alto da Joy Street apareceu outro carro — uma perua com o bagageiro do teto quebrado. Eu não conseguia ver o motorista, mas sabia que era Angie. Um dia ela quebrara o bagageiro a marteladas, como se o frágil metal fosse Phil.

Dobrei à esquerda na Cambridge Street e avancei por alguns blocos de casas até a Charles Plaza. No estacionamento, peguei um tíquete na barreira de entrada — apenas três dólares por meia hora, uma pechincha — e o atravessei até chegar em frente ao Holiday Inn. Entrei no hotel com ar resoluto, dobrei à direita na recepção, entrei no elevador. No segundo andar, fui andando pelo corredor até encontrar uma janela e olhei para o estacionamento.

Naquele dia Boné Azul não estava usando boné azul. Estava com um boné branco de ciclista, a aba abaixada cobrindo a testa. Ele continuava com os óculos panorâmicos, e usava camiseta Nike branca e calça de jogging preta. Estava de pé bem junto de seu carro, um Nissan Pulsar branco com listas pretas de carros de corrida — encostado na porta aberta e se perguntando se devia me seguir até dentro do edifício ou não. Daquele ângulo eu não conseguia ver a placa do seu carro e, daquela altura, eu só podia imaginar qual era a sua idade, mas calculei que teria entre vinte e 25 anos. Ele era alto — cerca de 1,85 metro — e dava a impressão de ter bastante familiaridade com aparelhos de musculação.

Na Cambridge Street, o carro de Angie estava parado em fila dupla.

Olhei novamente para Boné Azul. Eu não podia perder tempo. Ou ele me seguiria até o interior do edifício, ou não seguiria. Tanto num caso como no outro, não haveria diferença.

Desci a escada até o subsolo, abri a porta de uma entrada de serviço que cheirava a fumaça de escapamento e pulei da plataforma de carga e descarga. Passei ao lado de um latão de lixo que exalava um cheiro de frutas apodrecendo lentamente e me dirigi à Blossom Street. Não me apressei, mas em dois tempos eu estava de volta a Cambridge Street.

Em toda a cidade de Boston, em lugares que você nunca percebeu, existem pequenos estacionamentos improvisados. No entanto, isso não adianta muito numa cidade que se ressente tanto da falta de estacionamentos quanto Moscou da falta de papel higiênico, mas pelo menos a gente se consola com o fato de que as tarifas são exorbitantes. Entrei num deles, situado entre um salão de beleza e um florista, atravessei-o devagar para chegar à vaga número dezoito e tirei a touca do meu bebê.

Toda criança precisa de um brinquedo. O meu é um Porsche Roadster conversível de 1959. É azul-royal, com um volante que imita madeira e cabina dupla. É verdade que o termo "cabina" normalmente se aplica a aviões. Mas quando eu o faço voar a 225 por hora, tenho a nítida impressão de que a decolagem vai acontecer dali a algumas poucas placas de sinalização indistintas. O interior é de elegante couro branco. O câmbio brilha feito estanho polido. Na buzina há uma bela figura de cavalo. Passo mais tempo cuidando dele que andando nele: eu o emboneco nos fins de semana, dou um polimento, acrescento-lhe novos acessórios. Tenho orgulho de dizer que nunca cheguei ao ponto de lhe atribuir um nome, mas Angie diz que isso só revela minha falta de imaginação.

Ele pegou com o rugido de um tigre na primeira volta da chave. Peguei um boné de beisebol que estava embaixo do banco, tirei meu casaco, ajeitei meus óculos de sol, e saí do estacionamento.

Angie continuava parada em fila dupla em frente ao centro comercial, o que significava que Boné Azul ainda estava por ali. Fiz um sinal com a mão e entrei na Cambridge Street, indo na direção do rio. Ela ainda estava atrás de mim quando cheguei a Storrow Drive, mas quando cheguei à I-93, eu já a deixara para trás, simplesmente porque eu podia fazer isso. Ou talvez simplesmente porque sou imaturo. Ou pelas duas coisas.

8

A estrada que vai para Wickham não tem a menor graça. Você precisa passar por trevos praticamente a cada quinhentos metros, e basta entrar errado apenas uma vez para ir parar em New Hampshire, tendo que perguntar o caminho a caipiras do Leste que não falam a sua língua. Para piorar, não há nada para se ver exceto um ou outro parque industrial ou, quando nos aproximamos da sucessão de cidadezinhas que margeiam o rio Merrimack, o próprio Merrimack. Um espetáculo nada agradável. Em geral, é preciso olhar pelas grades de um esgoto para ver uma água tão escura e tão parada como a do Merrimack — vítima da indústria têxtil que serviu de base para a construção de boa parte de New Hampshire e de Massachusetts. Outra coisa que se observa, quando se atravessa essa região, são as próprias fábricas, e o céu se transforma em fuligem.

Durante todo o trajeto fiquei ouvindo *Exile on Main Street*, por isso não me aborreci muito; quando cheguei à Merrimack Avenue, minha única preocupação era garantir que meu carro não estava sendo seguido.

Wickham não é uma comunidade para pessoas ambiciosas. É cinzenta e sombria como só uma cidade têxtil pode ser. As ruas são cor de sola de sapato, e a única maneira de distinguir as casas dos bares é procurar as placas de néon nas janelas. As ruas e as calçadas são irregulares, o asfalto é rachado e desbotado. Muitas pessoas, principalmente os operários quando estão voltando cansados das fábricas ao anoitecer, dão a impressão de ter se habituado, há muito tempo, ao fato de que ninguém se lembra delas. Trata-se de um lugar onde as pessoas se sentem felizes por existirem as estações, porque só assim têm alguma garantia de que o tempo passa.

A Merrimack Avenue é a artéria principal. A casa de Simone Angeline ficava muito depois do centro da cidade — os bares, postos de gasolina, fábricas tinham ficado uns bons oito quilômetros para trás quando cheguei ao bloco de casas do 1200. Àquela altura Angie estava de volta ao meu retrovisor, e ela passou por mim quando entrei numa rua lateral e estacionei o carro. Pus a trava anti-roubo, retirei o rádio e saí do carro levando-o comigo. Lancei um último olhar ao carro, esperando encontrar Jenna o mais rápido possível.

Não ganhei meu carro numa mesa de jogo nem o recebi de herança de um cliente generoso. Guardei meu dinheiro no banco e esperei, coloquei mais um pouco e esperei. Finalmente o vi num pequeno anúncio e fui ao banco pedir um empréstimo. Tive que enfrentar uma entrevista terrível com um desdenhoso funcionário do departamento de crédito que me fez pensar em todos os meninos esquisitos e ressentidos do ginásio que dedicam a vida adulta a se vingar de sua adolescência sacaneando todos aqueles que, imagina ele, o tratariam mal nos conselhos de classe. Felizmente, minha clientela aumentou, meus honorários subiram, e logo me livrei daquele peso. Mas ainda tenho que pagar um preço, que é o de me preocupar com o único bem material que significa alguma coisa para mim.

Deslizei para o banco de passageiro do carro de Angie e ela pegou na minha mão. "Não se preocupe, garoto, ninguém vai fazer mal ao seu brinquedinho. Eu garanto."

Às vezes ela é muito engraçadinha.

"Bem, pelo menos nesta redondeza ninguém vai desconfiar desse troço aqui", respondi.

"Ah, essa é muito boa. Nunca pensou em fazer carreira como humorista?", ela perguntou.

E a coisa ficou nesse pé. Ficamos sentados ali no carro dividindo uma lata de Pepsi e esperando que nosso vale-refeição aparecesse.

Lá pelas seis horas estávamos extenuados e cansados um do outro, e mais cansados ainda de olhar para o número 1254 da Merrimack Avenue. Era um edifício desbotado, que talvez um dia tenha sido rosa. Uma família porto-riquenha entrara uma hora antes, e vimos uma luz se acender no apartamento do primeiro andar cerca de um minuto depois. Excetuando-se o fato de que nossa segunda lata de Pepsi estourou no painel do carro quando eu a abri, não aconteceu nada de emocionante em quatro horas.

Eu estava dando uma olhada na coleção de fitas de Angie no chão do carro, tentando descobrir um grupo de que eu tivesse ouvido falar, quando ela disse: "Olhe só".

Uma mulher negra — magra feito um palito, com porte altivo, quase majestoso — estava descendo de um Honda Civic 1981, o braço direito apertando uma sacola de compras contra o quadril. Ela se parecia com a foto de Jenna, só que sete ou oito anos mais jovem. Parecia também ter muito mais energia que a mulher cansada da fotografia. Ela bateu a porta do carro com o outro quadril, num movimento seco e rápido que teria deixado Gretzky* de bunda molhada em cima do gelo. Foi até a porta do edifício, colocou a chave na fechadura e entrou. Alguns minutos depois, vimos sua silhueta na janela, com o fone no ouvido.

"O que vamos fazer?", perguntou Angie.

"Esperar", respondi.

Ela se mexeu no banco. "Eu temia que você dissesse isso." Angie levou a mão ao queixo e ficou mexendo nele por um momento. "Você não está achando que Jenna está aí, está?"

"Não. Desde que desapareceu, ela tem agido com muito cuidado. Deve saber que seu apartamento foi arrombado. E

(*) Jogador canadense de hóquei sobre o gelo. (N. T.)

a julgar pela porrada que o sujeito me deu no pátio da escola, deve estar envolvida em algo mais grave que o mero roubo de documentos que estamos investigando. Com gente desse tipo atrás dela — e talvez esse tal de Roland também —, acho que Jenna não iria ficar na casa da irmã."

Angie deu de ombros, balançou a cabeça de leve, naquele jeitão próprio dela, e acendeu um cigarro. Pôs o braço para fora da janela e a fumaça se concentrou em volta do retrovisor de dentro do carro, depois se dividiu em duas ondas iguais e saiu pelas janelas. Ela disse: "Se somos espertos o bastante para localizá-la, será que outra pessoa não seria também? Não devemos ser os únicos a saber da existência dessa irmã".

Pensei um pouco sobre aquilo. Fazia sentido. Se eles, seja lá quem fossem, mandavam me seguir na esperança de conseguir chegar até Jenna, com certeza devem ter mandado seguir Simone também. "Merda."

"O que você pretende fazer?"

"Esperar", repeti, e ela resmungou. "Vamos seguir Sinone quando ela for a algum lugar...", acrescentei.

"*Se* ela for a algum lugar."

"Pensamento positivo, por favor. Quando ela sair para algum lugar, nós a seguimos, mas antes esperamos um pouco para ver se temos companhia."

"E se essa nossa companhia já tiver nos localizado? Se eles estiverem nos observando neste exato instante em que falamos, pensando o mesmo em relação a nós? O que faremos nesse caso?"

Resisti ao impulso de me virar e verificar se havia outro carro com dois ocupantes imóveis, olhando em nossa direção. "A gente dá um jeito", respondi.

Ela franziu o cenho. "Você sempre diz isso quando não sabe o que fazer."

"Mentira", eu disse.

Às sete e quinze as coisas começaram a se movimentar.

Simone, com um suéter azul-marinho sobre uma camiseta branca, jeans desbotado e tênis comuns cor de ostra, saiu resolutamente de casa e abriu a porta do carro com a mesma determinação. Eu me perguntei se ela fazia tudo daquela maneira — com aquele ar decidido, um ar de dane-se-se-não-puder-me-acompanhar. Será que uma pessoa pode *dormir* desse jeito?

Ela pegou imediatamente a Merrimack, e nós lhe demos algumas quadras de distância, para que pudéssemos ver se éramos a única parte interessada. Pareceu-nos que sim, realmente éramos, e, caso não fôssemos, eu não estava disposto a perder minha única pista. Arrancamos e, lançando um último olhar ao meu carro de 37 mil dólares — pelos cálculos da companhia de seguros, imagine só —, nós a seguimos pela Wickham. Ela atravessou o centro da cidade e pegou a I-495. Eu estava cansado de ficar dentro de um carro e torcia desesperadamente para que Jenna não estivesse escondida no Canadá. Felizmente, não parecia ser esse o caso, porque ela saiu da via expressa alguns quilômetros adiante para entrar em Lansington.

Lansington é ainda mais feia que Wickham, se é que isso é possível, mas de um modo imperceptível. Em muitos aspectos elas são idênticas. Só que Lansington parece mais sombria.

Estávamos esperando num semáforo próximo ao centro da cidade, mas, quando o sinal abriu, Simone continuou parada. Senti uma tenaz gelada apertar meu coração, e Angie disse: "Merda, você acha que ela nos descobriu?".

"Buzine", disse eu.

Ela buzinou e Simone levantou a mão pedindo desculpas quando notou que o sinal estava aberto. Foi a primeira coisa que fez sem muita firmeza desde que a vimos pela primeira vez, e senti aquilo como uma descarga elétrica: estávamos chegando perto.

Em toda a nossa volta, havia casas atarracadas de um andar, com telhado de madeira, de fins do século XIX. As árvores, quando as avistávamos, eram esparsas e horrivelmente retorcidas. Os semáforos eram antigos e ainda redondos, e não havia os sinais "Pare/Siga", nem desenhos para quem não os compreendia. Os sinais faziam um pequeno clique toda vez que mudavam de cor, e rodando tranqüilamente ao longo da estrada de duas pistas eu tinha a impressão de que podíamos estar na região rural da West Virginia ou da Geórgia.

Na nossa frente o farol pisca-pisca da esquerda do carro de Simone se acendeu, e numa fração de segundo ela saiu da estrada e entrou num pequeno estacionamento sujo onde se viam pickups, um Winnebago, dois carros esporte americanos cobertos de poeira e aqueles lamentáveis monumentos ao mau gosto de Detroit que são os El Camino. Havia dois deles. Um carro que não conseguia se decidir se queria ser um caminhão; um caminhão que não sabia se queria ser um carro. Resultado: híbridos abomináveis.

Angie continuou avançando e, ao cabo de uns oitocentos metros, fizemos meia-volta e retornamos ao estacionamento. Ele pertencia a um bar. Exatamente como em Wickham, não dava para saber o que era se não houvesse o pequeno luminoso onde se lia MILLER HIGH LIFE nas janelas. Era um edifício baixo de um andar, um pouco mais recuado (mais ou menos uns dez metros) que as outras casas. Eu ouvia o tilintar dos copos, risos, vozerio de conversas, e uma música do Bon Jovi que vinha de uma juke-box. Retifiquei essa última observação; talvez fosse apenas uma emissora de rádio ligada a um sistema estéreo, e na verdade ninguém pagara para ouvir Bon Jovi. Mas tornei a olhar as pickups e o bar e não tive muita esperança.

Angie disse: "Vamos esperar aqui também?".

"Negativo. Vamos entrar."

"Legal." Ela olhou o edifício. "Graças a Deus tenho licença para portar uma arma." E verificou a munição de seu 38.

"É isso aí", eu disse descendo do carro. "A primeira coisa que você deve fazer ao entrar é dar um tiro no estéreo."

Quando entramos, Simone não estava à vista. Algo muito fácil de concluir porque quando pusemos os pés na soleira todo mundo ficou imóvel.

Eu estava de calça e camisa jeans e um boné de beisebol. Quem olhasse o meu rosto teria a impressão de que eu tivera um entrevero com um pit bull, e o casaco que cobria meu revólver era um troço do exército desbotado e esfarrapado. Eu me integrava perfeitamente.

Angie estava com um blusão de futebol azul-escuro com mangas de couro branco sobre uma camiseta de algodão branca e larga, e calças pretas.

Imagine para qual de nós dois eles estavam olhando.

Olhei para Angie. New Bedford não é tão longe assim daqui. O Big Dan's Bar fica em New Bedford. Foi lá que uns caras jogaram uma moça numa mesa de bilhar e se divertiram à custa dela, estimulados pelos outros fregueses do bar. Olhei para os sujeitos que estavam no bar: uma mistura de caipiras do Leste, brancos pobres, operários das fábricas, recém-chegados do Terceiro Mundo, portugueses, dois negros — todos pobres e hostis, e prontos para dar vazão à própria agressividade. Provavelmente vieram para cá porque o Big Dan estava fechado. Olhei para Angie novamente. Eu não estava preocupado com ela; estava me perguntando o que aconteceria com meu trabalho se minha sócia estourasse os colhões de toda uma assembléia de bar em Lansington. Eu não estava bem certo, mas provavelmente não poderíamos manter nosso escritório na igreja.

O bar era maior do que parecia visto de fora. À minha esquerda, bem na frente do balcão, havia uma escada em madeira bruta. O balcão avançava até o meio da peça, do lado esquerdo. Do lado oposto havia algumas mesas para duas pessoas, encostadas contra uma parede de madeira compensada escura. Atrás do balcão, a sala se alargava, e avistei fliperamas e outros jogos eletrônicos, assim como o canto de uma mesa de bilhar à direita. Uma mesa de bilhar. Magnífico.

O lugar estava um tanto cheio ou muito cheio. Quase todo mundo usava bonés de beisebol, mesmo aqueles que imaginei que fossem mulheres. Umas poucas pessoas tomavam coquetéis, mas considerando o que a maioria tomava, não havia dúvida de que estávamos na terra da Budweiser.

Andamos até o balcão e as pessoas voltaram, ou fingiram voltar, ao que estavam fazendo.

O barman era um jovem de boa aparência, cabelos loiros oxigenados, mas se estava trabalhando ali devia ser da cidade. Ele me deu um leve sorriso. Para Angie, abriu um sorriso tão imenso que parecia que seus lábios iam arrebentar. "Olá. Em que posso servi-la?" Ele se debruçou sobre o balcão e olhou nos olhos dela.

"Duas Buds", disse Angie.

"Com prazer", disse o Loiro.

"Bem, vamos ver", respondeu Angie sorrindo.

Ela faz isso o tempo todo. Flerta com todo mundo o tempo todo, menos comigo. Se eu não fosse um sujeito tão seguro de mim mesmo, iria ficar aborrecido com isso.

Porém, eu estava com sorte naquela noite. Percebi isso na hora em que acabou a música do Bon Jovi. Enquanto o Loiro foi buscar as cervejas, olhei para a escada. Num momento que pode ser considerado de tranqüilidade, tratando-se de um bar, ouvi o ruído de pessoas lá em cima.

Quando o Loiro colocou ambas as cervejas na frente de Angie, perguntei: "Aqui tem uma porta nos fundos?".

Ele virou a cabeça devagar na minha direção, como se eu tivesse chutado o seu joelho ao subir no ônibus. "Hum-hum", disse bem devagar, e apontou com a cabeça para a mesa de bilhar. Vi a porta através da fumaça que pairava sobre a sala do fundo. O Loiro estava olhando para Angie novamente, mas perguntou com o canto da boca: "Por quê, você está pensando em assaltar o bar?".

"Não", eu disse. Procurei na minha pasta os meus cartões de visita até encontrar o mais adequado. "Estou pensando em lhe aplicar uma multa por violar normas de construção. E são muitas, seu babaca." Joguei o cartão em cima do balcão. Nele se lia "Lewis Prine, inspetor de construções". Certa vez Lewis cometera a imprudência de me deixar sozinho em seu escritório.

O Loiro parou de olhar para Angie, embora desse para notar que aquilo lhe doía. Ele recuou um pouco e olhou o cartão. "Vocês não usam um distintivo ou alguma coisa do tipo?"

Eu também tinha um desses. Uma coisa boa dos distintivos é que eles se parecem muito e eu não preciso ficar carregando cinqüenta deles comigo. Agitei o distintivo sob seu nariz e o recoloquei no bolso. "Vocês só têm essa porta nos fundos?", perguntei.

"É", respondeu ele, nervoso. "Por quê?"

"Por quê? *Por quê?* Onde está o dono?"

"Ahn?"

"O dono. O dono."

"Bob? Ele já foi para casa e não volta hoje."

Eu continuava com sorte. "Garoto, quantos andares vocês têm aqui?"

Ele olhou para mim como se eu tivesse lhe perguntado qual a densidade da atmosfera de Plutão. "Andares? Bom, um. Temos um. Temos quartos para alugar no andar de cima."

"Um andar", repeti, com ar de profunda indignação moral. "Um térreo e um andar, e a única saída fica no térreo."

"Sim", fez ele.

"Sim? E como as pessoas do primeiro andar vão sair no caso de um incêndio?"

"Por uma janela?", perguntou ele.

"Uma janela", comentei balançando a cabeça. "Que tal se eu o levasse lá em cima agora mesmo para ver como você chega no chão saltando dessa merda de janela? Uma janela! Pelo amor de Deus."

Angie cruzou as pernas, bebericando sua cerveja, divertindo-se com aquilo.

O Loiro disse: "Bem...".

Eu disse: "Bem o quê?". Lancei para Angie o olhar de "prepare-se".

Ela arqueou as sobrancelhas e engoliu a cerveja rapidamente.

"Garoto", eu disse. "Vou enfiar umas coisinhas no seu cérebro esta noite." Atravessei a sala, fui até a parede de compensado e liguei o alarme de incêndio.

Ninguém na sala correu para a saída. Na verdade ninguém se mexeu. Eles só voltaram a cabeça e olharam para mim. Pareciam estar de saco cheio.

No primeiro andar, entretanto, ninguém poderia saber se estava havendo um incêndio ou não. Os bares sempre cheiram a fumaça.

Uma mulher muito gorda com um lençol bem pequeno cobrindo o corpo e um sujeito magro com o corpo ainda mais exposto foram os primeiros a descer. Eles mal olharam o bar antes de escapulirem pela porta feito coelhos na temporada de caça.

Em seguida veio um casalzinho. Teriam dezesseis anos, ambos com algumas espinhas. Provavelmente se registraram como sr. e sra. Smith. Eles se encostaram na parede quando chegaram ao último degrau, olhando para todos nós, a respiração ofegante.

Então, de repente, lá estava Simone, dando a impressão de estar muito contrariada, procurando com os olhos um responsável, o olhar deslizando sobre o Loiro, sobre o bando de caipiras, para finalmente parar aqui no degas. Lancei-lhe um olhar furtivo antes de concentrar minha atenção em algo que apontava por trás de seu ombro.

Era Jenna Angeline.

Angie se afastou de mim e desapareceu do outro lado da parede de compensado. Eu esperei, os olhos fixos em Jenna Angeline, e os seus finalmente encontraram os meus. Eram olhos que mostravam grande resignação. Olhos velhos, muito velhos. Castanhos, entorpecidos e exaustos demais para demonstrar medo. Ou alegria. Ou vida. Eles se animaram por um segundo e percebi que ela me reconhecia. Não quem eu era. O que eu representava. Eu era apenas mais um tipo de tira, de coletor de impostos, de senhorio ou de patrão. Eu era o poder, e viera para decidir alguma coisa que dizia respeito a sua vida, quer isso a agradasse ou não. Ela me reconhecera perfeitamente.

Angie conseguira encontrar o disjuntor e em um segundo o alarme se transformou num gemido trêmulo e se calou.

Agora eu era o centro das atenções, e sabia que logo teria que enfrentar resistências, pelo menos da parte das irmãs Angeline. Todos, exceto elas, o barman e um provável ex-jogador de futebol com tendência a engordar que estava à minha direita, desapareceram numa bruma indistinta. O jogador de futebol estava inclinado para a frente, na ponta dos pés, e o Loiro estava com a mão embaixo do balcão. Nenhuma das duas irmãs Angeline mostrava a menor intenção de se mexer, a menos que com a ajuda de uma grua.

Minha voz soou alta e rouca quando eu disse: "Jenna, preciso falar com você".

Simone agarrou o braço da irmã e a chamou: "Vamos, Jenna, vamos embora", e começou a puxá-la em direção à porta.

Balancei a cabeça e me postei na porta, com a mão já enfiada no casaco, quando o jogador de futebol se pôs em ação. Mais um herói. Provavelmente um membro da brigada auxiliar do corpo de bombeiros. Sua mão direita avançava em direção ao meu ombro e sua boca estava aberta, falando com voz grossa: "Ei, palhaço, deixe as mulheres em paz". Antes que ele atingisse meu ombro, minha mão partiu de meu casaco, afastou o seu braço com um golpe e esfregou o revólver em seus lábios.

"O que disse?", perguntei, e bati o cano em seu lábio superior.

Ele olhou para o revólver e não disse nada.

Não fiz o menor movimento com a cabeça, simplesmente mantive os olhos no salão do bar, encarando todos aqueles cujo olhar cruzava com o meu. Sentia a presença de Angie ao meu lado, revólver em punho, a respiração curta. Ela disse: "Jenna, Simone, quero que vocês entrem em seu carro e vão para a casa em Wickham. Vamos estar bem atrás e se vocês tentarem escapar, podem acreditar, nosso carro é muito mais veloz que o de vocês, e nós vamos terminar conversando em alguma vala por aí".

Olhei para Simone. "Se eu quisesse lhes fazer mal, a esta altura vocês já estariam mortas."

Simone emitiu um sinal numa espécie de linguagem que só uma irmã entenderia, porque Jenna segurou o seu braço. "Vamos fazer o que eles estão dizendo, Simone."

Angie abriu a porta atrás de mim. Jenna e Simone passaram e saíram. Olhei para o Jogador de Futebol, depois empurrei seu rosto com o revólver. Senti o peso dele na minha arma, os músculos começando a doer, minha mão enrijecida e o suor jorrando de todos os poros do meu corpo.

O Jogador de Futebol me encarou e percebi que ele estava pensando em bancar o herói novamente.

Eu esperei. Apontei o revólver e disse: "Ande".

Angie disse: "Aqui não. Vamos embora". Ela me pegou pelo cotovelo e saímos do bar, andando de costas, para a noite.

9

"Por favor, Simone, sente-se." Tudo o que Jenna dizia soava como uma súplica cansada.

Estávamos de volta à casa fazia dez minutos e tínhamos passado esse tempo negociando com o ego de Simone. Até então, ela tentara duas vezes me empurrar para passar, e agora se dirigia ao telefone.

"Um sujeito não pode vir à minha casa e dizer o que devo fazer", disse ela a Jenna. Depois olhou para Angie. "E um sujeito não vai atirar em mim com os vizinhos acordados no andar de cima." Ela começou a achar isso no momento em que chegou ao telefone.

Eu disse: "Simone, para quem você vai ligar? Para a polícia? Ótimo".

"Largue esse telefone, Simone. Por favor", disse Jenna.

Angie parecia estar aborrecida e inquieta. A paciência não figura entre suas maiores virtudes. Ela atravessou a sala e arrancou o fio do telefone da parede.

Fechei os olhos, depois os abri. "Jenna, sou um detetive particular, e antes que qualquer um de nós decida fazer qualquer coisa, tenho que falar com você."

Simone olhou para o telefone, depois para Angie, depois para mim e finalmente para a irmã. Ela disse: "Moça, você está plantando vento". E sentou-se no sofá.

Angie sentou-se ao lado dela. "Você tem um belo apartamento."

Era verdade. Era pequeno. De fora não se dava nada por ele, e não se via um piano de meia cauda perto da janela, mas a verdade é que Simone tinha bom gosto. O assoalho fora raspado e a madeira que havia por baixo recebeu um belo polimento. O sofá onde Simone e Angie estavam sentadas era de um tom creme-claro, com uma almofada enorme que Angie tinha vontade de apertar contra si. Jenna estava sentada numa poltrona de mogno à direita do sofá, e eu estava reclinado na outra, à sua frente. A cerca de 1,20 metro das janelas, o chão se elevava uns vinte centímetros, formando uma pequena alcova em volta das duas janelas que davam para a rua, com almofadas nos rebordos das janelas, um pequeno porta-revistas de madeira, uma planta pendurada no teto e o móvel de madeira do telefone. Uma estante cobria metade da parede atrás de Jenna, e vi livros de poesia de Nikki Giovanni, Maya Angelou, Alice Walker e Amiri Baraka, além de romances de Baldwin e Wright, de Gabriel García Márquez, Toni Morrison, Pete Dexter, Walker Percy e Charles Johnson.

Olhei para Simone. "Em que escola você estudou?"

"Tuskegee", ela respondeu um tanto surpresa.

"É uma boa escola." Um amigo meu jogara futebol por essa escola durante um ano até descobrir que não era bom o bastante. "Bela coleção de livros", acrescentei.

"Você está surpreso em ver que um crioulo sabe ler."

Soltei um suspiro. "É verdade. É isso, Simone." E voltando-me para Jenna: "Por que você abandonou o trabalho?".

"Todos os dias pessoas abandonam o trabalho."

"Isso é verdade. Mas por que você abandonou o seu?"

"Muito simples: eu não queria continuar trabalhando para eles."

"E quando você mexeu nos arquivos deles, a coisa também foi tão simples?"

Jenna pareceu desconcertada. Simone também. Talvez elas realmente estivessem se sentindo assim, mas, caso Jenna tivesse roubado os dossiês, não era uma boa idéia se mostrar a par do que eu estava falando.

"Mas de que diabos você está falando?", perguntou Simone.

Jenna me lançou um olhar firme, enquanto amassava com a mão o tecido de sua saia. Ela estava refletindo sobre alguma coisa e, por um momento, a inteligência que brilhou em seus olhos encobriu todo o cansaço, como uma onda sobre um barco a remo. Logo em seguida a chama desapareceu, e os olhos novamente se embotaram. "Simone, eu queria falar a sós com esse homem por alguns minutos", disse ela.

Simone não gostou daquilo, no entanto depois de um ou dois minutos ela e Angie foram para a cozinha. Simone tinha uma voz forte e infeliz, mas Angie sabe lidar com o que é forte e infeliz. Não se vive num casamento de rancores arbitrários, ciúmes infundados e acusações intempestivas sem aprender a enfrentar a raiva do outro num espaço exíguo. Quando lida com pessoas lamuriantes e raivosas de qualquer espécie — aquelas que sempre se consideram vítimas da vasta conspiração da vida para lhes estragar o dia, ou que são dadas a excessos ou que morrem de raiva por causa de pecadilhos tão insignificantes quanto previsíveis —, Angie exibe um olhar ausente e calmo, sua cabeça e seu corpo assumem a imobilidade de uma estátua, e o lamuriante ou raivoso desabafa até que aquele olhar o força a gaguejar, a fraquejar, a se esgotar. Então, ou você se encolhe diante de sua lógica serena, empalidecendo diante dessa maturidade intimidante, ou se lança sobre ela, como faz Phil, negando a si mesmo. Eu sei disso. Também estive sob a mira desse olhar uma ou duas vezes.

Na sala, os olhos de Jenna estavam fixos no chão, e se ela amassasse a saia com mais força o fio iria começar a formar um monte a seus pés. "Por que você não me diz por que veio até aqui me procurar?"

Refleti sobre aquilo. Eu me enganara com algumas pessoas antes. Muitas vezes. Parto do princípio de que todas as pessoas são sacanas até prova em contrário, e isso normalmente me é muito útil. Mas vez por outra acho que um indivíduo mostrou ser o contrário disso, e só descubro a sacanagem mais tarde, quase sempre de forma dolorosa. Jenna não me deu a impressão de estar mentindo. Ela parecia não saber mentir, mas geralmente esse tipo de pessoa é incapaz de reconhecer a verdade, mesmo que ela passe em sua frente com um crachá de identificação na lapela.

Eu lhe disse: "Você tem alguns documentos. Eu fui contratado para recuperá-los". Levantei minhas mãos abertas no ar. "É simples assim."

"Documentos?", disse ela, praticamente cuspindo a palavra. "Documentos. Merda." Ela se levantou e começou a andar e de repente se revelou muito mais forte que sua irmã, muito mais determinada. Agora ela não tinha a menor dificuldade em sustentar o meu olhar. Os olhos dela estavam vermelhos e duros, e me dei conta, mais uma vez, de que as pessoas não nascem cansadas e derrotadas — elas ficam assim.

"Deixe eu lhe dizer uma coisa, senhor Kenzie", ela começou com o dedo em riste. "Essa palavra dos infernos é muito engraçada. 'Documentos'", ela repetiu. "Está bem, pode chamá-los do que quiser. Sim senhor. Pode chamá-los do que quiser."

"E como os chamaria, senhora Angeline?"

"Eu não sou senhora."

"OK. Como você os chamaria, senhorita Angeline?"

Ela olhou para mim, o corpo inteiro tremendo de raiva. O vermelho de seus olhos se tornara mais escuro e o queixo se projetava para a frente, reto e resoluto. "Em toda a minha vida, ninguém nunca precisou de mim. Entende o que quero dizer?"

Dei de ombros.

"Precisar", ela disse. "Ninguém nunca precisa de mim. As pessoas me querem, naturalmente. Por algumas horas ou coisa assim, talvez uma semana. Elas dizem: 'Jenna, limpe a sala 105'. Mas depois, quando termino, volto a ser apenas um móvel. Eles não querem saber se estou lá, pouco se importam se não estou. As pessoas sempre conseguem alguém que faça a faxina para elas, que faça as compras para elas, que vá para a cama com elas."

Jenna voltou à sua cadeira e remexeu na bolsa até achar um maço de cigarros. "Tinha ficado dez anos sem fumar... até uns dias atrás." Ela acendeu um e soprou a fumaça formando uma nuvem que encheu a pequena sala. "Não se trata de documentos, entende, senhor Kenzie? Não se trata de documentos."

"Então o quê..."

"São coisas. São coisas." Ela balançou a cabeça, atacou o ar com o cigarro e continuou a andar de um lado para o outro.

Inclinei-me um pouco para a frente em minha poltrona, seguindo-a com a cabeça como se estivesse em Wimbledon. "Que coisas, senhorita Angeline?"

"Sabe, senhor Kenzie", ela continuou como se não tivesse me ouvido, "de repente está todo mundo me procurando, contratando gente como você, provavelmente contratando gente ainda pior, tentando encontrar Jenna, falar com Jenna, tirar de Jenna o que está com ela. De repente, todo mundo *precisa* de Jenna."

Ela atravessou a sala rapidamente, vindo em minha direção, apontando o cigarro para mim como uma faca de açougueiro, a mandíbula cerrada. "Ninguém vai tomar o que está comigo, senhor Kenzie. Está me ouvindo? Ninguém. Só vou entregar a quem eu quiser entregar. Quem decide sou eu. Pego o que eu quero. Eu também tiro o meu proveito. Quem sabe mando alguém fazer compras para *mim*. Para variar, desta vez sou eu quem faz as pessoas trabalharem para *mim*. Sou eu quem as vê se transformar em móveis quando não preciso mais delas." Ela agitou o cigarro aceso em direção ao meu olho. "Eu *decido*. Jenna Angeline." Ela se inclinou um pouco para trás, deu uma tragada no cigarro. "E o que tenho não está à venda."

"Então para que é?"

"Justiça", ela disse através de uma nuvem de fumaça. "E em doses maciças. Tem gente que vai sofrer, senhor Kenzie."

Olhei para a sua mão. Tremia tanto que o cigarro subia e descia como um trampolim depois do salto do nadador. Percebi a angústia de sua voz — um som dilacerado, ligeiramente cavo — e vi os estragos em seu rosto. Jenna Angeline, uma ruína em pessoa. Um coração que batia descompassado dentro da casca de um corpo. Ela tinha medo e estava cansada e enfurecida e vociferava para o mundo, mas, diferentemente de outras pessoas na mesma situação, ela era perigosa porque tinha nas mãos algo que, pelo menos de seu ponto de vista, lhe propiciaria alguma coisa neste mundo. Porém, normalmente o mundo não funciona assim, e pessoas como Jenna são bombas-relógio; podem levar alguns com elas, mas também vão para o inferno.

Eu não queria que acontecesse nada de ruim a Jenna, mas também não queria ser atingido por nenhum estilhaço se ela resolvesse se destruir. Eu disse: "Jenna, meu problema é o seguinte; a gente chama esse tipo de caso de 'encontrar-telefonar', porque é só para isso que sou pago: encontrar você, ligar para o cliente e sair por aí feliz da vida. A partir do momento em que dou o telefonema, estou fora. Normalmente o cliente chama a polícia, ou resolve o problema pessoalmente, pouco importa. Mas não espero para ver o que acontece. Eu sou...".

"Um cachorro", ela disse. "Você sai por aí de focinho no chão, farejando moitas e merda fresca até achar a raposa. Então você recua e deixa que os caçadores a matem a tiros." Ela esmagou o cigarro.

Não era a metáfora que eu escolheria, contudo não estava totalmente errada, independentemente do que eu quisesse pensar. Jenna se sentou de novo, olhou para mim e sustentei o seu olhar turvo. Eles tinham aquela estranha mistura de terror e de valentia pertinaz de gato acuado, o olhar de alguém que não tem certeza de estar à altura da empreitada, mas que concluiu não haver alternativa senão seguir em frente. É o olhar de uma alma que naufraga, mas que tenta mobilizar todas as suas forças para um último gesto que valha a pena. É um olhar que nunca vi nos olhos de pessoas como Sterling Mulkern, Jim Vurnan ou Brian Paulson. Nunca vi aquele olhar nos olhos do Herói, do presidente ou de um grande industrial. Mas o vi nos olhos de quase todo mundo, com exceção deles.

"Jenna, você podia me dizer o que devo fazer."

"Quem contratou você?"

Balancei a cabeça.

"Bem, ou foi o senador Mulkern, ou foi Socia; Socia simplesmente mandaria me matar, onde quer que me encontrasse, portanto só pode ter sido Mulkern."

Socia? "Socia tem alguma coisa a ver com Roland?", perguntei.

Se eu tivesse jogado uma bola de ferro de demolição na cabeça de Jenna, o impacto teria sido menor. Ela fechou os olhos por um instante e ficou sentada, balançando de um lado para o outro. "O que você sabe sobre Roland?", perguntou.

"Sei que é alguém que se deve evitar."

"Mantenha distância dele, está me ouvindo? Fique longe dele."

"É isso que as pessoas vivem me dizendo."

"Bem", disse ela, "aceite o conselho delas."

"Quem é Roland?", perguntei.

Ela balançou a cabeça.

"OK. Quem é Socia?"

Outro balançar de cabeça.

"Jenna, não posso ajudar você se..."

"Eu não estou pedindo a sua ajuda", disse ela.

"Ótimo", respondi. Levantei-me e dirigi-me ao telefone. Reconectei o aparelho e comecei a discar.

"O que você está fazendo?", Jenna perguntou.

"Estou ligando para o meu cliente. Você pode falar com ele. Já fiz o meu trabalho."

"Espere", disse ela.

Balancei a cabeça. "Sterling Mulkern, por favor."

Uma voz gravada estava me dizendo as horas quando Jenna puxou o fio do telefone da parede. Voltei-me e olhei para ela.

"Você tem que confiar em mim", ela disse.

"Não. Não tenho. Posso deixar você aqui e ir até a primeira cabina telefônica e telefonar de lá."

"Mas se...?"

"E se o quê?", perguntei. "Tenho mais o que fazer que ficar aqui perdendo tempo com você, mocinha. Você tem uma carta a jogar. Pois então jogue."

"Que tipo de documentos você está procurando?"

Eu não tinha nenhuma razão para mentir.

"Eles têm a ver com um projeto de lei que vai ser debatido."

"Ah, é?", fez ela. "Bem, senhor Kenzie, andaram mentindo para você. O que está comigo não tem nada a ver com projetos de lei, nem com política nem com a Câmara."

Tudo tem a ver com política nesta cidade, mas deixei passar. "E com que eles têm a v... Não, foda-se. O que você tem, senhorita Angeline?"

"Tenho algumas coisas em um cofre, em Boston. E se você quer saber o que são, venha comigo quando os bancos abrirem; então vamos ver quem você é de fato."

"Por que eu faria isso?", perguntei. "Por que eu não ligaria para o meu cliente imediatamente?"

"Acho que conheço muito bem as pessoas, senhor Kenzie", respondeu ela. "Não é de muita valia para uma negra pobre como eu, mas é a única coisa que tenho. E você... bem, talvez você não se importe de ser o cão de alguém uma vez ou outra, mas com certeza você não é pau-mandado de ninguém."

10

"Você pirou de vez, é?", disse Angie num cochicho áspero. Estávamos sentados no pequeno quarto de dormir, olhando para a rua. Jenna e Simone deviam estar tendo uma conversa parecida na cozinha.

"Você não gosta da idéia?", perguntei.

"Não, não gosto."

"Vinte horas a mais ou a menos não vão fazer muita diferença."

"Besteira. Patrick, isso é coisa de retardado. Fomos contratados para localizá-la e ligar para Mulkern. Bem, nós a achamos. Agora a gente devia ligar para ele e ir para casa."

"Não acho."

"*Você* não acha?", disse ela furiosa. "Que maravilha. Só que você não é o único componente dessa equação. Isto é uma sociedade."

"Eu sei que é..."

"Sabe mesmo? Eu também tenho uma licença de detetive. Está lembrado disso? É verdade que foi você quem abriu o escritório, mas eu também empenhei meu tempo nele. Eu também me exponho a tiros e agressões e dou plantões de quarenta e oito horas. Fui eu quem sofreu esperando para saber se o procurador de Justiça iria indiciar Bobby Rice. Também tenho voz ativa aqui. Meio a meio."

"E o que você me diz?"

"Digo que é uma besteira. Digo que devemos fazer aquilo para o que fomos contratados e ir embora."

"E eu digo..." Então me recompus. "Peço que você confie em mim neste caso e me dê um prazo, até amanhã de manhã. Porra, Ange, de qualquer forma vamos ter que ficar vigiando a mulher até lá. E Mulkern não iria sair da cama para vir até Wickham a esta hora da noite."

Ela pensou no que eu lhe havia dito. Sua pele azeitonada adquirira um tom café sob a parca iluminação do quartinho, e seus lábios carnudos estavam crispados. "Talvez, talvez."

"Então, qual é o problema?", disse eu começando a me levantar.

Ela segurou o meu pulso. "Mais devagar, garoto."

"O quê?"

"Sua lógica é boa, Skid; seus motivos é que são o problema."

"Que motivos?"

"Você é que tem que me dizer."

Sentei-me novamente e suspirei. Olhei para ela, com meu olhar mais inocente. "Não vejo qual é o mal em saber tudo o que se pode quando se tem oportunidade. Este é o meu único motivo."

Ela balançou a cabeça devagar, lançando-me um olhar firme e um pouco triste. Passou a mão no cabelo, deixou que a franja caísse sobre a testa. "Ela não é um gato que alguém largou na chuva, Patrick. É uma mulher adulta que cometeu um crime."

"Não estou tão certo disso", respondi.

"De qualquer modo, isso não vem ao caso. Não somos assistentes sociais."

"Aonde você quer chegar, Ange?", disse eu, subitamente cansado.

"Você não está sendo honesto consigo mesmo. Nem comigo." Ela se levantou. "Vamos agir dessa forma, se você quiser. Não sei se vai fazer tanta diferença. Mas lembre de uma coisa."

"O quê?"

"Quando Jim Vurnan nos perguntou se aceitávamos o caso, eu estava propensa a não aceitar. Foi você quem disse que trabalhar para Mulkern e para gente como ele não era problema."

Levantei as mãos. "E minha posição não mudou."

"Espero que não, Patrick, porque não estamos numa situação tão boa que possamos nos dar ao luxo de pôr a perder um trabalho desses."

Ela saiu do quarto e entrou na cozinha.

Olhei o meu reflexo no espelho. Eu também não parecia estar muito satisfeito comigo mesmo.

Coloquei o meu carro na frente do edifício para que pudesse ficar de olho nele do pequeno quarto. Nada fora quebrado ou roubado, e dei graças ao bom deus dos carros que está no céu.

Angie voltou da cozinha e ligou para Phil para lhe dizer que ia passar a noite fora, e aquilo se transformou num suplício, com a voz dele, plenamente audível no fone, protestando e falando de suas próprias necessidades, puta que o pariu. Angie, com uma expressão vazia e ausente, colocou o fone no colo e fechou os olhos por um momento. Ela virou a cabeça e abriu os olhos. "Você vai precisar de mim?"

Balancei a cabeça. "Vejo você amanhã no escritório lá pelas dez horas."

Ela voltou a falar no telefone com uma voz tão macia e tranqüilizadora que me causou enjôo, e logo depois de desligar foi embora.

Verifiquei se aquele era o único telefone e passei o ferrolho na porta de trás para que ninguém a pudesse abrir sem fazer barulho. Sentei na banqueta perto da janela e escutei os ruídos da casa. Através da parede do quarto eu ouvia Jenna tentando explicar nosso acordo a Simone.

Um pouco antes, Simone fizera o maior estardalhaço falando de seqüestro e de crimes federais, citando uma carrada de noções jurídicas que aprendera na televisão e no *L.A.*

Law. Ela estava tomada e falava na maior altura sobre "rapto" e outros absurdos quando lhe garanti que a alternativa para aquela situação que estava sob meu controle seria uma rápida solução legal do caso de sua irmã por Sterling Mulkern e companhia. Ela calou a boca.

As vozes do quarto se calaram e alguns minutos depois eu ouvi a porta se abrir e o reflexo de Jenna se erguer à altura do meu ombro, na vidraça. Ela estava com uma camiseta extragrande, calças velhas de *jogging* cinzentas, e seu rosto estava lavado, sem nenhuma maquiagem. Trazia duas latas de cerveja na mão e, quando me virei, entregou uma para mim. Ela disse: "Minha irmã me fez prometer que eu as iria repor".

"Não duvido."

Ela sorriu e se sentou na banqueta da janela oposta à minha. "Ela pediu que lhe dissesse que mantenha distância da geladeira. Não quer que você toque na comida dela."

"É compreensível", disse abrindo a lata. "Talvez eu dê uma volta no apartamento depois que vocês dormirem e vá tirando as coisas do lugar só para chateá-la."

Jenna tomou um pouco de cerveja. "Ela é uma boa moça, a Simone. Só que muito revoltada."

"Contra o quê?"

"O que você acha? Com o mundo em geral, imagino. E com os brancos em particular."

"Acho que não estou fazendo grande coisa para mudar as impressões dela."

"Não, não está."

Ela parecia quase serena sentada ali junto à janela, a cabeça apoiada na vidraça, a cerveja no colo. Sem a maquiagem, parecia de certa forma mais jovem, menos exausta. Em outros tempos deve ter sido muito bonita, talvez uma daquelas mulheres que provocam comentários masculinos quando passam na rua. Tentei imaginá-la assim — uma Jenna Angeline jovem, com um brilho de confiança a lhe iluminar o rosto porque ela era jovem e tinha a ilusão de que sua juventude e sua beleza lhe abririam um leque de opções —, mas não consegui. O tempo lançara sobre ela uma mão por demais pesada.

Ela disse: "Sua sócia também pareceu não gostar dela nem um pouco".

"E não gostou mesmo. Se dependesse dela, a gente daria o telefonema e a esta altura estaríamos em casa."

Ela aquiesceu, tomou outro gole de cerveja e balançou a cabeça devagar. "Simone... às vezes eu não entendo essa moça", comentou ela.

"O que é preciso compreender?", perguntei.

"Toda essa raiva. Você entende?"

"Há muita coisa a odiar na vida."

"Eu sei", disse ela. "Acredite, eu sei. A gente chega a pensar que há tanta coisa que de certo modo temos que escolher o que odiar. Merecer o que detestamos, acho. Agora Simone detesta tudo, simplesmente tudo. E algumas eu acho que ela..."

"Ela mereceu?"

"Exatamente", respondeu ela concordando.

Refleti sobre aquilo. Não tinha muito o que acrescentar. Eu aprendera mais sobre a capacidade de odiar que qualquer outra coisa, desde que começara a fazer aquele trabalho.

Ela bebeu mais um pouco de cerveja. "De qualquer forma, me parece que o mundo nos dá muitas razões para nos enfurecermos. Agora, ficar com raiva de todo mundo antes mesmo de ver quão ruim a coisa pode ser, o que o mundo pode fazer com você quando se dispõe de verdade a isso... Acho que essa maneira de pensar é pura bobagem."

"Você está coberta de razão", eu disse, e levantei minha latinha de cerveja. Ela deu um pequeno sorriso, tocou sua latinha na minha, e de repente me dei conta do que uma parte de mim já sabia desde que vi sua foto pela primeira vez: eu gostava dela.

Ela terminou de tomar a cerveja um ou dois minutos depois e foi para a cama fazendo um pequeno aceno antes de entrar no quarto.

A noite custou a passar e eu fiquei me mexendo demais na poltrona, andei um pouco de um lado para o outro, olhei o meu carro. Angie agora estava em casa, ensaiando mais alguns passos daquela dança grotesca e dolorosa que ela chamava de casamento. Uma palavra ríspida, uma ou outra bofetada, algumas acusações em altos brados, e para a cama até o dia seguinte. Amor. Eu me perguntei novamente por que ela estava com ele, o que podia levar uma pessoa com tantas qualidades e com tanto discernimento a agüentar um merda daquele. No entanto, antes que eu entrasse completamente no reino do farisaísmo, a palma da minha mão encostou no meu abdome, no tecido cicatricial que sempre me faz lembrar o preço do amor sob sua forma menos idealizada.

Obrigado, pai.

Na quietude da sala escura, me lembrei também de meu próprio casamento, que durou cerca de um minuto e meio. Angie e Phil pelo menos davam mostras de certa dedicação ao amor que os unia, por mais distorcido que fosse, o que nunca acontecera entre mim e Renee. A única coisa que nosso casamento me ensinou sobre o amor é que ele acaba. E olhando da banqueta da janela de Simone Angeline para a rua vazia ocorreu-me que uma das razões do meu sucesso no trabalho é que, às três horas da manhã, quando a maioria das pessoas está dormindo, eu ainda estou trabalhando, porque não tenho um lugar melhor aonde ir.

Joguei um pouco de paciência e disse ao meu estômago que ele não estava com fome. Pensei em fazer uma incursão à geladeira de Simone, mas imaginei que ela devia ter preparado uma armadilha: quando eu pegasse a mostarda, esbarraria num fio e receberia uma flechada na cabeça.

A aurora surgiu numa linha indistinta de ouro pálido que levantou o manto negro da noite. Um despertador soou no quarto ao lado, e logo o chuveiro começou a funcionar. Espreguicei-me até ouvir o agradável estalo dos ossos e sentir a elasticidade dos músculos; então fiz minha sessão matinal de cinqüenta abdominais e cinqüenta flexões. Quando terminei, o segundo turno do chuveiro já se encerrara e as duas irmãs estavam na porta, prontas para sair.

"Você tirou alguma coisa da minha geladeira?", perguntou Simone.

"Não, mas acho que posso tê-la confundido com o banheiro ontem à noite. Eu estava muito cansado. Você guarda legumes no banheiro?"

Ela entrou na cozinha roçando em mim na passagem. Jenna olhou para mim e balançou a cabeça. "Aposto como você fazia o maior sucesso no colégio", disse ela.

"Bom humor não tem limite de idade", respondi.

Ela revirou os olhos.

Simone tinha um emprego e eu passei a noite toda me perguntando se a deixaria ir trabalhar ou não. No final, disse a mim mesmo que Simone não revelara nenhuma tendência homicida em relação à irmã, que eu tivesse notado, por isso me convenci de que ela não iria abrir a boca.

Quando eu e Jenna estávamos de saída olhando Simone partir em seu carro, lancei a pergunta: "Esse tal de Socia sabe da existência de Simone?".

Jenna estava colocando um leve cardigã, embora a temperatura já estivesse chegando aos vinte graus às oito horas da manhã. "Ele a conheceu. Faz muito tempo. No Alabama."

"Há quanto tempo ela mudou para o Norte?"

Ela deu de ombros. "Dois meses."

"E Socia realmente não sabe que ela está aqui?"

Jenna olhou para mim como se eu estivesse drogado.

"Nós duas estaríamos mortas se Socia soubesse disso."

Andamos até o meu carro e Jenna ficou examinando-o enquanto eu abria a porta. "O senhor nunca ficou adulto, senhor Kenzie?"

E dizer que eu cheguei a achar que o carro iria impressionar as pessoas.

O caminho de volta foi tão aborrecido quanto o de ida. Fiquei ouvindo Pearl Jam, e, se Jenna não gostou, não disse nada. Ela não falava muito, ponto final. Ficava só olhando a estrada e amassando a parte inferior de seu cardigã com os dedos finos, quando estes não estavam ocupados com um cigarro.

Quando nos aproximávamos da cidade, já avistando os edifícios Hancock e Prudential que se erguiam contra o céu pálido para nos saudar, ela disse: "Kenzie".

"Sim."

"Às vezes você sente que precisam de você?"

Pensei um pouco. "Às vezes", respondi.

"Quem?"

"Minha sócia, Angie."

"Você precisa dela?"

Fiz que sim com a cabeça. "Às vezes sim. Puxa vida, sim."

Ela olhou pela janela.

"Bem, então é melhor não largar dela."

Saímos da 93, na altura de Haymarket, em plena hora do rush, e levamos quase meia hora para percorrer o quilômetro e meio que nos separava da Tremont Street.

O cofre de Jenna se encontrava no Bank of Boston, na Tremont, de frente ao Boston Common e na esquina da Park Street. Naquela altura, o Common se transformara em alameda cimentada, margeando os dois edifícios acaçapados que servem de entrada para a estação de Park Street, depois do que encontramos grande número de vendedores ambulantes, músicos de rua, jornaleiros e vagabundos. Multidões de homens e de mulheres de negócios e também de políticos atravessam a passos rápidos as passarelas, onde o Common volta a ficar verde, e se dirigem à escadaria que vai dar na Beacon Street, dominada pela Câmara, cujo domo dourado olha a plebe do alto.

É impossível estacionar na Tremont ou mesmo ficar rodando por ali por mais de trinta segundos. Um esquadrão de fiscais de estacionamento, importadas da seção feminina da Juventude Hitlerista logo depois da queda de Berlim, patrulha as ruas, à razão de pelo menos duas por quarteirão, caras de pit bull sobre os corpos de hidrante, esperando alguém estúpido o suficiente para atrapalhar o trânsito de sua rua. Diga "bom dia" a uma delas e ela mandará recolher seu carro por ter tentado bancar o esperto. Entrei no Hamilton Place, atrás do teatro Orpheum, e estacionei na zona de carga e descarga. Andamos os dois quarteirões até o banco. Eu ia entrar com Jenna, mas ela se opôs. "Uma velha negra entrando num banco com um rapaz branco. O que vão achar disso?"

"Que eu sou um gigolô?"

Ela balançou a cabeça. "Vão pensar que você é um policial escoltando a crioula que foi pega fazendo alguma coisa errada. Mais uma vez."

Concordei com ela. "Tudo bem."

"Eu não fiz tudo isso só para poder fugir de você agora, Kenzie. Eu podia ter saído por uma janela ontem à noite, se fosse o caso. Por que você não espera do outro lado da rua?"

Às vezes a gente tem que dar um crédito às pessoas.

Ela entrou sozinha e eu atravessei a Tremont e fiquei ao lado da estação Park Street, no meio da alameda, com a sombra do campanário branco em meu rosto.

Jenna não demorou muito.

Ela saiu, me viu, acenou com a mão. Esperou que o sinal abrisse e atravessou a rua. Andava a passos largos, a mão segurando bem a bolsa enquanto atravessava a alameda. Seus olhos castanhos brilhavam, mármore castanho com cintilações no centro, e ela parecia muito mais jovem que na fotografia que tinham me dado.

Jenna se aproximou e disse: "O que tenho aqui é uma pequena parte".

"Jenna...", principiei.

"Não, não", disse ela. "É importante, pode acreditar. Você vai ver." Ela lançou um olhar à Câmara, depois olhou para mim novamente. "Você prova que está disposto a me ajudar neste caso, mostra de que lado está, e aí lhe dou o resto. Eu lhe dou..." Seus olhos perderam o brilho e se encheram de lágrimas; sua voz engasgava como uma embreagem gasta. "Eu lhe dou... o resto", ela conseguiu completar. Eu a conhecia há menos de doze horas, mas senti que, qualquer que fosse esse "resto", era algo ruim. Uma coisa que a dilacerava profundamente.

Então Jenna sorriu, um riso bonito e suave, e tocou o meu rosto com a mão. "Acho que vamos resolver isso direito, Kenzie. Talvez nós dois consigamos um pouco de justiça enquanto estivermos nesta parada." A palavra "justiça" saiu de sua boca como se ela a quisesse saborear.

"Vamos ver, Jenna."

Ela enfiou a mão na bolsa e me entregou um envelope de papel manilha. Eu o abri e tirei uma fotografia em preto-e-branco de 20×30. Era uma foto de baixa definição, como se tivesse sido copiada de outra, mas era clara. Havia dois homens na fotografia, de pé, ao lado de um baú ordinário, cada um segurando um copo. Um era negro, o outro era branco. O negro eu não sabia quem era. O branco estava com calção de pugilista e meias pretas. Tinha cabelos castanhos; o cinza que os reduziria a uma camada de estanho só chegaria dali a alguns anos. Ele sorria, com ar cansado; a foto era velha, de um tempo em que Paulson ainda era deputado, não senador.

"Quem é o negro?", perguntei.

Olhei para ela e percebi que Jenna estava me avaliando. A hora de se arriscar, por assim dizer, quando ela iria decidir se podia confiar em mim ou não. Eu tinha a impressão de me encontrar numa campânula — a multidão que passava por nós não tinha uma existência concreta, mero pano de fundo atrás de nós, como num filme antigo.

"O que você pretende nesta história toda?", ela perguntou.

Eu estava pensando no que iria responder quando algo familiar saiu da tela à nossa direita, dirigindo-se para a nossa campânula, e o reconheci como se me encontrasse debaixo d'água: um boné de beisebol azul com costuras amarelas.

"Abaixe-se!" Eu estava com a mão no ombro de Jenna quando Boné Azul se pôs em posição de tiro e o ruído metálico feriu o ar da manhã. A primeira rajada de balas atravessou o peito de Jenna como se ela não estivesse ali, e eu mergulhei no momento em que as balas passaram raspando a minha cabeça, sempre tentando fazer com que Jenna, cujo peito sacudia para a frente e trepidava em várias direções, se abaixasse. Boné Azul estava com o dedo no gatilho, com a arma na posição automática, que atravessava o corpo de Jenna num arco que varria o cimento e vinha em minha direção. A multidão da alameda estava em franca debandada, e, quando tirei meu revólver do coldre, alguém pisou em meu tornozelo. O corpo de Jenna caiu sobre o meu, e lascas de cimento do chão bateram no meu rosto. Agora ele atirava de forma mais metódica, tentando desviar do corpo de Jenna para atingir o meu. A qualquer momento ele poderia recomeçar a atirar nela: as balas atravessariam seu cadáver como papel e atingiriam o meu.

Através do sangue que me turvava a vista, percebi que ele levantava a Uzi acima da cabeça, depois se inclinava, e o cano era apenas uma mancha branca. A trilha que a rajada de balas ia traçando qual uma britadeira em direção a minha cabeça estacou subitamente numa nuvem de poeira de cimento. O fino carregador de cartuchos caiu da arma e, antes que chegasse ao chão, Boné Azul já encaixara outro. Ele preparou a arma e eu saí de sob o corpo de Jenna e fiz fogo.

A magnum disparou com um barulho áspero, e Boné Azul voou no ar como se tivesse sido abalroado por um caminhão. Ele caiu no chão, ricocheteou, e a arma caiu de sua mão. Afastei o corpo de Jenna, limpei o sangue dela de meus olhos, e vi que Boné Azul estava tentanto se arrastar em direção à sua Uzi. A arma se encontrava a uns três metros dele, mas lhe era difícil percorrer essa distância porque seu tornozelo esquerdo estava quase totalmente arrebentado.

Aproximei-me dele e dei-lhe um chute na cara. Forte. Ele gemeu. Dei-lhe outro pontapé, e ele perdeu os sentidos.

Voltei para junto de Jenna e me sentei no cimento, na poça de sangue que aumentava cada vez mais. Levantei-a do chão e tomei-a nos braços. Seu peito não estava mais lá — ela também se fora. Nada de últimas palavras, simplesmente a morte. Estendida como uma boneca quebrada ao lado do Boston Common no começo de um novo dia. Suas pernas estavam tortas, e os urubus curiosos voltavam para dar uma segunda olhada, agora que a fuzilaria tinha terminado.

Ajeitei suas pernas e as dobrei sob seu corpo. Olhei o seu rosto. Ele não me dizia nada. Mais uma morte. Quanto mais eu vejo, menos entendo.

Ninguém mais precisava de Jenna Angeline.

11

Como o Herói, fui para a primeira página dos dois jornais. Quando o tiroteio começou, havia na multidão um fotógrafo amador, e, logo que limpou a sujeira das cuecas, ele reapareceu.

Àquela altura eu voltara para junto de Boné Azul e pegara a sua Uzi pela bandoleira. Estava agachado ao lado dele, a cabeça abaixada, a magnum na mão e a Uzi pendurada no ombro. Foi nesse momento que ele bateu as fotos. Nem cheguei a vê-lo. Numa das fotos, eu estava agachado ao lado de Boné Azul, e por trás de nós havia uma faixa verde e a Câmara. Em primeiro plano, no canto direito, meio fora de foco, o corpo de Jenna. Ele mal podia ser visto.

O *Trib* reproduziu a foto no canto inferior esquerdo da primeira página, mas o *News* dera na página inteira, com uma legenda histérica por sobre a Câmara atrás de nós. DETETIVE HERÓI NUM TIROTEIO MATINAL!!! Como eles podiam imprimir a palavra "herói" com o cadáver de Jenna em primeiro plano, um pouco atrás de mim? Imagino que DETETIVE FRACASSADO EM TIROTEIO MATINAL não teria o mesmo efeito.

Pouco depois os policiais chegaram e empurraram o fotógrafo para trás de uma barreira montada às pressas. Eles pegaram minha arma e a Uzi, me deram uma xícara de café e recapitulamos e tornamos a recapitular os fatos.

Uma hora depois eu estava no quartel-general da Berkeley Street, e os policiais ainda estavam decidindo se iam me autuar ou não. Eles leram para mim meus direitos em espanhol e em inglês enquanto decidiam o que fazer.

Conheço muitos tiras, mas nenhum deles parecia estar trabalhando naquele caso. Os dois sujeitos que se encarregaram de mim pareciam Simon e Garfunkel em seus piores dias. Simon se chamava inspetor Geilston, era baixo, impecável em sua calça vinho-escuro com pregas e sua camisa com colarinho abotoado, azul-clara com listras xadrezes creme. Ele usava uma gravata vinho com um sutil motivo de losangos azuis. Tinha cara de ter mulher, filhos e dinheiro aplicado. Ele era o Bom Tira.

O Mau Tira era Garfunkel, ou detetive Ferry como era chamado na guarnição. Era alto e desengonçado, usava um terno marrom desbotado e muito curto nos braços e nas pernas. Sob o paletó, uma camisa branca amarrotada e uma gravata marrom-escura de tricô. Mister Moda. Seus cabelos eram de um loiro avermelhado, mas havia uma grande faixa calva no meio deles, e os remanescentes formavam tufos de ambos os lados, assemelhando-se a um penteado afro.

Eles foram muito gentis comigo na cena do crime — ofereceram-me xícaras de café, dizendo-me que não era preciso ter pressa, que não me preocupasse, que relaxasse —, no entanto Ferry foi ficando cada vez mais exasperado à medida que eu respondia a suas perguntas com "Não sei". E se mostrou bastante hostil quando me recusei a lhe informar quem havia me contratado e o que estava fazendo com a morta. Como eu ainda não fora autuado, a fotografia estava dobrada e enfiada na minha meia, junto ao tornozelo. Eu imaginava o que aconteceria se eu a entregasse: uma investigação oficial, talvez alguns detalhes escabrosos sobre a vida do senador Paulson, talvez nada. Mas com certeza não haveria prisões, não haveria justiça, nenhum reconhecimento público de uma faxineira morta que só almejara em vida que alguém precisasse dela.

Quando se é detetive particular, ajuda muito tratar bem os tiras. Eles lhe prestam serviços de vez em quando, e vice-versa, e é assim que se criam vínculos e os negócios prosperam. Porém, não tolero muito bem hostilidade, principalmente quando minhas roupas estão encharcadas de sangue de outra pessoa e já estou há mais de 24 horas sem comer e sem dormir. Ferry estava de pé, na sala de interrogatório, com um pé na cadeira ao lado da minha, e me explicava o que iria acontecer com minha licença de detetive se eu não me dispusesse a "cooperar".

"Cooperar?", perguntei. "Ora, rapazes, vocês têm um manual de clichês da polícia, é? Qual de vocês dois diz 'Prenda ele, Danno'?"

Pela trigésima vez naquela manhã, Ferry suspirou ruidosamente pelas narinas e disse: "O que você estava fazendo com Jenna Angeline?".

Pela qüinquagésima vez naquela manhã, respondi: "Sem comentários", e voltei a cabeça no momento em que Cheswick Hartman surgia na soleira da porta.

Cheswick é tudo o que se poderia esperar de um advogado. É incrivelmente bonito, com belos cabelos castanhos penteados para trás. Veste roupas de Louis sob medida de 1800 dólares e raramente usa a mesma duas vezes. Sua voz é profunda e macia como um puro malte de doze anos e ele tem aquele ar entediado que assume sempre que está prestes a afogar o adversário num dilúvio de citações latinas e de frases pronunciadas de forma impecável. Além disso, tem um nome absolutamente chique.

Em circunstâncias normais, eu teria que ganhar na loteria para poder pagar os honorários de Cheswick, mas alguns anos antes, quando o escritório em que ele trabalhava considerava a possibilidade de lhe propor sociedade, sua irmã, Elisa, segundanista em Yale, passou a usar cocaína. À época, era Cheswick quem legalmente tinha o controle de seus bens, e, quando a dependência de Elisa atingiu o nível de oito doses por dia, ela já comprometera seriamente sua renda anual e ainda devia muitos milhares de dólares a uns sujeitos de Connecticut. Em vez de contar a Cheswick, correndo o risco de decepcioná-lo, ela fez um acordo com os homens de Connecticut, e tiraram-se algumas fotos.

Um dia, Cheswick recebeu um telefonema. Seu interlocutor descreveu as fotos e afirmou que elas iriam parar na mesa do chefe do escritório de advocacia se Cheswick não lhe entregasse, até o fim da semana, uma quantia que se elevava a cinco algarismos. Cheswick ficou lívido. Não era o dinheiro que o perturbava — a fortuna de sua família era muito grande —; era o fato de quererem tirar proveito do problema de sua irmã e do amor que ele tinha por ela. Ele ficou tão preocupado com a irmã que nem uma única vez em nosso primeiro encontro tive a impressão de que era a ameaça ao seu emprego que o enfurecia, e admirei isso.

Cheswick chegou até mim por indicação de um conhecido seu da assistência jurídica, e me dera o dinheiro com a determinação expressa de que eu trouxesse todas as fotos e todos os negativos, com a garantia absoluta de que o caso pararia ali, e imediatamente. Eu deveria dizer aos sujeitos que a dívida de Elisa ficava quitada integralmente.

Por razões que não recordo, levei Bubba comigo quando fui para Connecticut. Depois de descobrir que os chantagistas eram um bando de escroques sem a menor estrutura e sem contatos no meio político, encontramos com dois deles num espigão de Hartford. Bubba segurou um dos caras pelos tornozelos numa janela do décimo primeiro andar, enquanto eu negociava com o seu comparsa. Quando a vítima de Bubba se encontrava toda borrada, o comparsa já concordara que um dólar era uma boa quantia para encerrar a história. Eu lhe paguei em moedas de um centavo.

Desde essa época Cheswick tem retribuído o favor me defendendo gratuitamente.

Ele arqueou as sobrancelhas ao ver o sangue em minhas roupas. E falou com toda calma: "Por favor, gostaria de ficar a sós com o meu cliente por alguns instantes".

Ferry cruzou os braços e se inclinou para mim. "E que merda eu tenho com isso?"

Cheswick puxou a cadeira de sob o pé de Ferry. "O que você tem é que sair desta sala agora, inspetor, ou vou processar este departamento por prisão arbitrária, maus-tratos e detenção ilegal, de forma que você vai ter que responder diante da justiça até depois de ter se aposentado."

Ele olhou para mim. "Eles leram para você os seus direitos?"

"Sim."

"Claro que lemos a porra dos direitos", disse Ferry.

"Você ainda está aqui?", disse Cheswick enfiando a mão em sua pasta.

"Vamos sair, parceiro", disse Geilston.

"Ora, não! Só porque...", principiou Ferry.

Cheswick olhou os dois friamente, e Geilston pegou no braço de Ferry. "Não vamos arrumar confusão, Ferry", disse ele.

"Ouça o que seu colega está dizendo, inspetor", disse Cheswick.

"Ainda vamos nos encontrar", disse Ferry, como o professor Moriarty a Sherlock Holmes.

"Quando eu o estiver processando, sem dúvida. Pode começar a economizar, cobro caro."

Geilston deu um último puxão no braço de Ferry e os dois saíram da sala.

"O que está acontecendo?", perguntei a Cheswick, achando que ele tinha alguma coisa particular para me dizer.

"Oh, nada", ele respondeu. "Eu só faço isso para mostrar quem é que manda. Isso me dá tesão."

"Ótimo."

Ele olhou o meu rosto, o sangue. "Você não está tendo um bom dia hoje, hein?"

Balancei a cabeça devagar.

Sua voz perdeu o tom leviano. "Você está bem? Mesmo? Ouvi comentários sobre o que se passou, mas pouca coisa."

"Eu só quero ir para casa, Cheswick. Estou cansado, todo encharcado de sangue, com fome, e de péssimo humor."

Ele deu um tapinha no meu braço. "Bem, tenho boas notícias da Promotoria. De tudo o que eles ouviram, não há motivos para acusá-lo de nada. Você deve se considerar livre até a investigação; não faça nenhuma viagem repentina etc. etc. etc."

"Minha arma?"

"Acredito que ficará retida. Testes de balística, rotinas desse tipo."

Assenti. "Faz sentido. Podemos ir agora?"

"Fomos", disse ele.

Ele me levou pela saída de trás para evitar os jornalistas e foi lá que me falou do fotógrafo. "O comissário confirmou. O sujeito tirou umas boas fotos suas e as vendeu para os dois jornais da cidade."

"Eu os vi levando o cara de lá, mas na hora não me toquei de nada."

Andamos no estacionamento até seu carro. Ele estava com a mão em minhas costas, como se quisesse me reter ou simplesmente me apoiar. Eu não sabia ao certo qual dos dois.

"Está tudo bem, Patrick?", perguntou ele. "Você não gostaria de passar no Mass General para fazer uns exames?"

"Eu estou bem. E o fotógrafo?"

"Você vai aparecer na primeira página da última edição do *News*, que já deve estar saindo. Ouvi dizer que o *Trib* também vai publicar. Os jornais adoram esse tipo de coisa. Um detetive heróico, uma manhã..."

"Não sou herói", respondi. "Herói foi meu pai."

Atravessamos a cidade no Lexus de Cheswick. Aquilo parecia estranho, todo mundo cuidando da própria vida. De certa forma eu esperava que o tempo tivesse parado, que todo mundo estivesse paralisado, a respiração suspensa, esperando mais notícias. Entretanto, as pessoas almoçavam, telefonavam, cancelavam consultas no dentista, cortavam o cabelo, planejavam o jantar, faziam o seu trabalho.

Cheswick e eu discutimos sobre minha capacidade de dirigir no estado em que me encontrava, e finalmente ele me deixou em Hamilton Place e me disse que telefonasse a qualquer hora do dia ou da noite para a sua linha particular se precisasse de seus préstimos. Ele subiu a Tremont e eu fiquei de pé, ao lado do meu carro, ignorando a notificação de multa no pára-brisa, e olhei para a Câmara.

Durante as quatro horas que tinham se passado desde o acontecido, tudo voltara ao normal. As barreiras tinham sido removidas, todas as perguntas tinham sido feitas, os nomes das testemunhas anotados. Boné Azul fora colocado numa ambulância e levado embora. Eles colocaram Jenna num saco mortuário, fecharam o zíper e a levaram para o necrotério.

Depois alguém viera e lavara o sangue do cimento até tudo ficar limpo novamente.

Olhei o cenário uma última vez e fui para casa.

12

Quando cheguei em casa, liguei para Angie, que estava do outro lado da rua. "Você já sabe?"

"Sim." Uma voz baixa, tranqüila. "Liguei para Cheswick Hartman. Ele...?"

"Sim. Obrigado. Ouça, vou tomar um banho, vestir uma roupa limpa, comer um sanduíche. Depois eu vou aí. Algum telefonema?"

"Um monte. Mas eles podem esperar. Patrick, você está bem?"

"Não, mas estou tentando me virar. A gente se vê daqui a uma hora."

A ducha estava quente e eu fui aumentando a temperatura cada vez mais, o jato atingindo o alto de minha cabeça, a água tamborilando no meu crânio. Independentemente do fato de eu não ser mais praticante, em certa medida continuo católico, e minhas reações à dor e à culpa estão intimamente ligadas a palavras como "escaldante", "purgação", "incandescente". Segundo uma equação teológica de minha própria autoria, calor é igual a salvação.

Saí do banho depois de uns vinte minutos e me enxuguei devagar, as narinas ainda impregnadas do odor espesso do sangue e do cheiro amargo do explosivo. Em algum lugar do vapor do banho, disse a mim mesmo, encontrava-se a resposta, o alívio, o ponto de apoio necessário para superar a próxima etapa e deixar tudo isso para trás. Mas o vapor se dissipou e restou apenas eu, meu banheiro e o cheiro de queimado.

Enrolei a toalha na cintura, entrei na cozinha e dei com Angie carbonizando um bife no fogão. Angie costuma cozinhar uma vez a cada ano bissexto, sem o menor sucesso. Se dependesse dela, trocaria sua cozinha por um balcão de comida para viagem.

Instintivamente, levantei a toalha para cobrir minha cicatriz e passei o braço em volta de seu corpo para fechar o gás. Ela se voltou em meus braços, seu peito contra o meu e — o que revelava bem o meu estado de espírito — afastei-me dela para ver se não havia outros estragos no fogão.

"O que fiz de errado?", Angie perguntou.

"Acho que o primeiro erro foi acender o fogo."

Ela bateu na minha nuca. "Vai demorar um bocado antes que me peguem cozinhando de novo para você."

"E dizem que o Natal é só uma vez por ano." Dei as costas para o fogão e a surpreendi olhando para mim como se olha para uma criancinha andando à beira de uma piscina. "Obrigado pelo gesto. Mesmo."

Ela deu de ombros, continuou olhando para mim; os olhos cor de caramelo estavam quentes e ligeiramente úmidos. "Você está precisando de um abraço, Patrick?"

"Ah, sim", respondi.

Ela era tudo o que havia de bom. Era como o primeiro sabor de primavera nas tardes de sábado quando a gente tem dez anos, como a boca da noite na praia, no verão, quando a areia está numa temperatura agradável e as ondas têm a cor de uísque. Seu abraço era firme, seu corpo pleno e macio, e seu coração batia rapidamente contra meu peito nu. Eu sentia o cheiro de seu xampu e o contato suave de sua nuca aveludada contra meu queixo.

Eu é que tomei a iniciativa de me afastar. "Bem...", eu disse.

Angie sorriu. "Bem...", repetiu. "Você está todo molhado, Skid. Minha blusa ficou toda encharcada." Ela deu um passo para trás.

"Às vezes isso acontece quando a gente toma banho."

Angie recuou mais um passo, olhou para o chão. "É, bem...", disse ela novamente, "tem um monte de cartas para você. E..." Ela passou por mim, pegou o bife e o levou para o lixo. "E... eu ainda não sei cozinhar, é claro."

"Angie", eu disse.

Ela continuou de costas para mim. "Você quase morreu esta manhã."

"Ange..."

"Sinto muitíssimo por Jenna, mas você quase morreu."

"É verdade."

"Eu não teria..." Sua voz fraquejou e eu a ouvi respirar fundo até recuperar o controle. "E eu não ia suportar, Patrick. Não gosto de pensar sobre isso, e isso me deixa um pouco... um pouco mal, agora."

Dentro de minha cabeça, ouvi a voz de Jenna quando eu lhe disse que Angie precisava de mim. "Então é melhor não largar dela." Avancei alguns passos e pus as mãos em seus braços.

Ela inclinou a cabeça para trás, aninhando-a sob meu queixo.

O ar parecia inacreditavelmente parado na cozinha, e acho que nenhum de nós estava respirando. Ficamos ali, de olhos fechados, esperando que o medo fosse embora.

Ele não foi.

A cabeça de Angie afastou-se de meu queixo e ela disse: "Vamos sair dessa. Vamos trabalhar um pouco. Ainda estamos empregados, não?".

Soltei seus braços. "Sim, ainda estamos empregados. Vou botar uma roupa e então a gente vai trabalhar."

Voltei poucos minutos depois, vestindo um suéter vermelho tamanho grande e calça jeans.

Angie veio da pia da cozinha ao meu encontro com um sanduíche num prato. "Acho que não corro riscos com pratos frios."

"Você não tentou cozinhá-lo ou coisa assim, não é?"

Ela me lançou aquele olhar.

Compreendi a mensagem e peguei o sanduíche. Ela sentou do outro lado da mesa enquanto eu comia. Presunto e queijo. Um pouco carregado na mostarda, mas fora isso estava ótimo. "Quem ligou?", perguntei.

"Ligaram do gabinete de Sterling Mulkern. Três vezes. E do de Jim Vurnan. Richie Colgan. Duas vezes. Doze ou treze repórteres. Bubba também ligou."

"O que ele queria?"

"Você quer mesmo saber?"

Quando se trata de Bubba, é melhor não, mas eu estava me sentindo um pouco livre. Fiz que sim com a cabeça.

"Bubba disse para ligar para ele quando você for 'caçar crioulos'."

Esse Bubba. Se Bubba estivesse do lado de Hitler, ele ganharia a guerra. "Mais alguém?", perguntei.

"Não, mas o pessoal do gabinete de Mulkern parecia estar puto na terceira ligação."

Balancei a cabeça continuando a mastigar.

Angie disse: "Você vai me dizer a quantas estamos ou pretende continuar bancando o idiota da aldeia?".

Dei de ombros, mastiguei mais um pouco e ela tirou o sanduíche de perto de mim. "Acho que fui castigado", falei.

"E vai ser ainda mais se não começar a falar."

"Oh! Que garota brava! Continue me dando bronca."

Ela me fitou.

"Está bem", disse. "Mas vamos precisar de álcool para isso."

Servi dois uísques para nós. Angie tomou um gole e derramou o resto na pia, sem uma palavra. Ela pegou uma cerveja na geladeira, sentou-se novamente e arqueou as sobrancelhas.

"Acho que estamos metidos num caso acima de nossas forças. Absolutamente acima de nossas forças."

"Tive essa impressão. Por quê?"

"Pelo que vi, Jenna não tinha nenhum documento. Era pura lorota."

"O que você de certa forma já imaginava."

"Isso mesmo", respondi. "Mas não sabia que a coisa seria de um tipo tão diferente." Passei para ela a fotografia que mostrava Paulson de calção.

Angie arqueou as sobrancelhas. "OK", disse devagar, "mas e daí? A foto deve ter uns seis, oito anos, e a única coisa que mostra é Paulson em trajes sumários. Por mais repulsivo que pareça, não chega a ser novidade. Nada que dê motivo para matar."

"Talvez", falei. "Mas olhe para o sujeito que está com Paulson. Eles não parecem pertencer ao mesmo círculo de relações."

Ela olhou. Era um sujeito mirrado, trajava uma blusa branca sem gola e calça branca. Estava usando muito ouro — nos pulsos, no pescoço —, e seus cabelos pareciam ao mesmo tempo volumosos e finos. Seus olhos tinham uma expressão de condenação sombria, olhos de pessoa de mal com a vida. Parecia ter uns 35 anos.

"Não, com certeza não", disse ela. "A gente o conhece?"

Balancei a cabeça. "Poderia ser Socia. Poderia ser Roland. Mas ele não parece de modo algum ser um parlamentar."

"Ele tem jeito de proxeneta."

"Isso também." Apontei o baú ordinário e o espelho da foto. O espelho refletia uma cama desarrumada. Mais além, o canto de uma porta. Na porta havia duas folhas de papel quadradas. Não dava para ler o que estava escrito, mas uma delas parecia o regulamento de um motel, e a folha menor parecia um registro de entrada e saída. Da maçaneta pendia um cartão onde se lia NÃO PERTURBE. "E isso parece..."

"Um motel", completou ela.

"Muuito bem", disse eu. "Você devia ser uma detetive."

"E você devia parar de bancar o detetive", respondeu ela jogando a fotografia na mesa. "E então, o que tudo isso significa, Sherlock?"

"Estou esperando que você me diga, espertinha."

Ela acendeu um cigarro, bebericou a cerveja e pensou sobre o assunto. "Esta foto deve ser a ponta do iceberg. Talvez exista um monte delas, e muito piores. Alguém, Socia ou Roland, ou — será que arrisco dizer? — alguém da máquina política eliminou Jenna porque sabia que ela ia botar a boca no trombone. É isso o que você pensa?"

"É isso o que penso."

"Bem", disse ela. "Ou eles são uns idiotas, ou o idiota é você."

"Como assim?"

"Jenna mantinha as fotos guardadas num cofre, certo?"

Fiz que sim.

"Quando alguém é assassinado, o procedimento normal da polícia é conseguir um mandado de busca e abrir até a última caixa de bugigangas que a vítima guardava em seu armário. Uma delas, sem dúvida, é o cofre do banco. Imagino que o banco é o último lugar onde ela esteve antes de..."

"De morrer."

"Sim. Portanto, eles devem estar abrindo o cofre neste mesmo momento em que estou falando. E qualquer um com metade de um cérebro poderia prever isso."

"Talvez eles tenham pensado que ela tirou tudo o que tinha no cofre e passou para mim."

"Talvez", disse ela. "Mas isso é contar muito com o acaso, você não acha? A menos que eles tivessem um meio de saber que ela não iria deixar mais nada no cofre."

"E como eles poderiam saber?"

Ela deu de ombros. "Você é um detetive. Detecte."

"Estou tentando."

"Outra coisa", disse ela colocando a cerveja na mesa e se levantando.

"Sou todo ouvidos."

"Como eles sabiam que vocês estavam indo para lá esta manhã?"

Eu não tinha pensado muito nisso. "Boné Azul", respondi.

Ela balançou a cabeça. "Nós despistamos Boné Azul ontem. Não sei você, mas eu acho que ele não estava na estrada hoje de manhã esperando localizar você no volante de um carro que ele nem sabe que você tem. *E depois*, ele o seguiu até a Câmara. Nananinanão. Não entro nessa."

"Só duas pessoas sabiam aonde eu e Jenna iríamos hoje de manhã."

"Isso mesmo", disse ela. "E eu sou uma delas."

13

Na outra ponta da cadeia, Simone Angeline. Tinha um círculo vermelho em volta dos olhos, e novas lágrimas lhe afluíam às órbitas. Os cabelos estavam colados num lado do rosto e ela parecia ter envelhecido algumas décadas e ter chegado à casa dos setenta quando ninguém estava observando. Seus dentes rangeram quando ela nos viu. "Saiam de minha porta, porra!"

Eu disse "OK" e abri a porta com um pontapé.

Angie entrou depois de mim, enquanto Simone avançava atabalhoadamente em direção à mesinha do telefone. Não era o telefone que ela queria. Era a gaveta que havia nela e, quando ela a abriu, pus minha mão atrás do móvel e derramei todo o seu conteúdo em cima dela. Tudo o que estava na gaveta — uma caderneta de telefones vermelha, algumas canetas e um revólver calibre 22 — bateu em sua cabeça antes de cair no chão. Com um chute, joguei o revólver para debaixo da estante, segurei Simone pela parte da frente da blusa e arrastei-a para o sofá.

Angie fechou a porta atrás de si.

Simone cuspiu em meu rosto. "Você matou minha irmã."

Empurrei-a violentamente contra o sofá, e enxuguei a saliva de meu queixo. Então disse-lhe bem devagar: "Eu não soube proteger sua irmã. Há uma diferença. Alguém apertou o gatilho e você pôs o revólver em sua mão, não foi?".

Ela se soltou com um solavanco e tentou arranhar o meu rosto. "Não! Você a matou."

Empurrei-a novamente para o sofá e me ajoelhei sobre suas mãos. Sussurrei em seu ouvido: "As balas atravessaram o corpo de Jenna como se ela não estivesse lá, Simone. Como se ela não estivesse lá, porra. Saiu tanto sangue do corpo dela que o pouco que espirrou no meu corpo foi bastante para que os policiais pensassem que eu também havia sido atingido. Ela morreu gritando no meio da manhã, as pernas abertas e um monte de gente olhando, e o filho-da-puta que apertou o gatilho esvaziou um pente de balas nela e nem piscou."

Ela estava tentando me dar uma cabeçada, balançando-se para a frente no sofá, tanto quanto podia sob os meus oitenta quilos. "Seu filho-da-puta."

"Você tem razão", eu lhe disse, ainda com minha boca roçando a orelha dela. "Você tem razão, Simone. Segurei sua irmã nos braços enquanto ela morria e não pude fazer coisa nenhuma, por isso mereço ser chamado de filho-da-puta. Mas você, você não tem nenhuma desculpa. Você escolheu o lugar da execução de Jenna e ficou aqui, a cem quilômetros de distância, enquanto ela dava o último suspiro. Você disse a eles aonde ela ia e fez com que eles a matassem. Não foi isso, Simone?"

Ela piscou os olhos.

Eu berrei. "Não foi isso?"

Seus olhos reviraram por um instante, depois a cabeça tombou, os soluços lhe saíam como se alguém os puxasse com a mão. Afastei-me, porque agora ela era pouco mais que um trapo. Os soluços foram ficando cada vez mais fortes, e de tempos a tempos todo o seu corpo estremecia. Ela se encolheu numa posição fetal e começou a dar murros no braço do sofá, e, quando os soluços pareciam ter acabado, recomeçavam ainda mais fortes, como se cada hausto a traspassasse como algo pesado e agudo.

Angie tocou meu cotovelo, mas eu o sacudi. Patrick Kenzie, grande detetive, capaz de aterrorizar uma mulher quase catatônica levando-a à histeria. Que sujeito. E de quebra iria atacar uma freira quando voltasse para casa.

Simone virou de lado, os olhos fechados, falando com a boca ainda colada no sofá. "Você estava trabalhando para eles. Eu disse a Jenna que ela era louca de confiar em vocês e naqueles políticos brancos e gordos. Eles nunca deram a mínima para um negro, e nunca darão. Disse a mim mesma que... logo que conseguissem o que queriam vocês iriam..."

"Matá-la", completei.

Simone apoiou a cabeça no braço do sofá e de sua garganta saíram ruídos estrangulados. Depois de alguns minutos ela disse: "Eu liguei para ele porque achei que nenhum homem podia...".

"Para quem você ligou?", perguntou Angie. "Socia? Foi para Socia?"

Ela balançou a cabeça algumas vezes, depois confirmou. "Ele... disse que iria cuidar do caso, que iria chamar aquela tonta à razão. Foi só isso. Achei que nenhum homem seria capaz de fazer uma coisa dessas... com a própria mulher."

A própria mulher?

Ela olhou para mim. "Ela nunca iria ganhar a parada. Nunca, contra todos eles. Não ela. Ela... não poderia."

Sentei-me no chão ao lado do sofá e mostrei-lhe a fotografia. "Este é Socia?"

Ela olhou por tempo o bastante para aquiescer, depois enfiou novamente a cabeça no sofá.

Angie disse: "Simone, onde está o resto desse material? Está no cofre?".

Simone balançou a cabeça.

"Então onde está?", perguntei.

"Ela não quis me dizer. Ela dizia apenas 'em lugar seguro'. Ela disse que colocou essa foto no cofre para despistá-los caso eles a seguissem."

"O que é que tem além disso, Simone?", perguntei. "Você sabe?"

"Jenna dizia que eram 'coisas ruins'. Só isso. E ela se calava e se fechava toda vez que eu perguntava. Eu não sei o que era, mas toda vez que ela falava nisso ficava muito perturbada." Simone levantou a cabeça e olhou por cima de meu ombro como se tivesse alguém atrás de mim. Ela disse "Jenna?", e recomeçou a soluçar.

Tremores violentos a sacudiam, e acho que ela estava no limite de suas forças. Eu fizera a minha parte no estrago, e ela se encarregaria de fazer o resto nos dias e anos que estavam por vir. Deixei que minha raiva se dissipasse, deixei que ela se fosse, esvaziando meu coração e meu corpo até o momento em que vi na minha frente apenas uma carcaça humana trêmula num sofá. Estendi a mão e toquei seu ombro.

"Tire a mão de cima de mim, porra!", ela berrou.

Tirei a mão.

"Fora desta sala, fora de minha casa, homem branco, e leve sua puta com você!"

À palavra "puta", Angie avançou um passo na direção de Simone, depois parou, fechou os olhos por um segundo e os abriu. Ela olhou para mim e balançou a cabeça.

Não havia mais nada a dizer, e fomos embora.

14

Estávamos a meio caminho da viagem de volta a Boston, evitando falar sobre Simone Angeline e sobre a cena em seu apartamento, quando Angie de repente se endireitou no banco do carro e disse "Argh" ou alguma coisa assim. Ela enfiou o dedo no botão "ejetar" do meu toca-fitas com tanta força que o *Exile on Main* passou por mim voando como um míssil. A fita bateu no encosto do banco e caiu no chão do carro. E ainda por cima bem no meio de "Shine a Light". Sacrilégio.

"Pegue-a", eu disse.

Ela pegou a fita e a jogou no banco de trás. "Você não tem nada de new music?", perguntou. New music, imagino eu, são todas aquelas bandas que Angie costuma ouvir. Elas têm nomes como Depeche Mode e The Smiths, e para mim são todas iguais — um bando de cretinos britânicos branquelos, magros, com muito Thorazine na cabeça. Os Stones, quando começaram, eram um bando de cretinos britânicos branquelos, magros, mas nunca pareciam estar cheios de Thorazine. Mesmo que estivessem.

Angie estava examinando minha caixinha de fitas. Eu lhe disse: "Experimente Lou Reed. Faz mais o seu gênero".

Depois de colocar *New York* e ouvir uns cinco minutos, ela disse: "Essa é legal. Você a comprou por engano?".

Pouco antes de chegar à cidade, entrei num Store 24 e Angie foi pegar cigarros. Ela voltou com dois exemplares da última edição do *News* e me passou um.

Foi assim que tive a confirmação do fato de ter me tornado a segunda geração da família Kenzie a atingir uma espécie de imortalidade em papel jornal. Eu estaria sempre lá, congelado no tempo e em preto-e-branco, no dia 30 de junho, para qualquer um que quisesse acessar a matéria em microfilme. E aquele momento, o mais pessoal de todos os momentos — agachado ao lado de Boné Azul tendo o corpo de Jenna atrás de mim, os ouvidos zumbindo e o cérebro tentando se reencaixar no crânio —, já não era mais inteiramente meu. Eu havia sido servido no café da manhã de centenas de milhares de pessoas que nunca tinham me visto nem mais gordo nem mais magro. Talvez o momento mais plena e intensamente pessoal de toda a minha vida; e ele ia ser interpretado e analisado por todo mundo, desde o freqüentador de bares do Southie até os dois corretores da Bolsa que tomam o elevador em algum arranha-céu do centro da cidade. O Princípio da Aldeia Global, e eu não gostava nem um pouco daquilo.

Mas finalmente fiquei sabendo o nome de Boné Azul. Curtis Moore. Curtis dera entrada no Boston City em estado grave e dizia-se que os médicos estavam fazendo todo o possível para salvar seu pé. Ele tinha dezoito anos e era membro notório dos Raven Saints, uma gangue do conjunto habitacional do bulevar Raven, em Roxbury, que desfilava pelas ruas com os bonés dos New Orleans Saints e outros símbolos da equipe. Sua mãe aparecia na página três, segurando uma foto dele emoldurada de quando ele tinha dez anos. Transcreviam as palavras dela: "Curtis nunca participou de nenhuma gangue. Ele nunca fez nada de errado". Ela exigia uma investigação e dizia que tudo aquilo era "motivado pela discriminação racial". Naturalmente, ela comparava o caso ao de Charles Stuart. Este convencera o promotor público e praticamente todo mundo de que um negro matara sua mulher. O negro foi preso e provavelmente seria condenado se os peritos da companhia de seguros, com a qual Stuart fizera um contrato em nome de sua mulher, não tivessem desconfiado da história. E quando Chuck Stuart deu um salto olímpico de uma ponte, confirmou-se plenamente o que muita gente já achava óbvio desde o começo. Atirar em Curtis Moore assemelhava-se ao caso de Stuart da mesma forma que Howard Beach* se assemelha a Miami Beach, mas eu não podia fazer nada em relação àquilo, ali de pé à porta de um Store 24.

Angie bufou alto e entendi que ela estava lendo o mesmo artigo. "Deixe-me adivinhar: a parte do 'motivado pela discriminação racial'."

Ela fez que sim com a cabeça. "A coragem que você teve de enfiar aquela Uzi na mão do pobre rapaz e de obrigá-lo a apertar o gatilho."

"Não sei o que me dá na cabeça de vez em quando."

"Você devia ter tentado conversar com ele, Patrick. Podia dizer que entendia a vida cheia de privações que pusera aquela arma em suas mãos."

"Você sabe como sou sacana às vezes." Joguei o jornal no banco de trás, peguei o volante e voltei para o centro da cidade. Angie continuou lendo o seu jornal sob aquela luz fraca e respirando com grande ruído pelas narinas. Finalmente ela dobrou o jornal e o jogou no chão do carro.

"Como eles têm coragem de se olhar no espelho?", ela perguntou.

"Quem?"

"Gente que diz esse tipo de... merda. 'Motivado pela discriminação racial.' Pelo amor de Deus. 'Curtis nunca participou de nenhuma gangue.'" Ela olhou para o jornal no chão e falou com a fotografia da mãe de Curtis. "Bem, não era com um grupo de escoteiros que ele ficava vagando toda noite até as três da manhã, minha senhora."

Dei um tapinha em seu ombro. "Acalme-se."

"É tudo babaquice", ela disse.

"É uma mãe", respondi. "Diz qualquer coisa no mundo para proteger o filho. Não podemos censurá-la."

"Ah, não?", tornou ela. "E por que falar em racismo a propósito do caso, se o que ela quer é apenas proteger o

(*) Bairro de Nova York; na década de 1980, um jovem negro morreu atropelado ao tentar escapar de um bando de delinqüentes brancos.

filho? E o que se espera que aconteça em seguida? Que Al Sharpton* venha à cidade fazer uma vigília pelo pé de Curtis? Jogar a morte de Jenna nas costas dos brancos também?"

Ela protestava. Ódio branco reacionário. Ouço falar disso cada dia mais. Muito mais. Eu também dizia coisas parecidas de vez em quando. Quem mais diz esse tipo de coisa são os pobres e os que pertencem à classe operária. A gente ouve falar disso quando sociólogos de miolo mole qualificam incidentes do tipo da agressão selvagem no Central Park** como resultado de impulsos "incontroláveis", e defendem os atos de um bando de animais com o argumento de que eles apenas estavam reagindo a anos de opressão branca. E se alguém observa que esses belos e bem alimentados animais — que acontece serem negros — certamente conseguiriam muito bem controlar seus impulsos se soubessem que a jovem branca dispunha de uma guarda para protegê-la, esse alguém é chamado de racista. Ouve-se falar esse tipo de besteira quando a mídia faz da raça uma questão em si mesma. A gente ouve isso quando um bando de brancos, talvez bem-intencionados, se reúne para tirar tudo isso a limpo e terminam dizendo "Eu não sou racista, *mas*...". Ouve-se falar nisso quando juízes que impõem a dessegregação das escolas públicas à força através do *bussing**** põem seus próprios filhos em escolas particulares ou quando, recentemente, um juiz itinerante disse que nunca teve provas de que as gangues de rua são mais perigosas que os sindicatos.

Ouve-se falar nisso principalmente quando políticos que moram em lugares como Hyannis Port, Beacon Hill e Wellesley tomam decisões que afetam as pessoas que moram

(*) Pregador e ativista negro de Nova York. (N. T.)

(**) Em 19 de abril de 1989, uma jovem branca foi espancada e violentada no Central Park por um grupo de negros e hispânicos e ficou em coma durante muito tempo. (N. T.)

(***) Nos Estados Unidos, transporte de um distrito para outro, por ônibus, especialmente de estudantes, para facilitar a integração social e racial. (N. T.)

em Dorchester, Roxbury e Jamaica Plain e depois tiram o corpo fora dizendo que não está havendo nenhuma guerra.

Está havendo uma guerra, sim. Ela está acontecendo nos playgrounds, não nas salas de ginástica. Está sendo travada no cimento, não em gramados. A luta se dá com tubos de encanamento, garrafas e, nos últimos tempos, com armas automáticas. E, enquanto não ultrapassar as pesadas portas de carvalho atrás das quais eles lutam com escolas particulares, obstrução de atividades legislativas e almoços de negócio regados a bebidas, essa guerra não vai existir de verdade.

Em Los Angeles, o South Central poderia se incendiar durante toda uma década, e a maioria das pessoas não perceberia a fumaça, a menos que as chamas atingissem Beverly Hills.

Eu queria tirar tudo aquilo a limpo. Agora. Examinar a fundo, ali no carro com Angie, até que nossa posição naquela guerra ficasse definida claramente, que soubéssemos exatamente qual a nossa posição quanto a cada aspecto do problema, que pudéssemos olhar para dentro de nossos corações e nos sentir satisfeitos com o que víssemos. Mas já tive muitas vezes esse tipo de intenção e tudo sempre terminou em círculos, e no final nada fica resolvido.

Eu disse: "O que você vai fazer agora?", e parei junto ao meio-fio em frente a sua casa.

Ela olhou a primeira página do jornal, o corpo de Jenna. "Posso dizer a Phil que vou trabalhar até mais tarde."

"Eu estou bem", respondi.

"Não, não está."

Dei um meio sorriso. "Não, não estou. Mas você não pode vir comigo aos meus sonhos para me proteger. E quanto ao resto, eu me viro."

Angie desceu do carro, se inclinou e me deu um beijo no rosto. "Cuide-se, Skid."

Fiquei olhando Angie subir as escadas até a entrada, mexer em suas chaves, depois abrir a porta. Antes que ela entrasse, acendeu-se uma luz na sala e a cortina se abriu um pouco. Acenei para Phil, e a cortina se fechou novamente.

Angie entrou em sua casa, apagou a luz do corredor e eu fui embora.

A luz estava acesa no campanário. Estacionei o carro na frente da igreja e dei a volta até a porta lateral, tendo bem presente em meu espírito o fato de que meu revólver estava sob a guarda da Justiça. Ao entrar, vi um bilhete no chão: "Não atire. Dois negros num só dia iria pegar mal".

Richie.

Quando entrei, ele estava sentado, os pés apoiados em minha mesa, ouvindo Peter Gabriel no meu toca-fitas, com um copo na mão e uma garrafa de Glenlivet do lado. "É a minha garrafa?", perguntei.

Ele olhou a garrafa. "Acho que sim, garoto."

"Bem, pode se servir."

"Obrigado", disse ele, e se serviu de mais uma dose. "Você está precisando de gelo aqui."

Achei um copo em minha gaveta e pus um duplo para mim. Mostrei-lhe o jornal e perguntei: "Você viu isso?".

"Eu não leio essa porcaria", disse ele. E acrescentou em seguida: "É, vi sim".

Richie não é um daqueles negros de Hollywood de pele café-com-leite e olhos de Billy Dee Williams. Ele é negro, negro como o asfalto, e não se pode dizer que seja bonito. Tem excesso de peso, está sempre com um princípio de barba apontando no rosto, e é sua mulher que lhe compra as roupas. Muitas vezes, a impressão que se tem é de que ela resolveu fazer novas experiências. Naquela noite, ele estava usando calça de algodão bege, camisa azul-clara e uma gravata pastel que dava a sensação de que um campo de papoulas explodira sobre ela e que alguém havia apagado as chamas com ponche de rum. "Sherilynn andou fazendo compras novamente?"

Ele olhou para a gravata e suspirou. "Sherilynn fez compras novamente."

"Onde? Em Miami?"

Ele levantou a gravata para examiná-la mais de perto. "Parece que que sim, não é?" Ele tomou um pouco do seu uísque. "Onde está a sua sócia?"

"Está com o marido."

Ele fez que sim com a cabeça e falamos os dois ao mesmo tempo: "O Bundão".

"Quando é que ela vai meter um balaço naquele cara?"

"Estou com os dedos cruzados."

"Bem, quando ela fizer isso, me chame. Tenho uma garrafa de Moët Chandon em casa esperando por essa ocasião."

"A esse dia." Levantei meu copo e fizemos tintim. "Saúde!" Eu disse: "Fale-me de Curtis Moore".

"O Coxo?", disse ele. "É assim que o estamos chamando agora. Não lhe dá vontade de chorar?" Ele se espreguiçou na cadeira.

"Trágico", respondi.

"É uma pena", ele disse. "Mas não pense que a coisa é tão tranqüila. Os amigos de Curtis podem vir atrás de você, e os caras são uns bons filhos-da-puta."

"E esses Raven Saints são uma gangue muito grande?"

"Não tão grande pelos padrões de Los Angeles, mas isto aqui não é Los Angeles. Eu diria que eles têm um núcleo de uns setenta e cinco, e mais ou menos uns sessenta agregados."

"Quer dizer então que agora eu tenho cento e trinta e cinco negros com quem me preocupar."

Ele pôs o copo em cima de minha mesa de trabalho. "Não transforme isso numa 'coisa de negro', Kenzie."

"Meus amigos me chamam de Patrick."

"Eu não sou seu amigo quando ouço uma merda dessa sair de sua boca."

Eu estava com raiva e morto de cansaço, e queria pôr a culpa em alguém. Minhas emoções transmitiam-se pelas minhas terminações nervosas, ameaçando estragar minha pele, e estava revoltado. Eu disse: "Mostre-me uma gangue de brancos que sai por aí exibindo Uzis, e vou ter medo dos brancos também, Richie. Mas até lá...".

Richie deu um soco na mesa. "E a Máfia, porra! Como é que você a qualifica?" Ele se levantou, as veias do pescoço intumescidas, tão salientes quanto as minhas também deviam estar. "Os Westies, em Nova York", disse ele. "Esses jovens delicados, irlandeses como você, que se especializaram em matar e em torturar, e em sacanagens de caubóis. Qual a cor deles? Você vai me dizer que foram os negros que inventaram o assassinato também? Você vai tentar me falar essas bobagens, Kenzie?"

Nossas vozes, roucas, altas, insinuavam-se nas paredes ordinárias da sala minúscula e reverberavam. Tentei falar com calma, mas minha voz não saía assim; parecia áspera e um tanto estranha. Eu disse: "Richie, um menino foi atingido por um carro porque um bando de débeis mentais da Juventude Hitlerista o estava perseguindo numa rua em Howard Beach...".

"Por favor, nem me venha falar de Howard Beach."

"... e a coisa virou uma tragédia nacional. O que de fato é. Mas um menino branco levou *dezoito* facadas de garotos negros em Fenway e ninguém disse merda nenhuma. O termo 'racial' nunca é usado quando se comenta o caso. Já sai da primeira página no dia seguinte classificado como homicídio, e *não* como um incidente racial. Diga-me, Richie, que merda é essa?"

Ele estava olhando para mim, a mão a uns trinta centímetros do corpo. Ele a levou à altura da cabeça, massageou a nuca, em seguida a pousou sobre a mesa, sem saber direito o que fazer com ela. Richie começou a falar por duas vezes. Parou. Finalmente, disse com toda calma, mas quase entre dentes: "Os três meninos negros que mataram o menino branco... você acha que eles vão ter uma pena dura?".

Ele me pegou.

"Acha?", insistiu ele. "Vamos, fale a verdade."

"Claro. A menos que consigam um bom advogado e que..."

"Não. Nada de advogados. Nada de tecnicismos. Se eles forem a julgamento, serão declarados culpados? Será que vão pegar uma pena de vinte anos ou mais?"

"Sim", respondi. "Sim, vão sim."

"E se uns caras brancos matassem um negro e — vamos supor — o caso não fosse considerado um incidente racial, se não fosse considerado uma tragédia, o que aconteceria então?"

Balancei a cabeça.

"O que aconteceria?"

"Eles teriam mais chances de se safar."

"Exatamente", ele disse e se deixou cair na cadeira.

"Mas, Richie, esse tipo de lógica está fora do alcance das pessoas comuns. Um fulano do Southie vê a morte de um negro se transformar em incidente racial e depois vê o assassinato de um branco, em circunstâncias semelhantes, ser chamado de homicídio, e diz: 'Isto não está certo. É hipocrisia. São dois pesos e duas medidas'. Ele ouve falar do caso de Tawana Brawley,* ele perde seu emprego em função de políticas de emprego contra a discriminação racial e fica furioso." Olhei para ele. "Você pode censurá-lo por isso?"

Richie passou a mão no cabelo e suspirou. "Ah, merda, Patrick, eu não sei." Ele se endireitou na cadeira. "Não, está bem? Não posso censurar esse cara. Mas qual a alternativa?"

Coloquei outra dose de uísque para mim. "Com certeza não é Louis Farrakhan."

"E tampouco David Duke",** ele retrucou. "E o que fazer com a política de emprego contra a discriminação, com as subvenções para as minorias, com os casos de incidentes raciais?"

Mostrei-lhe a garrafa e ele se inclinou para a frente, aproximando seu copo. "Não", disse, servindo-lhe mais uma dose. "Mas..." Recostei-me novamente na cadeira. "Puta merda, não sei."

(*) Jovem negra de Nova York que afirmou ter sido estuprada por brancos, o que se provou depois ser mentira. (N. T.)

(**) Candidato de extrema direita ao governo de Louisiana. (N. T)

Ele deu um meio sorriso, recostou-se em sua cadeira e ficou olhando pela janela. A fita de Peter Gabriel tinha acabado e de vez em quando chegava até nós o ruído de um carro que deslocava o ar cantando os pneus no asfalto. A brisa que atravessava a tela da janela esfriara e, à medida que ia entrando na sala, eu sentia a atmosfera pesada se dissipar. Pelo menos um pouco.

"Sabe como funcionam as coisas aqui na América?", perguntou Richie, ainda olhando pela janela, o cotovelo levantado, o copo a meio caminho da boca.

Eu sentia que a raiva que pairava na sala estava começando a se fundir no lento fluir do uísque no meu sangue, a se dissolver na contracorrente do álcool. "Não, Richie. Como as coisas funcionam na América?"

"Descobre-se alguém sobre quem lançar a culpa", ele disse, e tomou uma boa dose de uísque. "É verdade. Você está trabalhando numa construção e deixa um martelo cair no seu pé? Processe a empresa, ora. Trata-se de um pé de dez mil dólares. Você é branco e não consegue arrumar emprego? Culpe a política de emprego antidiscriminatória. Você é negro e está desempregado? Ponha a culpa nos brancos. Ou nos coreanos, porra. Ou então faça como todo mundo e ponha a culpa nos japoneses! Toda a desgraça deste país é que está cheio de pessoas más, infelizes, confusas, de saco cheio, e já não existe ninguém que tenha a inteligência de encarar honestamente a própria situação. Elas falam de épocas mais simples — antes que existisse a Aids, o crack, as quadrilhas, a comunicação de massa, os satélites, os aviões, o efeito estufa — como se fosse possível voltar a elas. E como não conseguem entender por que estão tão fodidas, essas pessoas procuram em quem pôr a culpa. Negros, judeus, brancos, chineses, árabes, russos, os que defendem o aborto, os que são contra o aborto, sei lá eu."

Não falei nada. É difícil discutir com a verdade.

Ele tirou os pés de cima da mesa, levantou-se e começou a andar de um lado para o outro. Andava um tanto hesitante, como se esperasse encontrar resistência a cada passo. "Os brancos põem a culpa em mim porque dizem que devo meu emprego à política contra a discriminação. Metade deles não sabe nem ler, mas acham que poderiam estar no meu lugar. Os sacanas dos políticos em suas poltronas de couro com vista para o Charles fazem tudo para que os babacas dos seus eleitores brancos pensem que, se eles estão furiosos, é porque eu tiro o pão da boca de seus filhos. Os homens negros — os 'manos' — dizem que não sou mais negro porque moro numa rua de brancos num belo bairro de brancos. Dizem que estou me insinuando para a classe média. Insinuando. É como se, pelo fato de ser negro, eu devesse viver em algum buraco sujo da Humboldt Avenue, com pessoas que usam os cheques da Assistência Pública para comprar crack. Insinuando", repetiu ele. "Merda. Heterossexuais odeiam homossexuais, agora os homos estão prontos para a 'revanche', e vai saber o que isso quer dizer. As lésbicas detestam os homens, os homens detestam as mulheres, os negros detestam os brancos, os brancos detestam os negros, e... todo mundo procura alguém em quem pôr a culpa. O que eu quero dizer é: por que você tem que se preocupar em se olhar no espelho quando sabe que é melhor do que tanta gente por aí?" Ele olhou para mim. "Você entende o que estou falando, ou é a bebida que está falando pela minha boca?"

Dei de ombros. "Todo mundo precisa odiar alguém, sabe-se lá por quê."

"Todo mundo também é por demais estúpido", disse ele.

Concordei. "E cheio de ódio", completei.

Ele se sentou novamente. "Puta que o pariu."

"E então, como ficamos, Rich?"

Ele levantou seu copo. "Chorando num copo de uísque no final de mais um dia."

Uma atmosfera de paz invadiu a sala por um momento. Servimo-nos de mais uma dose de uísque em silêncio, e fomos tomando um pouco mais devagar. Uns cinco minutos depois, Richie disse: "Como você se sente em relação ao que aconteceu hoje? Você está bem?".

Todo mundo me perguntava aquilo. "Estou muito bem", respondi.

"É mesmo?"

"Sim", respondi. "Acho que sim." Olhei para ele e não sei por que pensei que seria bom que Richie a tivesse conhecido. Eu disse: "Jenna era uma pessoa correta. Uma boa pessoa. A única coisa que ela queria, pelo menos uma vez na vida, era não ser varrida para debaixo do tapete".

Ele olhou para mim e se inclinou para a frente, estendendo seu copo.

"E você vai fazer com que eles paguem pelo que fizeram, hein, Patrick?"

Inclinei-me para a frente e toquei seu copo com o meu. Balancei a cabeça.

"A coisa vai ficar preta pra eles", eu disse, e levantei a mão. "Sem querer ofender."

15

Richie foi embora pouco depois da meia-noite; eu atravessei a rua, levando a garrafa comigo, e fui para o meu apartamento. Ignorei a luzinha vermelha piscando na minha secretária eletrônica e liguei a televisão. Deixei-me cair na poltrona de couro, fiquei bebendo direto na garrafa, assisti ao Letterman, tentando não ver a dança da morte de Jenna toda vez que minhas pálpebras chegavam a meio pau. Normalmente não abuso de bebidas alcoólicas fortes, mas eu estava avançando muito no Glenlivet. Eu queria desmaiar de sono, sem sonhos.

Richie havia me dito que o nome Socia lhe soava familiar, porém ele não conseguia lembrar onde o ouvira. Recapitulei o que eu sabia. Curtis Moore era membro da Raven Saints. Ele matara Jenna, muito provavelmente sob as ordens de outra pessoa, e certamente essa pessoa era Socia. Socia era, ou fora, marido de Jenna. Socia tinha boas relações com o senador Brian Paulson, chegando a tirar fotografias juntos. Paulson esmurrara a mesa à minha frente em nosso primeiro encontro. "Isto não é brincadeira", dissera ele. Não era brincadeira. Jenna estava morta. Mais de uma centena de guerreiros urbanos, sem medo de morrer, queriam ajustar contas comigo. Não era brincadeira. Eu almoçaria com Mulkern e companhia no dia seguinte. Eu estava bêbado. Talvez fosse eu, mas tive a impressão de que Letterman estava ficando meio sem graça. Jenna estava morta. Curtis Moore perdera um pé. Eu estava bêbado. Um fantasma em uniforme de bombeiro surgia das sombras atrás da televisão. A televisão estava cada vez mais fora de foco. Com certeza o controle vertical. A garrafa estava vazia.

O Herói arremessou seu machado de bombeiro na minha cabeça e eu me endireitei na cadeira. A tela da televisão estava chuviscando. Lancei um olhar turvo ao meu relógio: 4h15. Surgiu um fogo líquido no meu esterno. Todos os nervos do meu crânio acabavam de ser expostos pelo machado de bombeiro, e eu me levantei; cheguei ao banheiro bem a tempo de vomitar meu Glenlivet. Dei a descarga e me deitei nos ladrilhos frios; o banheiro cheirava a uísque, a medo e a morte. Era a terceira vez, em três noites, que eu vomitava. Talvez eu estivesse ficando com bulimia.

Consegui me pôr de pé novamente e escovei meus dentes por mais ou menos meia hora. Entrei debaixo do chuveiro e abri a torneira. Saí, tirei as roupas e voltei para o chuveiro. Quando terminei, estava quase amanhecendo. Três comprimidos de Tylenol e caí na cama, esperando que tudo aquilo que eu tinha engolido neutralizasse as coisas que me faziam ter medo de dormir.

Fiquei cochilando pelas três horas seguintes e, felizmente, ninguém veio me visitar. Nem Jenna, nem o Herói, nem o pé de Curtis Moore.

Às vezes, a gente tem uma folga.

"Odeio isso", disse Angie. "Eu... odeio... isso."

"Acho que você está com uma aparência horrível", respondi.

Ela me lançou aquele olhar assassino e voltou a mexer vigorosamente na barra de sua saia, no banco traseiro do táxi.

Angie usa saias com a mesma freqüência com que cozinha, mas eu nunca me decepciono. E, por mais que ela reclame, não acho que a coisa seja tão dolorosa quanto ela quer fazer crer. Houve reflexão demais na maneira como se vestiu para que o resultado fosse outro que não "Uau!". Ela estava com uma blusa de crepe de seda vermelho-púrpura plissada e saia preta de camurça. Seus cabelos longos estavam penteados para trás, presos acima da orelha esquerda, e caíam em cascata do lado direito de seu rosto, formando um pequeno ondulado na altura do olho. Quando ela levantava os olhos sob os longos cílios e me olhava, aquilo doía. A saia era tão apertada que deve ter sido preciso uma calçadeira para vesti-la, e Angie ficava o tempo todo puxando a bainha para ficar mais à vontade, contorcendo-se no banco traseiro do táxi. O espetáculo, afinal de contas, não era difícil de suportar.

Eu estava com um casaco cinza trespassado, com um discreto motivo xadrez. Ele era apertado demais na altura do quadril, para o gosto metropolitano, mas os estilistas de moda em geral tratam melhor os homens, e só me bastava desabotoá-lo.

"Você está ótima", comentei.

"Sei que estou ótima", disse ela de mau humor. "Só queria descobrir quem desenhou esta saia, porque tenho certeza de que foi um homem; eu o enfiaria nela, e em dois tempos ele ficaria sem os bagos."

O táxi nos deixou na esquina, em frente à igreja de Trinity.

O porteiro abriu a porta para nós com um "Bem-vindos ao hotel Copley Plaza", e entramos. O Copley é um pouco parecido com o Ritz: ambos já existiam antes de meu nascimento; eles ainda continuarão a existir muito tempo depois de eu ter partido. E se os funcionários do Copley não são altivos como os do Ritz, é provavelmente porque têm menos razões para isso. O Copley está sempre tentando se livrar da fama de ser o hotel mais esquecido da cidade. Vai levar muito tempo para que sua última reforma multimilionária apague da memória seus corredores sombrios e sua atmosfera de decadência. Eles começaram a reforma pelo bar, e fizeram um belo trabalho. Em vez de George Reeves e

Bogey, espero ver a qualquer momento Burt Lancaster no papel de J. J. Hunsecker numa mesa com seu séquito, e Tony Curtis se pavoneando ao seu lado. Comentei isso com Angie quando estávamos entrando.

Ela perguntou: "Burt Lancaster em que filme?".

"Em *A embriaguez do sucesso*", respondi.

Ela disse: "O quê?".

"Sua ignorante", respondi.

Jim Vurnan dessa vez não se levantou quando cheguei. Ele e Sterling Mulkern estavam sentados juntos no ambiente escuro do mobiliário de carvalho, o olhar protegido das trivialidades do mundo exterior por persianas marrom-escuras. Através das frestas se podiam entrever algumas partes do Westin Hotel, mas, a menos que se estivesse interessado em olhar, elas passavam despercebidas. O que acho muito certo, pois para mim o único hotel nesta cidade mais feio que o Westin é o Lafayette, e o único hotel mais feio que o Lafayette ainda não foi construído. Eles se deram conta de nossa presença quando nos aproximamos de seu reservado. Jim fez menção de se levantar, mas fiz que não com um gesto e ele se deslocou no assento para dar lugar para mim. Seria tão bom se os cachorros e os cônjuges fossem tão obsequiosos e leais como os nossos parlamentares...

Eu disse: "Jim, você conhece Angie. Senador Mulkern, esta é minha sócia, Angela Gennaro".

Angie estendeu a mão. "Muito prazer em conhecê-lo, senador."

Mulkern pegou a mão de Angie, beijou-lhe as articulações e deslizou em seu banco levando a mão consigo. "O prazer é todo meu, senhora Gennaro." Que encanto. Angie sentou-se ao seu lado, e ele soltou a mão dela. Ele me olhou com uma sobrancelha arqueada. "Sócia?" E deu um risinho.

Jim também sorriu.

Achei que aquilo merecia um pequeno sorriso. Sentei-me ao lado de Jim. "Onde está o senador Paulson?", perguntei.

Mulkern, que estava rindo para Angie, disse: "Não pudemos arrancá-lo de sua mesa de trabalho esta tarde".

"Num sábado?", estranhei.

Mulkern tomou um gole de cerveja. "Então, diga-me", disse ele a Angie, "onde é que o Pat andou escondendo você?"

Angie deu-lhe um sorriso radioso, mostrando-lhe todos os dentes. "Numa gaveta."

"É mesmo?", perguntou Mulkern. Ele bebeu um pouco mais. "Oh, Pat, gosto dela. Gosto mesmo."

"Normalmente as pessoas gostam, senador."

Nosso garçom chegou, anotou os pedidos de bebida, e foi embora silenciosamente andando no tapete espesso. Mulkern falara em almoço, mas na mesa eu só via copos. Talvez eles tivessem descoberto uma maneira de liquefazer o cardápio.

Jim bateu no meu ombro. "Você teve um dia e tanto ontem."

Sterling Mulkern levantou o *Trib* da manhã. "Agora você é um herói como seu pai, rapaz." Ele bateu a mão no jornal. "Você viu isso?"

"Eu só leio os quadrinhos", respondi.

Ele disse: "Comentários muito favoráveis. Muito bom para os seus negócios".

"Mas não para Jenna Angeline."

Mulkern deu de ombros. "Os que vivem pela espada..."

"Ela era uma faxineira", disse-lhe. "O que ela conheceu de mais parecido com uma espada foi uma espátula de abrir envelopes, senador."

Ele deu de ombros novamente e eu vi que não estava nem um pouco disposto a rever sua opinião. Pessoas como Mulkern estão acostumadas a criar elas próprias os fatos para depois informar os outros sobre eles.

"Patrick e eu estávamos nos perguntando", disse Angie, "se a morte da senhora Angeline dá por encerrado o nosso trabalho."

"Longe disso, minha cara", disse ele. "Longe disso. Eu contratei Pat, e você também, para encontrar certos documentos. A menos que vocês os tenham trazido, ainda estão trabalhando para mim."

Angie sorriu. "Patrick e eu trabalhamos para nós mesmos, senador."

Jim olhou para mim, depois para seu copo. O rosto de Mulkern ficou estático por um momento, mas logo ele levantou as sobrancelhas, com ar divertido. "Bem, queria saber exatamente para que eu assinei aquele cheque em nome da agência de vocês."

Angie não hesitou um segundo. "Honorários pelo uso de nossos serviços profissionais, senador." Ela levantou os olhos para o garçom que se aproximava. "Ah, as bebidas. Obrigada."

Tive vontade de lhe dar um beijo.

"É assim que você vê as coisas, Pat?", perguntou Mulkern.

"Em linhas gerais, sim", respondi, e tomei um gole de cerveja.

"Outra coisa, Pat", disse Mulkern recostando-se no banco, com ares de quem estava tramando alguma. "É sempre ela quem fala quando vocês estão juntos? E ela também que cumpre todas as outras funções?"

Angie disse: "Ela não gosta que se refiram a ela na terceira pessoa quando *ela* está presente, senador".

"Quantos drinks o senhor já tomou, senador?", perguntei.

"Por favor", disse Jim levantando a mão.

Se aquilo fosse um *saloon* do Velho Oeste, a sala já teria se esvaziado, com um ruído de cinqüenta cadeiras se afastando das mesas, madeira rangendo contra madeira. Contudo, era um bar elegante de Boston em plena tarde de sábado, e Mulkern não parecia ser do tipo que andava armado com um revólver de seis tiros. Excesso de barriga. Mas cabe observar que, em Boston, um revólver nunca foi páreo para uma assinatura no lugar certo, uma calúnia bem urdida e insinuada no momento certo.

Os olhos negros de Mulkern me fitavam sob suas pálpebras espessas, o olhar de uma cobra cuja toca estivesse sendo invadida, o olhar de um homem embriagado e violento que está morrendo de vontade de brigar. Ele disse "Patrick Kenzie", e debruçou-se sobre a mesa na minha direção. O bourbon que recendia em seu hálito poderia ter incendiado um posto de gasolina. "Patrick Kenzie", repetiu ele. "Agora ouça o que vou lhe dizer. Não vou admitir de maneira alguma que o filho de um de meus *lacaios* fale comigo dessa maneira. Seu pai, meu caro rapaz, era um cachorro que saltava quando eu mandava. E você não tem outra saída nesta cidade a não ser seguir os seus passos. Porque...", ele se debruçou ainda mais sobre a mesa e de repente agarrou meu punho, com toda força, "... se você me desrespeitar, guri, seu escritório vai ficar mais deserto que reunião de Alcoólicos Anônimos no dia da festa de são Patrício. Basta uma palavra minha, e seu negócio vai por água abaixo. E quanto a sua namoradinha aqui, bem, ela vai ter muito mais de que se lamentar do que umas porradas no olho aplicadas pelo vagabundo do marido."

Angie dava a impressão de querer decapitá-lo, mas pus minha mão livre em seu joelho.

Em seguida retirei a mão do joelho dela e a enfiei no bolso do casaco para pegar a xérox que fiz da fotografia. Segurei-a na mão, longe de Mulkern e de Vurnan, e sorri de leve, calmamente, imaginc, sem despregar os olhos de Mulkern nem por um momento. Inclinei-me um pouco para trás, pondo-me fora do alcance de seu bafo de onça, e disse: "Senador, meu pai era um de seus lacaios. Não discuto isso. Mas, vivo ou morto, estou me fodendo para o que ele fazia. Eu detestava aquele canalha, portanto não gaste sua saliva etílica apelando para meus sentimentos. Angie é minha família. Não ele. Nem você". Dei um puxão em meu punho e livrei-me de sua mão. E, antes que ele pudesse retirar a sua, eu a agarrei e dei um puxão. "Tem mais uma coisa, senador", continuei, "se você ameaçar meu ganha-pão novamente..." — joguei a cópia da foto na mesa, na frente dele — "... eu vou fazer um belo estrago na porra da sua vida."

Se ele viu a fotografia, não passou recibo disso. Seus olhos não se despregaram de mim nem por um instante, apenas ficaram ainda menores, pequenas agulhas de ódio concentrado.

Olhei para Angie e larguei a mão de Mulkern. "Já terminei", disse, levantando-me. Bati no ombro de Jim. "Sempre um prazer, Jim."

"Até, Jim", disse Angie.

Começamos a nos afastar da mesa.

Se chegássemos até a porta, eu teria que recorrer ao auxílio-desemprego já no próximo outono. Se chegássemos até a porta, a foto significaria apenas um encontro de malfeitores, e eles não tinham nada a esconder. Eu teria que mudar para Montana, Kansas ou Iowa, ou para uma dessas cidades que imagino serem lugares onde as pessoas se entediam tanto que ninguém se preocupa em exercer influência política. Se chegássemos até a porta, estaríamos fodidos nesta cidade.

"Pat, meu rapaz."

Estávamos a uns dois metros da porta; recuperei a fé na natureza humana.

Angie apertou a minha mão com força e nós nos voltamos assumindo um ar de quem tinha mais o que fazer.

"Por favor, voltem e queiram sentar-se", disse Jim.

Aproximamo-nos da mesa.

Mulkern estendeu a mão. "A esta hora da manhã eu fico um tantinho intratável. As pessoas parecem não entender o meu senso de humor."

Apertei sua mão. "Não seria ainda o caso agora?"

Ele se virou para Angie. "Senhora Gennaro, aceite as desculpas de um velho rabugento."

"Não se fala mais nisso, senador."

"Por favor", disse ele, "pode me chamar de Sterling." Ele sorriu calorosamente, dando-lhe tapinhas na mão. Tudo nele exprimia sinceridade em altos brados.

Se eu não tivesse vomitado na noite anterior, acho que todos estaríamos em perigo.

Jim deu um tapinha na fotocópia e olhou para mim. "Onde você arranjou isto?"

"Jenna Angeline."

"É uma cópia", ele disse.

"Sim, é, Jim."

"O original?", perguntou Mulkern.

"Está comigo."

"Pat", disse Mulkern, com um sorriso que contrabalançava o tom de voz. "Nós o contratamos para recuperar documentos, não fotocópias deles."

"Fiquei com o original desta até encontrar as outras."

"Por quê?", perguntou Jim.

Mostrei a primeira página do jornal. "As coisas ficaram confusas. Não gosto de confusão. Angie, você gosta de confusão?"

"Eu não gosto de confusão", disse Angie.

Olhei para Vurnan e Mulkern. "Nós não gostamos de confusão. Guardar o original conosco é a nossa maneira de não nos deixar envolver pela confusão até saber com certeza do que se trata."

"Podemos ajudar em alguma coisa, meu caro Pat?"

"Claro. Fale-me de Paulson e de Socia."

"Uma indiscrição imprudente da parte de Brian", disse Mulkern.

"Imprudente até que ponto?", perguntou Angie.

"Para um homem comum, não seria tanta imprudência assim. Mas para um homem público, foi extremamente imprudente." Ele balançou a cabeça, fazendo um sinal para Jim.

Jim cruzou as mãos sobre a mesa. "O senador Paulson se permitiu uma noite de... prazer com uma das prostitutas do senhor Socia seis anos atrás. Eu não saberia precisar exatamente as circunstâncias, mas, em linhas gerais, a coisa não passou de uma noite de vinho e mulheres."

"E a senhora Paulson não estava entre elas", disse Angie.

Mulkern balançou a cabeça. "Isso não vem ao caso. Ela é a mulher de um político; ela entende o que se espera dela numa situação dessas. A coisa iria se complicar se algum registro desse fato viesse a público. Atualmente Brian é uma voz silenciosa e fortíssima em favor do projeto de lei contra o terrorismo nas ruas. A menor ligação com pessoas do tipo do senhor Socia seria muito prejudicial."

Tive vontade de perguntar como alguém poderia ser "uma voz silenciosa e fortíssima", mas imaginei que aquilo iria trair minha falta de finura política. "Qual o primeiro nome de Socia?", perguntei.

"Marion", disse Jim, e Mulkern olhou para ele.

"Marion", repeti. "E como Jenna veio a se envolver com essa história? Como ela conseguiu se apoderar dessas fotografias?"

Jim olhou para Mulkern antes de responder. Os políticos telepatas. "A melhor explicação que nos ocorre é que Socia enviou as fotografias numa tentativa de extorsão. Brian estava muito bêbado naquela noite, como vocês podem imaginar. Ele adormeceu na poltrona com as fotos em cima de sua mesa de trabalho. Depois Jenna veio fazer a limpeza e imaginamos..."

"Espere um pouco", disse Angie. "Você está dizendo que Jenna ficou tão indignada com as fotos de Paulson com uma puta que as levou embora? Sabendo que sua vida não valeria mais um tostão se fizesse isso?" Angie dava a impressão de acreditar nessa história ainda menos que eu.

Jim deu de ombros.

"Com esse tipo de gente, quem pode saber?"

"Então, por que Socia a mataria? Não me parece que ele tivesse muito a perder se as fotos de Paulson com uma puta viessem a público."

Antes que ele falasse, eu já sabia qual seria a resposta de Mulkern, e me perguntei por que me dei ao trabalho de fazê-la.

"Com esse tipo de gente, quem pode saber?", repetiu ele.

16

O resto do dia foi nulo.

Voltamos ao escritório e eu passei uma cantada em Angie e ela me disse que tivesse juízo; o telefone não tocou e ninguém apareceu no campanário. Pedimos uma pizza e bebemos algumas latinhas de cerveja e eu não parava de pensar em como ela estava no banco traseiro do táxi, contorcendo-se dentro da saia. Ela olhou para mim umas duas vezes, adivinhou o que eu estava pensando e me chamou de pervertido. Numa das vezes em que ela me acusou disso, na verdade eu estava pensando, na maior inocência, em minhas contas de telefonemas interurbanos, mas aquele engano era largamente compensado pelas inúmeras outras vezes em que ela tinha razão de me acusar.

Angie sempre teve aquela mania com a janela que fica atrás de sua mesa de trabalho. Ela passa metade do tempo olhando por ela, mordendo o lábio inferior ou batendo o lápis nos dentes, absorta em seu próprio mundo. Mas naquele dia parecia estar passando um filme que só Angie era capaz de ver. Boa parte de suas respostas aos meus comentários era "Hum?", e fiquei com a impressão de que ela não estava nem no mesmo hemisfério que eu. Imaginei que aquilo tivesse a ver com "O Bundão" e a deixei em paz.

Meu revólver tinha ficado no comissariado e eu não estava nem um pouco disposto a circular na cidade só com meus colhões e meu otimismo com a Raven Saints atrás de mim. Eu precisava de uma arma absolutamente virgem porque o Estado tem leis bastante precisas sobre armas não registradas. Angie também teria necessidade de uma, caso fôssemos fazer alguma coisa juntos, portanto localizei Bubba Rogowski e lhe encomendei duas armas que não despertassem suspeitas. Ele disse 'Não tem problema", dentro de cinco horas elas estariam nas minhas mãos. Era como encomendar pizza.

Em seguida liguei para Devin Amronklin. Devin fora destacado para a nova Brigada Antigangue do prefeito. Ele é baixo e forte, e as pessoas que tentam fazer-lhe mal conseguem enfurecê-lo. Ele tem cicatrizes compridas feito um poste, mas é um bom companheiro quando não se está num coquetel em Beacon Hill.

Ele disse: "Queria falar, mas tenho uns troços pra fazer. A gente se encontra no enterro amanhã. Você marcou alguns pontos por Curtis, o Coxo, independentemente do que o sacana do Ferry lhe disse".

Desliguei e senti um leve calor se espalhando em meu peito, como uma bebida forte numa noite fria antes de começar a fazer efeito. Com Bubba e Devin por perto, eu me sentia mais seguro que uma camisinha numa convenção de eunucos. Então me ocorreu, como sempre acontece, que, quando alguém quer matar você, realmente matar, nada pode salvá-lo, só os caprichos da sorte. Nem Deus, nem um exército, nem você mesmo. Eu tinha que esperar que meus inimigos fossem estúpidos, desarticulados ou que tivessem uma capacidade de concentração bastante limitada no que se refere à vingança. Esses seriam os únicos fatores que me livrariam do túmulo.

Lancei um olhar a Angie. "Que é que há, minha linda?"

"Hã?", ela fez.

"Eu disse: 'Que é que há, minha linda?'."

A caneta continuou batucando. Ela cruzou os tornozelos no parapeito de sua janela e fez sua cadeira girar um pouco, para olhar para mim. "Ei", disse ela.

"O quê?"

"Não faça mais isso, está bem?"

"Fazer o quê?"

Ela voltou a cabeça e seus olhos encontraram os meus. "Essa história de minha linda. Não faça mais isso. Pelo menos não agora."

"Mas que é isso, mamãe..."

Ela deu uma volta completa na cadeira para me olhar bem de frente, tirando as pernas do parapeito da janela. "E também não diga essa merda de novo. Essa história de 'Mas que é isso, mamãe...', como se você fosse muito inocente. Você não é inocente." Ela olhou pela janela por um instante, depois voltou a olhar para mim. "Às vezes você é capaz de agir como um bom filho-da-puta, Patrick. Sabia disso?"

Coloquei a cerveja no canto da minha mesa. "De onde você tirou isso?"

"De lugar nenhum. É isso e pronto", disse ela. "Está bem? Não é... Eu venho todo dia da porra da minha... casa, e a única coisa que quero... Jesus. E eu, eu tenho que agüentar você me chamando de 'minha linda' e dando em cima de mim como se fosse uma porra dum reflexo condicionado e olhando para mim da forma como me olha e eu... simplesmente... quero acabar com isso." Ela esfregou o rosto vigorosamente e passou as mãos nos cabelos, gemendo.

"Ange...", principiei.

"Não me chame de Ange, Patrick." Ela deu um chute na última gaveta de sua mesa. "Sabe de uma coisa? Entre homens como o gordo do Mulkern, Phil e *você*, eu simplesmente não sei."

Senti como se tivesse um poodle entalado na minha garganta, mas consegui falar: "Não sabe o quê?".

"Nada!" Ela enfiou o rosto nas mãos, depois levantou a vista novamente. "Já não sei mais." Angie se endireitou de forma tão brusca que a cadeira deu uma volta completa. Ela se dirigiu à porta. "E já estou cheia dessas perguntas ridículas." E saiu.

O som dos saltos de seus sapatos nos degraus ecoava como projéteis, uma crepitação que subia e entrava pela porta. Senti uma forte e dolorosa pressão atrás de meus olhos, como a de um mecanismo de aço que sustenta as comportas de uma barragem. O barulho dos saltos de seus sapatos cessou. Olhei pela janela, mas ela não estava lá fora. A pintura bege arranhada de seu carro brilhava fracamente sob os postes de iluminação.

Desci as escadas na escuridão de três em três degraus; o espaço estreito e íngreme abria-se diante de mim como um abismo negro. Ela estava de pé, alguns passos além do último degrau, apoiada num confessionário. Tinha um cigarro aceso entre os lábios e estava recolocando o isqueiro no bolso quando emergi da escada.

"E então?", disse ela.

"Então o quê?"

"Estou vendo que esta conversa vai ser um sucesso."

"Por favor, Angie", disse eu. "Ponha-se no meu lugar. Essa coisa toda de certa forma me pega de surpresa." Recuperei o fôlego enquanto ela me olhava com olhos turvos, o tipo de olhar que me dizia que um desafio fora lançado e que eu devia descobrir de que se tratava, e rápido. "Eu sei o que está errado com Mulkern, com Phil e comigo. Você tem um monte de homens babacas em..."

"Meninos", ela disse.

"OK", eu disse. "Um monte de meninos babacas em sua vida agora. Mas, Angie, o que há de *errado*?"

Ela deu de ombros e jogou as cinzas do cigarro no chão de mármore. "Provavelmente eu vou queimar no inferno por causa disso."

Esperei.

"Tudo está errado, Patrick. Tudo. Quando penso em você quase morrendo ontem, acabo refletindo sobre um monte de coisas. E, Deus meu, fico me perguntando que vida é esta minha? Phil? Dorchester?" Ela fez um gesto abarcando toda a igreja. "Isto? Eu venho trabalhar, fujo do seu assédio, você se diverte, eu vou pra casa, levo uma surra uma ou duas vezes por mês, faço amor com aquele filho-da-puta às vezes na mesma noite e... é só isso? É isso que eu sou?"

"Ninguém diz que tem que ser assim."

"Oh, está certo, Patrick. Vou me tornar uma neurocirurgiã."

"Eu posso..."

"Não." Ela jogou o cigarro no chão de mármore e pisou nele. "Para você, isto é uma brincadeira. É 'queria saber como ela é na cama'. E então, quando você fica sabendo, passa para a seguinte." Ela balançou a cabeça. "Isto é a minha vida. Não é uma brincadeira."

Fiz que sim com a cabeça.

Ela deu um sorriso triste e, na fraca luz que o vitral verde à minha direita filtrava, vi que seus olhos estavam úmidos.

"Você lembra como era?", ela perguntou.

Fiz que sim, mais uma vez. Ela falava de antes. Antes, quando não havia limites. Antes, quando este lugar era um lugar romântico, um tanto pobre, um tanto aborrecido, e não uma simples realidade.

"Quem diria, hein?", disse ela. "Engraçado, não?"

"Não", respondi.

17

Bubba não foi ao meu escritório naquela noite. Típico.

Ele apareceu no meu apartamento na manhã seguinte, quando eu estava decidindo que roupa vestiria para o enterro de Jenna. Ele se sentou na minha cama enquanto eu ajeitava a gravata e disse: "Você está parecendo uma bicha com essa gravata".

"Você não sabia?", respondi, mandando-lhe um beijo.

Bubba se deslocou uns vinte centímetros na cama. "Você não deve nem brincar com isso, Kenzie."

Pensei em levar a brincadeira adiante, para ver quão nervoso ele iria ficar. Porém, pressionar Bubba é uma boa maneira de descobrir rapidinho se você voa bem, portanto voltei ao nó de minha gravata.

Bubba é um verdadeiro e completo anacronismo em nossa época — ele odeia tudo e todos, à exceção de Angie e de mim, mas, ao contrário de muita gente com a mesma tendência, ele não perde tempo pensando sobre isso. Ele não escreve cartas para as redações dos jornais nem cartas raivosas ao presidente, não forma grupos, não organiza manifestações nem considera seu ódio senão um aspecto absolutamente natural de seu mundo, como respirar ou tomar um trago de bebida. Bubba tem tanta consciência de si mesmo quanto um carburador, e presta ainda menos atenção nos outros, a menos que atravessem seu caminho. Ele tem 1,90 metro de altura, por 105 quilos de adrenalina bruta e de raiva difusa. E ele seria capaz de matar qualquer um que me olhasse atravessado.

Prefiro não avaliar muito de perto essa lealdade, o que não o incomoda nem um pouco. Quanto a Angie, basta dizer que Bubba jurou uma vez cortar cada um dos membros de Phil e colocá-los novamente — na posição contrária —, mas o convencemos a não fazer isso. Nós lhe garantimos, na verdade juramos por Deus, que algum dia iríamos cuidar do assunto, e que antes o chamaríamos. Ele cedeu. Ele nos chamou de derrotistas, de bundões, e todos os palavrões imagináveis, mas pelo menos não corremos o risco de nos ver envolvidos num homicídio doloso.

Na concepção de Bubba, o mundo é simples — se alguma coisa o incomoda, elimine-a. Seja por que meio for.

Ele enfiou a mão em sua jaqueta jeans e jogou duas armas na minha cama. "Desculpe pelo atraso."

"Sem problema", respondi.

"Tenho alguns mísseis que poderiam lhe servir."

Examinei o nó de minha gravata e continuei a respirar normalmente. "Mísseis?", perguntei.

"Isso mesmo", disse ele. "Tenho algumas bombinhas que podem dar um jeito nesses caras."

Respondi bem devagar: "Mas, Bubba, elas não fariam saltar pelos ares, digamos, meio quarteirão?".

Ele pensou por um segundo. "Aonde você quer chegar?" Ele cruzou as mãos atrás da cabeça e deixou-se cair na cama. "Então, está interessado ou não?"

"Talvez mais tarde", respondi.

Bubba fez que sim com a cabeça. "Certo." Ele enfiou a mão na jaqueta novamente e esperei que tirasse de lá um foguete antitanque ou algumas espadas escocesas. Ele jogou quatro granadas na minha cama. "Para o caso de você precisar."

"Sim", respondi como se tivesse entendido. "Podem ser muito úteis."

"Podem sim", disse ele levantando-se. "Quanto ao preço das armas, tudo bem, não é?"

Olhei para ele pelo espelho e fiz que sim. "Posso lhe pagar no final da tarde, se você já estiver precisando."

"Não. Eu sei onde você mora." Ele sorriu. O sorriso de Bubba era conhecido por deixar muita gente sem dormir. "Pode me chamar, de dia ou de noite, se precisar de alguma coisa." Ele parou na porta do quarto. "A gente toma uma cerveja mais tarde?"

"Claro", respondi.

"Legal", disse ele fazendo um aceno e indo embora.

Senti como sempre me sinto quando Bubba vai embora: como se alguma coisa tivesse deixado de explodir.

Terminei de dar o nó na gravata e fui até a cama. Entre as granadas havia duas armas, uma Smith 38 e uma Browning Hi-Power niquelada nove milímetros. Vesti o paletó, coloquei a Browning no coldre. Pus o 38 no bolso do paletó e me olhei no espelho. O inchaço do meu rosto diminuíra e meus lábios estavam meio cicatrizados. O tecido em volta do olho estava amarelado e os arranhões do rosto começavam a adquirir um tom rosado. Não se podia dizer que eu estava deslumbrante, mas tampouco teria alguma chance no concurso para Homem-Elefante. Eu podia aparecer em público sem receio de ser apontado ou de ouvir risinhos abafados. Caso isso acontecesse, estava disposto a tudo; se alguém debochasse, eu lhe daria um tiro.

Olhei para as granadas. Não tinha a menor idéia do que fazer com elas. Minha impressão era de que, se saísse de casa, elas iriam rolar na cama e cair no chão, mandando todo o edifício para os ares. Peguei-as com todo cuidado e as coloquei na geladeira. Se alguém invadisse a minha casa para roubar minha cerveja, ia ver que não estou para brincadeiras.

Angie estava sentada nos degraus da entrada de sua casa quando parei o carro. Vestia blusa branca e calça preta apertada nos tornozelos. Ela estava deslumbrante, mas não falei nada sobre isso.

Ela entrou no carro e andamos por um bom tempo sem uma palavra. Pus de propósito uma fita de Screaming Jay Hawkins, mas ela nem piscou. Angie gosta de Screaming Jay tanto quanto de ser chamada de franga. Ela fumava um cigarro e ia olhando a paisagem de Dorchester como se a estivesse vendo pela primeira vez.

A fita acabou quando estávamos entrando na Mattapan, e eu disse: "Esse Screaming Jay é tão bom que dá vontade de tocar duas vezes. Puxa, eu seria capaz de arrancar o botão de ejetar e ficar tocando a fita pela eternidade".

Ela mordiscou uma cutícula.

Tirei a fita de Screaming Jay e coloquei uma do U2. Normalmente essa fita faz Angie se sacudir um pouco no banco, no entanto naquele dia ela não estava ligando a mínima; Angie estava sentada ali como se tivesse tomado lítio no café da manhã.

Estávamos na estrada panorâmica de Jamaica Plain e os rapazes de Dublin em pleno "Sunday Bloody Sunday", quando Angie disse: "Estou tentando resolver algumas coisas. Me dê um tempo".

"Eu entendo."

Ela se voltou no banco, ajeitou os cabelos atrás da orelha por causa do vento. "Deixe de lado essa coisa de 'minha linda' por uns tempos, os convites para tomar banho juntos, coisas desse tipo."

"É difícil abandonar velhos hábitos", falei.

"Eu não sou um hábito", ela respondeu.

Concordei. "*Touché*. Você quer se afastar do trabalho por um tempo?"

"De modo algum." Ela enfiou a perna esquerda embaixo da direita. "Gosto do trabalho. Eu só preciso entender melhor algumas coisas e preciso de seu apoio, Patrick, não de suas cantadas."

Estendi-lhe minha mão direita. "Pode contar comigo." Quase soltei um "minha linda" no final da frase, mas felizmente não o fiz. Mamãe Kenzie pode ter criado um louco, mas não um suicida.

Ela apertou a minha mão. "Bubba finalmente deu as caras?"

"Hum hum. E trouxe um presente para você." Enfiei a mão no bolso e lhe passei o 38.

Ela sopesou a arma. "Às vezes ele é tão romântico."

"Ele nos ofereceu algumas granadas, para o caso de querermos destruir algum país por esses dias."

"Dizem que as praias da Costa Rica são bonitas."

"Então vamos para a Costa Rica. Você fala espanhol?"

"Eu pensei que você falava."

"É uma matéria em que fui reprovado duas vezes. O que é muito diferente."

"Você fala latim."

"Então vamos derrubar o Império Romano."

Estávamos nos aproximando do cemitério, que surgia à nossa esquerda, e Angie disse: "Oh, meu Deus!".

Dei uma olhada enquanto entrava na via principal. Estávamos esperando o tipo de enterro que normalmente se dá às faxineiras — um pouquinho melhor do que o dos indigentes —, entretanto havia carros por toda parte. Um monte de lata velha em petição de miséria, um BMW preto, um Mercedes cor de prata, um Maserati, dois RX-7, e mais todo um esquadrão de carros de polícia, com os agentes de polícia de pé ao lado das respectivas unidades, vigiando a área onde se encontrava o túmulo.

"Você tem certeza de que é aqui mesmo?", perguntou Angie.

Dei de ombros e parei o carro no gramado, totalmente desorientado. Saímos do Porsche, atravessamos o gramado e tivemos que parar umas duas vezes porque o salto de Angie ficou preso na terra fofa.

A voz de barítono do pastor estava clamando ao Senhor, nosso Deus, para que acolhesse sua filha, Jenna Angeline, no reino do céu, com o amor de um Pai por uma verdadeira filha de Deus. Ele falava com a cabeça abaixada, os olhos fixos no caixão que descansava nas traves de metal por sobre o retângulo negro e profundo. Mas ele era o único a olhar para o caixão. Todos os demais estavam preocupados em olhar uns para os outros.

O grupo que estava do lado sul do caixão era liderado por Marion Socia. Ele era mais alto do que parecia na fotografia, o cabelo mais curto, anelado, cerrado, grudado à cabeça enorme. Era mais magro também, magro do tipo que se consome em adrenalina. Suas mãos magras não paravam de se mexer ao longo do corpo, como se estivesse tateando em busca do gatilho de uma arma. Ele estava com um paletó preto simples, camisa branca e gravata preta, mas de tecido caro — seda, imaginei.

Os rapazes atrás dele estavam vestidos exatamente da mesma forma, mas com ternos de qualidade variada, tanto mais ordinários quanto mais distantes de Socia e do túmulo. Havia pelo menos uns quarenta homens, em formação cerrada atrás de seu líder. Todos com ar de devoção espartana. Nenhum deles, à exceção de Socia, parecia ter mais de dezessete anos, e alguns eram tão jovens que davam a impressão de ainda não terem tido sua primeira ereção. Todos olhavam para além do túmulo, na mesma direção em que Socia olhava, os olhos vazios de juventude, de movimento e de emoção, mortiços, transparentes, concentrados.

O objeto de sua atenção estava do outro lado do túmulo, bem em frente de Socia. Um rapaz negro, da mesma altura que Socia, porém mais forte, com um corpo rijo e saudável que um homem só pode ter antes de alcançar os 25 anos. Ele usava uma capa preta sobre uma camisa azul-escura abotoada no pescoço, sem gravata, e uma calça de prega. Tinha um brinco de ouro na orelha esquerda e o cabelo em plataforma inclinada no alto da cabeça; nos lados, o corte era bem rente, com faixas simétricas traçadas no pouco cabelo restante. A parte posterior da cabeça também era quase raspada, e compunha um desenho. Do lugar em que eu estava não podia ter certeza, mas me parecia que tinha a forma da África. Estava com um guarda-chuva preto na mão, apontado para o chão, ainda que o céu estivesse nublado como um vidro recém-soprado. Atrás dele havia outro exército: trinta homens, todos jovens, todos com roupas mais ou menos formais, porém nenhum usava gravata.

A primeira pessoa de cor branca que vi foi Devin Amronklin. Ele estava uns bons quinze metros atrás do segundo grupo, conversando com outros três detetives, e o olhar dos quatro passeava o tempo todo entre os dois grupos e os policiais que estavam na estrada.

Do outro lado de todo esse ajuntamento, ao lado do caixão, vi duas mulheres de certa idade, dois homens com uniforme de auxiliares de serviços gerais da Câmara, e Simone. Ela estava olhando para nós quando a avistamos, e sustentou nosso olhar por um minuto, antes de voltar a atenção para os portentosos olmos do cemitério. Nada em seu olhar indicava que na saída ela iria me procurar, convidar-me para um chá e para um saudável debate sobre a questão racial.

Angie tocou minha mão e nos aproximamos de Devin. Ele fez um pequeno aceno com a cabeça, mas não disse uma palavra.

O pastor terminara seu sermão e abaixou a cabeça uma última vez. Ninguém seguiu o seu exemplo. Havia uma atmosfera estranha naquele silêncio, algo perigosamente falso e carregado. Um pombo cinzento e gordo feriu o silêncio com seu vôo, as asas pequenas batendo velozmente. Então o ar fresco da manhã se rompeu ao ruído do mecanismo que fazia o caixão descer, no retângulo negro.

Os dois grupos se mexeram como se fossem um só, inclinando-se ligeiramente para a frente como árvores esguias ao primeiro vento da tempestade. Devin pôs a mão no quadril, a meio centímetro de seu revólver, e os outros três policiais fizeram o mesmo. O ar do cemitério parecia aspirar a si mesmo e desaparecer em sua própria voragem. Uma corrente elétrica se espraiou, ocupando o seu lugar, e meus dentes pareciam estar mastigando alumínio. Uma parte do mecanismo tocou o chão em algum ponto do buraco escuro, contudo o caixão continuou a descer. Naqueles poucos minutos do silêncio mais absoluto que já vivi, acho que, se alguém espirrasse, seria preciso passar o resto do dia retirando os corpos do gramado.

Então, o garoto de capa preta avançou um passo em direção ao túmulo. Socia fez o mesmo um milésimo de segundo depois, mas deu dois passos para compensar. Capa Preta aceitou o desafio e os dois chegaram à beira do túmulo ao mesmo tempo, assumindo uma postura idêntica, cabeça erguida e imóvel.

"Calma, todo mundo, calma", disse Devin num sussurro.

Num gesto tenso, Capa Preta se abaixou e pegou um lírio branco de um montículo que havia a seus pés. Socia fez o mesmo. Eles se olharam, enquanto estendiam o braço por sobre o túmulo. Não se viu o menor tremor nos lírios brancos. Eles mantiveram os braços erguidos, e nenhum dos dois deixou cair seu lírio. Era uma prova cujo limite só eles conheciam. Não vi qual dos dois abriu a mão primeiro, mas de repente os lírios caíram em direção ao túmulo, numa capitulação quase sem peso.

Ambos recuaram dois passos do túmulo.

A esse gesto, seguiram-se as gangues, que imitaram os respectivos líderes. No entanto, quando a fila havia se reduzido aos membros menos importantes da hierarquia, eles pegavam os lírios e os jogavam no buraco negro em tempo recorde, demorando-se apenas poucos segundos para se olharem nos olhos, mostrando que não estavam com medo. Ouvi os policiais que estavam atrás de mim recomeçarem a respirar.

Socia se deslocara para uma extremidade do túmulo, as mãos cruzadas, olhando para o nada. Capa Preta se colocou no outro extremo, segurando o guarda-chuva, os olhos grudados em Socia.

"Podemos conversar agora?", perguntei a Devin.

"Claro", ele respondeu dando de ombros.

"Que diabo está acontecendo aqui, Devin?"

Devin sorriu. Seu rosto era só um pouco menos frio que o buraco escuro onde todos estavam jogando lírios. "O que está acontecendo", disse ele, "é o começo do maior banho de sangue da história da cidade. Ele vai fazer o incêndio de Coconut Grove se parecer com um passeio à Disneylândia."

Um bloco de gelo do tamanho de uma bola de beisebol grudou na base de minha coluna, e um suor gelado escorreu pela minha orelha. Voltei a cabeça e meu olhar cruzou o túmulo e se fixou no olhar de Socia. Ele estava absolutamente imóvel, o olhar apontando na minha direção, como se eu não estivesse ali. "Ele não parece muito amistoso", comentei.

Devin disse: "Você amputou o pé de seu lugar-tenente favorito. Eu diria que ele está furioso".

"O bastante para me matar?" Não era nada fácil, mas continuei a sustentar aquele olhar sombrio que me dizia que eu estava acabado.

"Oh, sem dúvida", disse Devin.

Devin é isso. Um doce.

"E o que devo fazer?"

"Minha sugestão é uma passagem de avião para Tânger. Ele pode pegá-lo lá, mas pelo menos você pode dizer que conheceu o mundo." Ele se pôs a arrastar os sapatos na grama densa à sua frente. "O que andam dizendo por aí é que primeiro ele quer falar com você. Deve achar que você está com alguma coisa de que ele precisa." Ele levantou o pé e tirou com a mão a grama que ficara agarrada no sapato. "O que será que ele quer, Patrick?"

Dei de ombros. Aqueles olhos continuavam grudados em mim. Eu já vira lagos congelados com mais calor humano. "O cara está enganado", respondi.

"Pode ser. Mas o sujeito é um puta atirador. Ouvi dizer que ele gosta muito de apertar o gatilho, de atingir suas vítimas superficialmente. Sabe como é, ir fazendo a coisa devagar. Ele só atira na cabeça meia hora depois de as vítimas começarem a implorar que faça isso. Um sujeito muito humano, o nosso Socia." Devon cruzou as mãos à sua frente, estalou as juntas. "Mas por que será que ele acha que você tem alguma coisa de que ele precisa, Patrick?"

Angie apertou minha mão e correu a outra mão sob meu braço. Era uma sensação agradável e ligeiramente agridoce. "Quem é o cara com o guarda-chuva?", ela perguntou.

"Eu pensei que vocês dois eram detetives", disse Devin.

Naquele momento Capa Preta também se voltou. Ele seguia o olhar de Socia, e seus olhos também se fixaram em mim. Eu me senti como uma sardinha num tanque de tubarões.

Angie disse: "Não, Devin, ainda estamos estudando. Então, diga pra nós: quem é o cara com o guarda-chuva?".

Ele estalou os dedos novamente, suspirou com a naturalidade de alguém que está tomando uma cerveja deitado numa rede. "É o filho de Jenna."

"Filho de Jenna", repeti.

"Será que não falei claro? Ele é o líder dos Angel Avengers."

A Angel Avenue atravessa o coração da Dorchester negra. É um lugar onde ninguém pára no sinal vermelho. Mesmo em pleno dia.

"Ele também quer me pegar?"

"Não que eu saiba."

"Ele é filho de Socia?", perguntou Angie.

Devin olhou para os dois homens, depois para nós dois. Fez que sim com a cabeça. "Mas eu acho que foi a mãe que lhe deu o nome de Roland."

18

"Um garoto esquentado, esse nosso Roland", dizia Devin.

Tomei um pouco de café. "Ele não me pareceu nenhum garoto", respondi.

Devin engoliu um pedaço de rosca, pegou a xícara de café. "Ele tem dezesseis anos."

"Dezesseis?", perguntou Angie.

"*Acabou* de completar dezesseis. No mês passado."

Pensei no que vira daquele rapaz — alto, corpo musculoso, a postura de um jovem general, de pé sobre o montículo próximo ao túmulo da mãe, guarda-chuva na mão. Ele parecia já saber qual era o seu lugar neste mundo — na linha de frente, secundado por seus lacaios.

Quando eu tinha dezesseis anos, mal sabia o meu lugar na fila do refeitório da escola. "Como um garoto de dezesseis anos pode comandar uma rede como os Avengers?"

"Com uma arma bem grande", disse Devin. Ele olhou para mim e deu de ombros. "É um garoto muito inteligente, esse Roland. E, além disso, tem muito colhão, o que é indispensável quando se quer chefiar uma gangue."

"E Socia?", perguntou Angie.

"Bem, vou lhe dizer uma coisa sobre Roland e seu papai Marion. Dizem que a única coisa mais perigosa que Roland é o pai dele. E, podem acreditar, passei sete horas com ele numa fria sala de interrogatório: aquele cara tem um buraco no lugar do coração."

"E ele e Roland estão em rota de colisão?"

"É o que parece", disse Devin. "Eles não morrem de amores um pelo outro, acreditem. Se Roland ainda está vivo e circulando por aí, não é graças ao seu velho. Socia nasceu sem instinto paterno. Os Avengers eram uma espécie de gangue irmã para os Saints. Mas Roland mudou tudo isso há três meses, rompeu com a organização do seu velho pai. Socia tentou eliminar Roland pelo menos quatro vezes, pelo que sei, só que o garoto não morre. Nesses últimos meses apareceram muitos presuntos em Mattapan e no 'Bury, mas nenhum deles era o corpo de Roland."

"Mais cedo ou mais tarde...", disse Angie.

Devin fez que sim com a cabeça. "Mais cedo ou mais tarde alguma coisa vai estourar. Roland detesta o pai com todo o seu ódio. Ninguém sabe exatamente por quê. Se bem que agora que Jenna morreu, ele tem todos os motivos de que precisa, não?"

"Ele era ligado a ela?", perguntei.

Devin deu de ombros, as mãos grandes abertas, na sua frente.

"Eu não sei. Ela sempre o visitava quando ele estava na prisão de menores de Wildwood, e dizem que de vez em quando ele dava um pulo na casa dela para lhe dar algum dinheiro. Mas, é duro dizer, Roland tem tanto amor para dar quanto seu pai."

"Ótimo", disse eu. "Duas máquinas sem emoções."

"Oh, emoção é o que não lhes falta", disse Devin. "É puro ódio." Seu olhar cruzou com o da garçonete. "Mais café."

Estávamos no Dunkin' Donuts da Morton Street. Lá fora, do outro lado da janela, alguns rapazes iam passando de mão em mão uma garrafa envolta num saco de papel marrom, para afogar o domingo em álcool. Do outro lado da rua, quatro arruaceiros vagavam, o olhar errante; de vez em quando um deles dava um cascudo na cabeça de outro, escorvando a própria raiva e a dor, prontos para inflamar-se à menor fagulha. No fim do quarteirão, uma jovem empurrando um carrinho de bebê desviou-se para descer da calçada e começou a atravessar a rua, cabeça baixa, torcendo para que eles não a vissem.

Devin disse: "Sabe, o que aconteceu com a Jenna foi muito ruim. Não é certo uma mulher como aquela ficar encurralada entre dois assassinos frios como Socia e Roland. Merda, a pior coisa que ela fez foi cometer algumas infrações de trânsito. E quem diabos não faz isso nesta droga de cidade?". Ele embebeu sua segunda rosca na terceira xícara de café, a voz tão monocórdica como uma única tecla de piano batida à exaustão.

"Muito ruim." Ele olhou para nós. "Eu abri o cofre dela na noite passada."

"E...?", perguntei bem devagar.

"Nada", disse ele olhando para mim. "Um título do governo, umas poucas jóias que não valiam o preço do aluguel do cofre."

Ouviu-se o ruído abafado de um choque, e as paredes estremeceram. Olhei pela janela e vi o grupo de arruaceiros. Um deles estava olhando para dentro do local, as veias do pescoço saltadas, o rosto uma máscara de guerra. Seu olhar cruzou com o nosso e ele esmurrou a vidraça mais uma vez. Duas ou três pessoas se assustaram, no entanto o vidro não se quebrou. Seus amigos sorriram, mas ele não. Seus olhos estavam vermelhos, inflamados pela raiva. Ele deu mais uns murros na vidraça, e então seus amigos o levaram embora. Ele estava rindo quando chegou à esquina. Belo mundo.

"Ninguém sabe por que Roland tem essa cisma com Socia?", perguntei.

"Uma coisa qualquer, provavelmente. Você mesmo não gostava muito do seu velho, não é, Kenzie?"

Aquiesci.

Ele apontou para Angie. "E você?"

"Meu pai e eu nos dávamos bem", disse ela. "Quando ele estava em casa. Mas com minha mãe era outra história."

"Eu odiava meu pai", disse Devin. "Ele fazia com que cada instante, em nossa casa, se transformasse em brigas de sexta-feira à noite. Ele aprontou tanto comigo quando eu era pequeno que jurei a mim mesmo que, pelo resto da vida, não iria deixar ninguém pisar nos meus calos, ainda que isso significasse morrer jovem. Talvez o caso de Roland seja igual. Sua folha corrida é uma longa lista de problemas com a autoridade, a começar pela quinta série, quando ele rachou a cabeça de um professor substituto. E lhe arrancou também um pedaço de uma orelha."

Quinta série. Meu Deus.

"Ele agrediu também assistentes sociais, para não falar de outro professor. Deu um pontapé na cabeça do policial que o estava levando no carro de polícia para a prisão juvenil; o chute foi tão forte que a cabeça do policial arrebentou o pára-brisa. Quebrou o nariz de um médico do pronto-socorro, isso estando com uma bala alojada próximo à coluna vertebral. Agora me ocorreu um pensamento: todas as pessoas com quem ele arrumou confusão eram homens. Ele também não reage muito bem à autoridade feminina, mas não fica agressivo, simplesmente vai embora."

"E Socia?"

"Que tem ele?"

"Qual é a dele?", perguntei. "Eu sei que é o cabeça dos Saints, mas fora isso..."

"Marion é um verdadeiro oportunista. Há uns dez anos ele não passava de um gigolozinho barato. Um gigolozinho barato muito perverso, mas que não travava o computador por excesso de dados quando digitavam seu nome."

"E aí?"

"Então chegou o crack. Socia sabia em que aquilo ia dar, mesmo antes que virasse capa da *Newsweek*. Ele matou um traficante de uma quadrilha jamaicana e tomou o lugar do cara. Todos achamos que depois disso Socia teria no máximo uma semana de vida, mas ele foi a Kingston, mostrou ao Chefão que tinha colhões, e quem quisesse que fosse retaliar." Devin deu de ombros. "A partir daí Marion Socia ficou sendo o cara que se devia procurar nesta cidade quando se tratasse de crack. Isso foi nos primeiros tempos dessa droga, mas hoje, com toda a concorrência que existe, ele ainda é o número um. Socia tem um exército de garotos dispostos a morrer por ele sem fazer perguntas, e uma rede tão bem escalonada que você pode grampear um de seus fornecedores do primeiro time e ainda haverá quatro ou cinco pessoas servindo de barreira entre Socia e você."

Ficamos em silêncio por algum tempo, tomando nosso café.

"Como Roland pretende derrubar o pai?", perguntou Angie.

Devin deu de ombros. "Aí você me pegou. Apostei cem paus no bolão que Socia leva a melhor."

"No bolão?"

"Sim. A aposta que estamos fazendo no departamento, para ver quem ganha a guerra das gangues. Não ganho muito na minha profissão, por isso tenho que ganhar um dinheirinho por fora. As apostas em Roland estão em sessenta contra um."

"No cemitério eles pareciam estar pau a pau", disse Angie.

"As aparências enganam. Roland é duro, é inteligente e tem uma boa quadrilha que trabalha para ele na Angel Avenue. Mas não é o pai. Ainda. Marion é impiedoso, e tem sete vidas. Não há um só membro dos Saints que não ache que ele é Satã em pessoa. Na organização de Socia, vacilou, morreu. Não tem perdão. Nada de arranjos. Os Saints se sentem numa guerra santa."

"E os Avengers?"

"Oh, eles são devotados à causa, não há dúvida. Mas se a coisa azedar, se muitos deles forem mortos, eles pedem arrego. A gangue de Roland vai perder. Pode acreditar. Se fosse daqui a alguns anos, a coisa seria diferente. Mas agora ele ainda está muito verde." Devin olhou para o café frio e fez uma careta. "Que horas são?"

Angie olhou o relógio. "Onze."

"Em algum lugar já é meio-dia", disse ele. "Preciso de álcool." Devin se levantou e jogou algumas moedas na mesa. "Vamos, crianças."

Levantei-me. "Para onde?"

"Tem um bar aqui perto. Deixe-me pagar um drink antes da guerra."

O bar era pequeno, acanhado, e a borracha preta do assoalho cheirava a cerveja rançosa, fuligem úmida e suor. É um desses paradoxos tão comuns nesta cidade: um bar irlandês de brancos num bairro negro. Os homens que bebiam ali já faziam isso havia décadas. Eles se encerravam no bar com seus chopes de um dólar, seus ovos em salmoura e sua postura rígida, e faziam de conta que o mundo lá fora não mudara. Eram operários da construção civil que continuavam trabalhando no mesmo raio de oito quilômetros desde que tiraram a carteirinha do sindicato, porque sempre se está construindo alguma coisa em Boston. Eram contramestres do cais do porto, da General Electric, da Sears e Roebuck. Estavam traçando seu uísque com cerveja geladíssima às onze horas da manhã, assistindo ao videoteipe da partida Notre Dame—Colorado da Orange Bowl do último ano-novo.

Quando entramos, eles nos examinaram por tempo bastante para verificar nossa cor, depois voltaram a sua discussão. Um deles estava de joelhos em cima do balcão, apontando para a tela e contando alguns jogadores.

"Olha, eles estão com oito só na defesa. Oito, porra. Vocês vão ver o que vai acontecer com o Notre Dame."

O garçom era um senhor da velha-guarda com quase tantas cicatrizes no rosto quanto Devin. Ele tinha aquele rosto entediado, sem expressão, de quem já ouvira absolutamente tudo e havia anos tinha opinião formada sobre quase tudo. Olhando para Devin, ergueu uma sobrancelha cansada. "Que é que vai querer, sargento?"

"Burrice, burrice, burrice", disse alguém que estava junto da televisão. "Conte os caras novamente."

"Conte você, porra! Conte você."

Devin disse: "Qual é o assunto da discussão intelectual no fundo do bar?".

O garçom passou um pano no balcão à nossa frente enquanto nos sentávamos.

"Roy — o cara em cima do balcão — diz que o Notre Dame é melhor porque tem menos negros. Eles estão contando para ver."

"Ei, Roy", gritou alguém. "Até o zagueiro é negro. E você ainda quer que a gente diga 'Vamos lá, Irlanda'?"

Angie disse: "Se eu não estivesse acostumada a isso, ia me sentir incomodada".

"A gente podia eliminar todos eles, quem sabe ganharíamos uma medalha por isso?", disse Devin.

"Para que desperdiçar balas?", falei.

O garçom estava esperando. "Desculpe, Tommy", disse Devin. "Três chopes e um uísque."

Quem não o conhecesse iria achar que ele havia feito o pedido para nós três. Mas eu não. "Um chope", pedi.

"Para mim também", disse Angie.

Devin bateu um maço de cigarro fechado contra o peito, depois jogou fora o celofane. Ele tirou um e nos estendeu o maço. Angie pegou um. Eu resisti. A duras penas, como sempre.

Na outra ponta do bar, Roy — a barriga branca e peluda saindo de uma camiseta azul empapada de suor — estava batendo o dedo na tela da televisão mais rápido do que uma mensagem em Morse enviada de um navio que estivesse indo a pique. "Um negro, dois, três, quatro, cinco... seis, mais um sete, oito, nove. Nove, só no ataque. Búfalos, o caralho. Colorado Batucada, isso sim."

Alguém riu. Tem sempre alguma pessoa que ri.

"Como esses cretinos conseguem continuar vivos num bairro como este?", perguntei.

Devin olhou por um instante o frasco de ovos em salmoura. "Tenho uma teoria sobre isso", disse ele. Tommy colocou as três cervejas e o uísque na frente dele, e foi pegar as nossas. O uísque sumiu na garganta de Devin antes que eu tivesse tempo de vê-lo pegar o copo. Ele abarcou com a mão uma das canecas geladas e quando retomou a fala já tinha tomado um quarto de litro. "Gelada", disse ele. "Minha teoria é a seguinte... com gente desse tipo só há duas saídas: ou você acaba com eles ou deixa pra lá, porque nunca vai conseguir mudar sua mentalidade. Imagino que o pessoal deste bairro simplesmente está cansado demais para matá-los." Ele enxugou o que sobrara do primeiro chope. Seu cigarro ainda estava no meio e dois de seus copos de bebida já estavam vazios.

Sempre me sinto como um Chevette com o pneu estourado perseguindo um Porsche quando tento acompanhar o ritmo de Devin num bar.

Tommy colocou uma cerveja para Angie e outra para mim, e mais uma dose de uísque no copo de Devin.

"Meu pai costumava vir a este bar", disse Angie.

Devin engoliu o segundo uísque em algum momento enquanto eu piscava. "Por que ele parou?"

"Ele morreu."

Devin balançou a cabeça. "É uma boa razão." Ele atacou o segundo chope. "E o seu velho, Kenzie, o bombeiro herói, costumava freqüentar lugares como este?"

Fiz que não com a cabeça. "Ele costumava beber no Vaughn's, na Dot Avenue. Era o único lugar que ele freqüentava. Costumava dizer: 'Um homem que não se mantém fiel ao seu bar não é muito melhor que uma mulher'."

"Seu pai era um verdadeiro príncipe", comentou Angie.

"Nunca cruzei com ele", disse Devin. "Mas vi aquela foto. Duas crianças no nono andar de um edifício pegando fogo." Ele deu um assobio e tomou o resto do segundo chope. "Vou lhe dizer uma coisa, Kenzie. Se você tiver metade dos colhões que seu pai tinha, vai sobreviver a esse troço."

Uma gargalhada explodiu na outra ponta do bar. Roy estava apontando para a tela e dizendo: "Crioulo, crioulo, crioulo, crioulo, crioulo", ensaiando uns passinhos de bêbado, ainda de joelhos. Logo eles começariam a contar piadas de Aids, histórias de morrer de rir.

Pensei sobre o que Devin havia dito. "Sua preocupação é tocante", eu disse a ele.

Ele fez uma careta, franziu as sobrancelhas, enquanto o terceiro chope lhe descia goela abaixo. Pôs a caneca na mesa, enxugou a boca com um guardanapo. Chamou por Tommy e agitou o braço como um treinador de futebol que estimula um atacante a aproveitar uma brecha. Tommy trouxe mais dois chopes e serviu mais uma dose de uísque. Devin levantou a mão, acabou com aquela dose, e Tommy lhe serviu mais uma. Devin balançou a cabeça, e o outro foi embora.

Devin girou em seu banco e olhou para mim. "Preocupação?", disse ele com um risinho. Um risinho cavernoso. "Vou lhe dizer que diferença a preocupação faz: nenhuma. Eu me preocupo com o fato de que esta cidade vai se despedaçar neste verão. Só que a minha preocupação não impede que isso aconteça. Me preocupa o fato de ver tantos garotos morrendo por causa de tênis, de bonés, ou por cinco dólares de cocaína vagabunda. Mas sabe o que acontece? Eles continuam morrendo. Eu me preocupo quando vejo que babacas como aqueles", disse ele apontando com o polegar, "têm permissão para se reproduzir e para criar novos babacas tão estúpidos quanto eles próprios, mas eles continuam copulando feito coelhos assim mesmo." Ele liquidou o segundo uísque e tive a impressão de que seria obrigado a levá-lo para casa. Seu cotovelo esquerdo se apoiava cada vez mais pesadamente sobre o balcão e Devin dava tragadas cada vez mais fundas no cigarro. "Estou com quarenta e três anos", disse ele. Angie deu um leve suspiro. "Estou com quarenta e três", ele repetiu, "e tenho um revólver e um distintivo e ando pela zona das gangues toda noite, e finjo que estou fazendo alguma coisa, e minha *preocupação* não muda o fato de que não estou fazendo porra nenhuma. Eu arrombo portas de casas em conjuntos habitacionais cujo cheiro a gente nem pode sonhar em identificar. Passo por portas e há pessoas que atiram em mim, crianças que choram e mães que gritam, alguém que é preso, alguém que é morto. Então... então eu volto pro meu apartamentinho de merda, como minha comida de microondas e durmo até ser obrigado a me levantar e começar tudo de novo. Minha vida", disse ele, "é isso."

Voltei-me para Angie, arqueando as sobrancelhas. Ela deu um sorriso plácido, pois ambos nos lembrávamos do que ela dissera na capela na noite anterior. "Minha vida é isso?" Ultimamente tem um monte de gente fazendo um balanço da própria vida. A julgar por Angie e por Devin, aquilo não me parecia uma idéia brilhante.

Alguém no fundo do bar disse: "Mas olha como o desgraçado do negro corre".

Roy disse: "Claro que ele sabe correr, imbecil. Ele corre da polícia desde que tinha dois anos. Com certeza ele imagina que está com um rádio roubado debaixo do braço em vez de uma bola".

A turma toda caiu na gargalhada. Um pessoal muito bem-humorado.

Devin os fitava, olhos vazios olhando por trás da coluna de fumaça que subia de seu cigarro. Ele tirou uma baforada e o grande volume de cinza esquecida na ponta do cigarro caiu sobre o balcão. Ele pareceu não notar, embora boa parte tivesse caído em seu braço. Devin engoliu o resto de seu chope e se virou para o grupo. Tive a impressão de que haveria prejuízos materiais no bar.

Ele apagou o cigarro mal apagado e se levantou. Levantei a minha mão, parando-a a cinco centímetros de seu peito. "Devin."

Ele a empurrou como se fosse uma borboleta de metrô e avançou bar adentro. Angie girou em seu banco e o acompanhou com o olhar. "Manhã movimentada."

Devin chegou ao fundo do bar. Um a um, os homens foram percebendo a sua presença e se voltando. Ele estava de pé, as pernas um pouco abertas, plantadas sobre o soalho de borracha, os braços pendendo molemente ao longo do corpo. Suas mãos faziam pequenos movimentos circulares.

Tommy disse: "Vamos, sargento. Aqui no meu bar não".

Devin disse calmamente: "Venha cá, Roy".

Roy desceu do balcão. "Eu?"

Devin balançou a cabeça afirmativamente.

Roy avançou cambaleante por entre seus amigos, puxando a camiseta para cobrir a barriga. Quando ele a soltou, ela voltou a subir como uma cortina rebelde. "Sim?", fez ele.

A mão de Devin estava de volta a sua posição inicial, junto do corpo, antes que tivéssemos nos dado conta de que ele a usara. A cabeça de Roy tombou para trás, suas pernas se dobraram e de repente ele se achou no chão com o nariz arrebentado e o sangue correndo pelo rosto como um riacho.

Devin olhou para ele, chutou-o de leve no pé. "Roy", disse. Ele o chutou novamente, um pouco mais forte. "Roy, estou falando com você."

Roy resmungou alguma coisa e tentou levantar a cabeça, as mãos cobrindo-se de sangue.

Devin disse: "Um negro amigo meu pediu que eu fizesse isso com você. Ele disse que você ia entender".

Andando ao longo do balcão, Devin sentou-se novamente em seu lugar. Traçou mais um chope e acendeu outro cigarro. "Então, o que vocês acham?", perguntou ele. "Será que agora Roy está preocupado?"

19

Saímos do bar cerca de meia hora depois. Os amigos de Roy já o haviam levado embora, provavelmente para o pronto-socorro. Eles lançaram seu olhar de durões para mim e para Angie quando passaram por nós carregando Roy, mas evitaram o olhar de Devin como se ele fosse o próprio Anticristo.

Devin jogou uma nota de vinte a mais no balcão para indenizar Tommy pelo que ele deixara de ganhar. Tommy disse: "Você é um problema, sargento. Por acaso vai me indenizar por todos os outros dias que os caras vão deixar de vir?".

Devin resmungou: "Sim, sim, sim" e saiu cambaleando em direção à porta.

Angie e eu o alcançamos na rua. Eu disse: "Deixe-me levá-lo para casa, Dev".

Devin entrou cambaleando no estacionamento do Dunkin' Donuts. "Muito obrigado, Kenzie, mas eu preciso me exercitar."

"Para quê?"

"Para o caso de eu beber e precisar dirigir novamente. Eu vou querer me lembrar de como me virei desta vez." Devin se voltou, andando de costas, e achei que ia cair.

Ele chegou ao seu Camaro enferrujado, tirou as chaves do bolso.

Eu disse "Devin" e avancei até ele estendendo a mão para pegar as chaves.

Sua mão agarrou minha camisa, os nós dos dedos pressionando meu pomo-de-adão, e ele recuou alguns passos, os olhos cheios de fantasmas. Disse: "Kenzie, Kenzie", e me empurrou contra um carro. Deu uns tapinhas no meu rosto com a outra mão. Devin tem mãos grandes. Parecem bifes com dedos. "Kenzie", repetiu, e seu olhar endureceu. Balançou a cabeça de um lado para o outro devagar. "Eu vou dirigir, certo?" Então soltou meu colarinho e alisou as dobras que deixara em minha camisa, dirigindo-me um sorriso sem alma. "Você está ótimo", ele disse. Voltou ao seu carro e fez um sinal para Angie com a cabeça. "Cuide-se, hein, Raposa Má." Abriu a porta e entrou no carro. O motor deu partida à segunda volta da chave, o escapamento bateu na rampinha de saída e o carro aterrissou na rua. Ele saiu costurando no trânsito, deu uma fechada em um Volvo e sumiu numa esquina.

Arqueei as sobrancelhas e assoviei baixinho. Angie deu de ombros.

Fomos para o centro de carro e retiramos o Vomonstro do estacionamento por um preço um pouco mais baixo do que se pagaria para custear a faculdade de medicina de um filho. Angie foi dirigindo, me seguindo até a garagem onde reintegrei o Porsche ao seu doce lar, e entrei no Vomonstro com Angie. Ela deslizou para o banco do lado e eu fui dirigindo a lata velha barulhenta até Cambridge.

Atravessamos o centro passando no lugar em que Cambridge se torna Tremont, na frente do local onde Jenna tinha tombado como uma boneca de pano sob o sol da manhã, diante dos vestígios da velha Boca do Lixo, que morria de morte lenta mas segura, em função do programa de revitalização do centro e da onda de vídeos eróticos. Por que bater punheta num cinema sórdido quando se pode bater punheta no conforto de sua casa sórdida?

Atravessamos South Boston — Southie para quem não é turista nem apresentador de jornal —, passando por uma fileira de pequenos edifícios de dois andares, de aspecto miserável, grudados uns nos outros como uma série de sanitários químicos num concerto de rock. Southie me espanta. Boa parte dela é pobre, superpovoada, impiedosamente desassistida. Os conjuntos habitacionais da D Street têm tudo o que se pode encontrar de ruim no Bronx: são sujos, mal iluminados, cheios de delinqüentes raivosos, cabelo à escovinha, que vagam pelas ruas com muita sede de sangue e bastões de beisebol. Numa parada do dia de são Patrício, há alguns anos, um garoto irlandês, com um trevo* na camiseta, aventurou-se a passar por lá. Ele topou com um bando de outros garotos irlandeses também com trevos nas camisetas. A única diferença entre sua camiseta e a deles é que na do garoto se lia "Dorchester", em letras verdes sobre o trevo, e nas dos outros estava escrito "Southie". Os garotos da D Street eliminaram a diferença jogando-o de um telhado.

Estávamos subindo a Broadway, passando por meninas com rolinhos de cabelo empurrando carrinhos de bebê, por carros parados em fila dupla e tripla e pela pichação "Nada de negros aqui" na porta de metal de uma loja. Cacos de vidro brilhavam na escuridão das calçadas imundas, e detritos voavam na rua, à passagem dos carros. Imaginei que eu podia descer do carro e fazer uma pesquisa com vinte habitantes da redondeza, perguntar-lhes por que eles odiavam tanto os "negros". Certamente metade deles me responderia: "Porque eles não têm o orgulho de sua comunidade, cara". E se a Broadway, em Southie, fosse igual a Dudley, em Roxbury, só que num tom um pouco mais claro?

Entramos em Dorchester, contornamos o Columbia Park por cima e descemos no bairro. Estacionei na frente da igreja e ouvimos o telefone tocar quando estávamos subindo a escada. Dia cheio. Atendi ao décimo toque.

"Gennaro-Kenzie."

Angie se deixou cair em sua cadeira enquanto a voz no telefone dizia: "Continue na linha. Tem alguém aqui que quer falar com você".

(*) O trevo é o emblema nacional da Irlanda. (N. T.)

Fiquei segurando o fone enquanto dava a volta e me sentava à minha mesa. Angie me lançou um olhar interrogativo e eu dei de ombros.

Ouvi uma voz no outro lado da linha. "Senhor Kenzie?"

"Pelo que me consta."

"É Patrick Kenzie?" A voz era incisiva, como de alguém que não costumava tratar com espertinhos.

"Depende", respondi. "Quem está falando?"

"Você é Kenzie", disse a voz. "Como está a sua respiração?"

Inspirei ruidosa e profundamente e expirei devagar. "Muito melhor depois que parei de fumar, obrigado", respondi.

"Hum hum", fez a voz, lenta como a seiva que escorre do bordo. "Não vá se acostumar muito. Porque assim será muito pior quando você não puder mais fazer isso."

A voz empastada era espessa mas leve, e escondia um perfume de preguiçosas tardes sulistas sob anos de vida no Norte.

Eu disse: "Você sempre fala assim, Socia, ou hoje você está numa veia especialmente elíptica?".

Angie ergueu-se na cadeira e depois inclinou-se para a frente.

Socia disse: "A única coisa que ainda o mantém vivo é que temos umas coisinhas para conversar. De qualquer forma, porra, talvez eu mande alguém aí para consertar a sua coluna a marteladas. Afinal de contas, preciso só de sua boca".

Sentei-me e passei a unha numa coceirinha nas costas. "Mande-os para cá, Socia. Vou fazer mais algumas amputações. Logo logo você vai ter um exército de aleijados. Os Ravens Coxos."

"É fácil falar assim, sentado tranqüilamente no seu escritório."

"É... bem, Marion, tenho que cuidar da vida."

"Você está sentado?"

"Claro que estou."

"Naquela cadeira perto do aparelho de som?"

Gelei inteiro por dentro, sentindo uma onda de gelo moído se espalhar pelas minhas artérias.

Sócia disse: "Você está sentado nessa cadeira; e eu, se fosse você, não iria me levantar dela tão cedo, a menos que quisesse ver meu traseiro voar por cima de minha cabeça a caminho da janela". Ele deu uma risadinha. "Foi um prazer conhecê-lo, Kenzie."

Desliguei, olhei para Angie e disse: "Não se mexa", ainda que o problema não fosse o fato de ela se mexer ou ficar imóvel.

"O quê?" Ela se levantou.

A sala não explodiu, mas eu quase desmaiei. Pelo menos ficamos sabendo que ele não tinha colocado uma bomba em sua cadeira também, só por brincadeira. "Socia disse que colocou uma bomba embaixo da minha cadeira."

Ela gelou, uma estátua de cera no meio da sala. A palavra "bomba" faz isso com as pessoas. Ela respirou fundo. "Vamos chamar o esquadrão antibomba?", perguntou.

Procurei não respirar. Havia a possibilidade, disse comigo mesmo, de que o peso do oxigênio em meus pulmões pressionasse meus membros inferiores, fazendo a bomba explodir. Pensei também em como aquela idéia era ridícula, uma vez que a bomba explodia a uma diminuição de pressão, e não o contrário. Assim, eu não podia expirar. De qualquer maneira, eu não podia respirar.

"Sim, chame o esquadrão antibomba." Era engraçado falar contendo a respiração, como o pato Donald resfriado. Então fechei os olhos e disse: "Espere, primeiro olhe embaixo da cadeira".

Era uma velha cadeira de madeira, uma cadeira de professor.

Angie pôs o fone no gancho e se ajoelhou do lado da cadeira. Ela levou algum tempo para se dispor a fazer isso. Ninguém quer pôr os próprios olhos a alguns centímetros de um explosivo. Ela olhou embaixo da cadeira e eu a ouvi expirar ruidosamente. "Não estou vendo nada."

Comecei a respirar novamente, depois parei. Com certeza a bomba estava na própria madeira. "A madeira não parece ter sido mexida?"

"O quê? Não estou entendendo o que você quer dizer."

Arrisquei, soltei a respiração e repeti a pergunta.

Angie ficou ali embaixo por umas seis ou sete horas, ou assim me pareceu, antes de dizer "não". Ela saiu de sob a cadeira e sentou-se no chão. "Não tem nenhuma bomba embaixo da cadeira, Patrick."

"Ótimo", respondi, sorrindo.

"E então?"

"Então o quê?"

"Você vai se levantar?"

Pensei em meu traseiro voando por cima da minha cabeça. "Há alguma urgência em fazer isso?"

"Nenhuma urgência", ela respondeu. "Por que você não se levanta?"

"Acho que porque gosto de ficar aqui."

"Levante-se", disse ela levantando-se. Ela estendeu os braços para mim.

"Estou tentando."

"Levante-se", disse ela. "Vem cá, meu bebê."

Então eu fiz. Apoiei-me na cadeira e levantei. Só que de certa forma eu ainda estava sentado. Meu cérebro se mexera, mas meu corpo era de outra opinião. Qual seria o grau de profissionalismo do pessoal de Socia? Será que eles eram capazes de instalar uma bomba dentro de uma cadeira de madeira sem deixar vestígios? Claro que não. Já ouvi falar de todo tipo de morte, mas nunca de alguém que tenha morrido pela explosão de bomba invisível, instalada numa cadeira de madeira fina. Mas é claro que eu podia ter a honra de ser o primeiro.

"Skid?"

"Sim?"

"Quando você quiser."

"Certo. Bem, veja, eu..."

Suas mãos agarraram as minhas e me arrancaram da cadeira. Tombei sobre ela, esbarramos os dois na mesa, e eu não explodi. Angie sorriu, uma verdadeira explosão de riso, e percebi que ela também não estava muito certa. No entanto, de qualquer modo, ela havia me puxado da cadeira. "Oh, Jesus!", exclamou.

Comecei a rir também, o riso de alguém que já não dormia há uma semana, um sorriso no fio da navalha. Agarrei-me a ela, as mãos enlaçando-lhe a cintura, seus seios palpitando contra meu peito. Ambos estávamos cobertos de suor, mas seus olhos cintilavam, as pupilas negras dilatadas e ébrias desfrutando o sabor de um momento que não era o último na terra.

Beijei-a e ela correspondeu. Por um momento, tudo adquiriu uma extraordinária intensidade — a buzina de um carro quatro andares abaixo, o cheiro do ar fresco do verão misturando-se à poeira da primavera na tela da janela, o odor salgado da transpiração na raiz de nossos cabelos, a leve dor que sentia em meus lábios ainda inchados, o gosto de seus lábios e de sua língua ainda um pouco frios da cerveja que tínhamos bebido uma hora antes.

Aí o telefone tocou.

Ela pôs e mão no meu peito e se afastou de mim, esgueirando-se pelo lado da mesa. Ela estava sorrindo, mas um riso de incredulidade, e seus olhos já se toldavam de remorso e de medo. Só Deus sabe como os meus estavam.

Atendi o telefone com um rouco "Alô".

"Você ainda está sentado?"

"Não", respondi. "Estou olhando pela janela pra ver se encontro meu traseiro."

"Hum hum. Bem, lembre-se de uma coisa, Kenzie, qualquer um pode apagar qualquer um, e *qualquer um* pode apagar você."

"O que posso fazer por você, Marion?"

"Você vem até aqui e nós vamos conversar."

"Vou mesmo?"

"Pode crer." Ele deu uma risadinha.

"Bem, Marion, vou lhe dizer uma coisa: estou com a agenda cheia até outubro. Por que você não tenta no Dia das Bruxas?"

Ele respondeu apenas "Howe Street, 205". Era só isso o que ele tinha a dizer. Era o endereço de Angie.

"Onde e quando?", perguntei.

Socia deu outro risinho. Ele me entendera perfeitamente, sabia disso, e sabia que eu sabia. "Vamos nos encontrar num lugar cheio de gente para que você tenha a ilusão de que está em segurança."

"É muita gentileza de sua parte."

"Downtown Crossing", disse ele. "Daqui a duas horas. Na frente da Barnes and Noble. E venha sozinho, senão vou ter que fazer uma visitinha àquele endereço que lhe dei."

"Downtown Crossing", repeti.

"Dentro de duas horas."

"Assim vou me sentir em segurança."

Ele deu mais uma risadinha. Disse para mim mesmo que devia ser um hábito seu. "Sim", disse ele. "Assim você vai se sentir em segurança." E desligou.

Fiz o mesmo e olhei para Angie. A sala ainda estava plena da lembrança de nossos lábios se tocando, de minha mão em seu cabelo e seus seios palpitantes contra meu peito.

Angie estava em sua cadeira, olhando pela janela. Não voltou a cabeça. "Não vou dizer que não foi bom, porque foi bom. E não vou tentar pôr a culpa em você, porque eu também tive culpa. Mas vou lhe dizer uma coisa: isso nunca mais vai acontecer."

Difícil encontrar algum furo numa fala como essa.

20

Peguei o metrô até Downtown Crossing, subi alguns degraus que não tinham sido lavados desde a época de Nixon e cheguei à Washington Street. Downtown Crossing é o antigo bairro comercial, da época em que não havia galerias nem shopping centers, e em que as lojas eram lojas e não butiques. Ele foi reformado no final da década de 70 e começo da década de 80, como boa parte da cidade, e depois que se abriram algumas butiques a clientela voltou. Em sua maioria, uma clientela mais jovem: garotos que não gostam de shopping centers, ou que são *cools* demais ou urbanos demais para serem surpreendidos nos subúrbios.

O trânsito é interditado em três quarteirões da Washington Street, onde se encontra a maioria das lojas, de modo que as ruas e as calçadas fervilham de gente: pessoas indo às compras, pessoas que voltam das compras e, em sua maioria, pessoas bundando. Carrinhos de ambulantes enfileiravam-se na frente do Filene's, e a calçada estava cheia de adolescentes, negros e brancos, encostados nas vitrines, tirando sarro dos adultos que passavam; alguns casais trocavam beijos de língua com a sofreguidão dos que ainda não dormem juntos. Do outro lado da rua, na frente da Corner — uma pequena galeria comercial com lojas como The Limited and Urban Outfitters, mais uma praça de alimentação e bares onde estouram três ou quatro brigas por dia —, um grupo de garotos negros estava em volta de um rádio. Chuck D e Public Enemy martelavam "Fear of a Black Planet" de alto-falantes do tamanho de pneus de carro, e os garotos, confortavelmente instalados, olhavam as pessoas que passavam à sua volta. Fiquei observando os rostos negros na multidão compacta, tentando adivinhar quais deles pertenciam ao bando de Socia, mas não dava para saber. Muitos grupos de jovens negros faziam parte da multidão que ia às compras ou que voltava das compras, porém havia outros tantos reunidos em bandos, e alguns exibiam aquele olhar preguiçoso e assassino dos predadores de rua. Havia muitos jovens brancos espalhados na multidão com aquele mesmo olhar, mas não fazia parte da minha pauta me preocupar com eles no momento. Eu não sabia grande coisa sobre Socia, no entanto tinha a impressão de que ele não era um patrão preocupado em oferecer oportunidades de emprego sem discriminação racial.

Logo percebi por que Socia escolhera aquele cenário. Um pessoa morta podia ficar ali de borco durante dez minutos antes que alguém parasse para se perguntar em que estava pisando. As multidões são só um pouquinho mais seguras do que casas abandonadas, e em casas abandonadas às vezes você tem espaço para se mover.

Olhei para o outro lado da rua, para além da Corner, meu olhar saltando de cabeça em cabeça na multidão como sobre notas de uma partitura, indo mais devagar quando me aproximava da Barnes and Noble. A multidão era um pouco menos densa naquele ponto, e viam-se menos adolescentes. Suponho que uma livraria não é um bom lugar para pegar umas gatas. Cheguei dez minutos mais cedo e imaginei que Socia e seu bando tinham aportado uns dez minutos antes de mim. Eu não o vi, mas de qualquer modo não esperava mesmo vê-lo. Eu tinha a impressão de que ele iria surgir de repente a dois centímetros de mim, com um revólver entre minhas omoplatas.

Não foi entre as omoplatas. Foi entre meu quadril esquerdo e a parte inferior de minha caixa torácica. Era um grande 45, e ele parecia ainda maior por causa do desagradável silenciador em sua extremidade. Tampouco era Socia quem o empunhava. Era um garoto de dezesseis ou dezessete anos, difícil dizer por causa do boné de couro com a pala puxada sobre um par de Vuarnets vermelhos. Ele estava com um pirulito na boca, que passava de um lado para o outro da língua. Por trás do pirulito, a boca abria-se num sorriso de quem tivesse acabado de perder a virgindade. "Aposto como você agora está se sentindo um puta retardado, não?"

"Comparado com o quê?", perguntei.

Angie emergiu da multidão com seu revólver nas entrepernas de Pirulito. Ela pusera um chapéu de feltro creme, e seus longos cabelos negros estavam presos num coque, sob ele. Seus óculos eram maiores que os de Pirulito e ela esfregou-lhe o cano do revólver nos colhões. "Olá", disse ela.

O sorriso de Pirulito se apagou, por isso eu o substituí pelo meu. "Ainda está se divertindo?"

A multidão em volta continuava a se movimentar em seu ritmo de escada rolante, alheia ao que se passava. Miopia urbana. "O que vamos fazer agora?", perguntou Angie.

"Isso depende", disse Socia.

Ele estava de pé, atrás de Angie, e pela tensão de seu corpo dava para perceber que havia outro revólver atrás dela. "Isso está ficando ridículo", disse eu.

Nós quatro estávamos ali entre milhares de pessoas, todos interligados, como células sangüíneas, por rijos pedaços de metal. Alguém na multidão bateu em meu ombro, e torci feito um condenado para que ninguém tivesse um gatilho sensível.

Socia estava olhando para mim, uma expressão benevolente em seu rosto devastado. Ele disse: "Se alguém atira, sou em quem vai sair ileso. Que acham disso?".

Ele quase tinha razão: ele mataria Angie, Angie mataria Pirulito, e Pirulito me mataria sem a menor dúvida. Era quase isso.

Eu disse: "Bem, Marion, como isso aqui já está mais cheio que um encontro de fotógrafos japoneses, acho que um cadáver a mais não vai fazer diferença. Olhe para a Barnes and Noble".

Ele voltou a cabeça devagar, olhou para o outro lado da rua; não viu nada que o assustasse. "E daí?"

"O telhado, Marion. Olhe para o telhado."

A única coisa que ele conseguiu ver foi a mira e a boca do fuzil de Bubba. Mas era uma mira de bom tamanho. A única forma de errar com aquela mira enorme era se acontecesse um súbito eclipse solar. E, mesmo assim, era preciso contar com a sorte.

"Estamos todos no mesmo barco, Marion. Se eu fizer um sinal, você vai primeiro."

"Eu vou levar sua namorada comigo, pode acreditar", disse Socia.

Dei de ombros. "Ela não é minha namorada."

Socia disse: "Até parece que você não se importa, Kenzie. Vá contar essa a outro que...".

Eu disse: "Escute aqui, Marion. Com certeza você não está acostumado a isso, mas o que você tem aqui é uma situação sem saída e muito pouco tempo para pensar sobre ela". Olhei para Pirulito. Não consegui ver seus olhos, mas gotas de suor faziam corridas de revezamento em sua testa. Não era fácil segurar com firmeza um revólver por tanto tempo. Olhei novamente para Socia. "O cara do telhado logo pode querer tomar iniciativa por conta própria. Ele pode mais que depressa apertar o gatilho duas vezes" — olhei para Pirulito — "e acabar com vocês dois antes de poderem atirar. Ele pode decidir fazer isso por sua própria conta, antes que eu lhe dê o sinal. Antes que eu faça qualquer coisa. Já aconteceu de ele... agir de moto-próprio. Ele não é uma pessoa muito estável. Está ouvindo, Marion?"

Socia estava na sua praia — onde as pessoas como ele escondem o medo e as emoções. Ele olhou em volta devagar, para os dois lados da Washington Street, mas não olhou para o telhado nenhuma vez. Sem mostrar a menor pressa, olhou em seguida para mim. "Que garantia eu tenho se guardar o revólver no bolso?"

"Nenhuma", respondi. "Se você quer garantia, vá à Sears. O que posso garantir é que você vai morrer se não fizer isso." Olhei para Pirulito. "Além disso, diabo, estou pensando em usar o revólver desse garoto contra ele próprio."

Pirulito disse: "Claro que sim, mano", mas sua voz saiu rouca, por causa da respiração presa no alto do esôfago.

Socia olhou novamente para os dois lados da rua e deu de ombros. Retirou a mão das costas de Angie. Ficou segurando o revólver numa posição em que eu o via — um Bren nove milímetros —, depois saiu de trás dela e colocou-o dentro do casaco. Ele disse: "Pirulito, guarde sua arma".

O garoto se chamava mesmo "Pirulito". Patrick Kenzie, Detetive Paranormal. O lábio de Pirulito estava repuxado contra o nariz e ele respirava com força, mostrando-me como era durão, o revólver ainda no meu flanco, só que com o cão desarmado. Estúpido. Ele queria provar sua coragem não porque não estivesse apavorado, mas porque estava. É assim que a coisa funciona. Mas ele estava preocupado demais em me encarar para provar o macho que era. Girei ligeiramente o quadril, um movimento de nada, e de repente o revólver ficou apontado para cima. Agarrei a mão que segurava a arma, dei uma cabeçada no seu nariz, partindo os Vuarnets no meio, e enfiei o revólver no seu estômago com sua própria mão. Puxei o cão da arma. "Você quer morrer?"

"Kenzie, deixe o garoto", disse Socia.

Pirulito disse: "Se precisar, eu morro", e investiu contra a minha mão, um filete de sangue escorrendo do nariz. Ele não parecia contente com a perspectiva, tampouco parecia hesitar.

"Muito bem", eu disse. "Porque da próxima vez que você apontar uma arma para mim, Pirulito, é exatamente isso que vai acontecer." Desengatilhei a arma e acionei a trava de segurança, depois arranquei-a de sua mão suada e a pus em meu bolso. Levantei a mão, e o fuzil de Bubba desapareceu.

Pirulito estava respirando forte e não tirava os olhos de mim. Eu havia tirado dele muito mais que sua arma. Eu lhe tirara o orgulho, o único bem de valor no desgraçado do seu mundo, e decididamente ele iria me matar, se houvesse uma próxima vez. Eu estava ficando cada vez mais popular.

Socia disse: "Pirulito, suma daqui. Diga a todo mundo que vá embora também. Depois vou encontrar vocês".

Pirulito me lançou um último olhar e mergulhou na maré humana que descia a rua em direção a Jordan Marsh. Ele não estava indo para lugar nenhum. Isso pelo menos eu sabia. Ele e os outros, quem quer que fossem e onde quer que estivessem, continuariam na multidão, de olho em seu rei. Socia era esperto demais para ficar sem proteção.

"Venham, vamos nos sentar..."

"Vamos sentar ali", disse eu.

"Tenho um lugar melhor em mente."

Angie inclinou a cabeça em direção à Barnes and Noble. "Você não tem escolha, Socia."

Passamos na frente do Filene's e sentamos num banco de pedra na pequena praça cimentada ali do lado. A mira reapareceu no teto, apontada em nossa direção. Socia também a viu.

Eu disse: "Então, Marion, me diga por que não devo matá-lo agora mesmo, aqui mesmo".

Ele sorriu. "Merda. Do jeito que está, você já está bastante encrencado com o meu pessoal. Sou como um Deus para esses rapazes. Se quiser dar uma de babaca e virar alvo de uma guerra santa, vá em frente."

Odeio quando as pessoas têm razão.

Eu disse: "Certo. Então me diga por que está poupando a minha vida".

"Às vezes eu sou um cara legal."

"Marion."

"De qualquer forma, bem que eu poderia matar você por me chamar de 'Marion' o tempo todo." Ele se recostou no banco, uma perna dobrada, as mãos cruzadas em volta do joelho. Um sujeito saiu para tomar um pouco de ar.

Angie perguntou: "O que você quer de nós, Socia?".

"Diabo, mocinha, você não tem nada a ver com isto. Talvez a gente deixe você cuidar da própria vida quando isto acabar." Ele apontou para mim. "Mas esse aí mete o nariz onde não é chamado, acerta um de meus melhores homens e se intromete em coisas que não são da sua conta."

"É uma reclamação comum entre os homens casados de nosso bairro", disse Angie. Essa Angie é muito engraçada.

"Pode brincar o quanto quiser", disse Socia. Ele olhou para mim. "Mas você sabe que não é brincadeira, não é? É o fim de sua vida, Kenzie. E é agora."

Eu quis dizer alguma coisa engraçada, mas não me ocorreu nada. Nem de longe. Não havia dúvida: era agora.

Socia sorriu. "Hum hum. Você sabe disso. O único motivo para você estar vivo é que Jenna lhe deu uma coisa e lhe contou outra. Agora me diga: onde está ela?"

"Num lugar seguro", respondi.

"Num lugar seguro", ele repetiu escandindo as palavras, com uma inflexão ligeiramente anasalada. Sua imitação da pronúncia dos brancos. "Sim, bem, por que você não me diz onde é esse lugar seguro?", disse ele.

"Não sei onde é", respondi. "Jenna nunca me disse."

"Cascata", disse ele inclinando-se em minha direção.

"Não vou me dar ao trabalho de convencê-lo, Marion. Só estou lhe dizendo isso para que, quando você for revirar meu escritório e meu apartamento e não achar nada, não fique muito decepcionado."

"Quem sabe vou com alguns amigos e a gente vira você pelo avesso?"

"É uma prerrogativa sua", respondi. "Mas você e seus amigos vão ter que ser muito bons."

"Por quê? Você se acha mesmo bom, Kenzie?"

"Ah, sim, sou muito bom mesmo. E Angie também, talvez até melhor. E o cara do telhado é melhor que nós dois."

"E ele não gosta muito de negros", disse Angie.

"Então quer dizer que vocês dois são mesmo muito orgulhosos de si mesmos? Vocês formam sua Ku Klux Klan particular para impedir que o negro chegue à sua porta?"

Eu disse: "Por favor, Socia, isso não é uma questão de cor. Você é uma porra dum criminoso. Você é um merda que deixa o trabalho sujo para os garotos. Negro ou branco, isso não muda nada. E se você quiser me brecar aqui, provavelmente vai conseguir e eu vou morrer. Mas você não vai conseguir brecar aquele lá". Socia levantou os olhos para o telhado. "Ele vai atacar você e toda a sua gangue e vai liquidá-los todos e provavelmente metade do 'Bury junto. Ele tem tanta consciência quanto você e talvez ainda menos senso de relações públicas."

Socia sorriu. "Está tentando me assustar?"

Balancei a cabeça. "Não se pode assustar Marion. Gente como você não tem medo. Mas você vai morrer. E, se eu morrer, você vai junto. É simples."

Ele tornou a se recostar no banco. A multidão passava por nós numa corrente incessante e a mira de Bubba não se mexia. Socia inclinou a cabeça para a frente novamente. "Certo, Kenzie. Vocês ganharam este round. Mas de qualquer forma, aconteça o que acontecer, você pagará por Curtis."

Dei de ombros, sentindo o grande peso atrás dos olhos.

"Você tem vinte e quatro horas para achar aquilo que ambos estamos procurando. Se eu achar antes de você, ou se você achar e não entregar imediatamente, sua vida não vai valer um tostão."

"Nem a sua."

Ele se levantou. “Muita gente tentou me matar nesses anos todos, meu jovem branco. Ninguém achou ainda um jeito de fazer isso. De qualquer forma, assim vai o mundo.”

Ele se afastou por entre a multidão, e a grande mira o acompanhou em seu trajeto, centímetro por centímetro.

21

Bubba veio ao nosso encontro no estacionamento coberto da Bromfield Street, onde Angie deixara o Vomonstro. Quando entramos na rua, ele estava na frente do estacionamento mascando uma massa de chiclete do tamanho de um frango, fazendo bolas tão grandes que os transeuntes tinham que passar pela beira da calçada. Quando nos aproximamos, ele disse “Olá” e começou a fazer mais uma bola. Uma verdadeira cornucópia verbal, o nosso Bubba.

“Olá”, disse Angie, num barítono profundo que combinava com a voz dele. Ela passou o braço pela cintura dele e o abraçou. “Meu Deus, Bubba, você está com um fuzil de assalto russo embaixo do casaco ou apenas está feliz em me ver?”

Bubba corou e por um instante seu rosto gorducho resplandeceu feito o de um menino angelical. Um menino de escola capaz de colocar nitroglicerina nos banheiros, mas de qualquer modo um menino. “Tire ela de mim, Kenzie.”

Angie levantou a cabeça e mordiscou a ponta de sua orelha. “Bubba, você é o homem de que eu preciso.”

Ele deu um risinho. Aquele monstro psicopata de maus modos sorriu e a afastou delicadamente. Ao fazer isso, ele parecia o Leão Medroso, e eu esperei que ele resmungasse. Em vez disso, ele disse: “Pare com isso, sua prostituta”. Depois olhou para ver se ela tinha se ofendido.

Ela viu seu ar de preocupação e foi sua vez de sorrir, a mão sobre a boca.

Esse Bubba. Que adorável sociopata.

Fomos subindo pela rampa de acesso ao estacionamento e eu disse: "Bubba, você vai poder ficar um pouco no pedaço, ficar de olho em nós, simples mortais?".

"Claro que sim, cara. Estamos aí. Até o fim."

Ele se inclinou e, de brincadeira, me deu um murro no braço. Que ficou insensível e levou uns dez minutos, talvez mais, para voltar ao normal. De qualquer modo, era melhor aquilo que um murro de verdade, de um Bubba com raiva. Eu tomara um desses alguns anos atrás, quando fui estúpido o bastante para discutir com ele — e depois que recobrei a consciência minha cabeça levou uma semana para parar de zumbir.

Chegamos ao carro e entramos. Quando estávamos saindo do estacionamento, Bubba disse: "Como é, a gente vai mandar esses manos de volta para a África ou não?".

"Escute, Bubba...", principiou Angie.

Eu estava cansado de saber que não adiantava nada querer esclarecer Bubba sobre a questão racial. "Acho que não vai ser necessário."

"Merda", disse ele, recostando-se no banco.

Pobre Bubba. Vestido a caráter e ninguém para eliminar.

Deixamos Bubba na frente do playground ao lado de sua casa. Ele subiu as escadas de cimento e passou arrastando os pés na frente do trepa-trepa, chutou uma latinha de cerveja, os ombros levantados até a altura das orelhas. Chutou outra lata de cerveja e ela ricocheteou numa mesa de piquenique e se arrebentou contra a cerca. Alguns vagabundos que estavam perto da mesa desviaram os olhos. Ninguém queria cruzar o seu olhar por engano. Mas ele nem notou a presença deles. Simplesmente continuou andando em direção à cerca do fundo do playground, encontrou o buraco na cerca e se meteu por ele. Avançou por entre o mato e desapareceu na fábrica abandonada onde mora.

Ele tem um colchão nu jogado no meio do segundo andar, duas ou três caixas de Jack Daniels e um estéreo que só toca sua coleção de discos do Aerosmith. No primeiro andar ele guarda seu arsenal e dois pit bulls chamados Belker e Sargento Esterhaus. Um rotweiler chamado Steve faz a ronda no pátio da frente. Caso tudo isso, e *mais* o próprio Bubba, não bastasse para deter os invasores ou funcionários do governo, praticamente uma em cada duas tábuas do assoalho esconde uma mina. Só Bubba sabe em quais se podem pisar. Certa vez um candidato a suicida tentou entrar no covil de Bubba obrigando-o a levá-lo até lá, sob a mira de um revólver. Durante os meses seguintes, de vez em quando aparecia um ou outro pedaço do cara em alguma parte da cidade.

Angie disse: "Se Bubba tivesse nascido em uma outra época, digamos na Idade do Bronze, estaria perfeitamente aparelhado para isso".

Olhei para o buraco solitário na cerca. "Pelo menos ele haveria de ter alguém com quem partilhar sua sensibilidade."

Voltamos ao escritório e, uma vez lá dentro, começamos a pensar em quais poderiam ser os esconderijos de Jenna.

"O quarto em cima do bar?"

Balancei a cabeça. "Se fosse, ela não teria deixado nada lá quando a levamos conosco. O lugar não me pareceu muito seguro."

Ela concordou. "Certo, mas onde mais?"

"Não no cofre do banco. Devin não iria mentir quanto a isso. Na casa de Simone?"

Ela balançou a cabeça. "Você foi a primeira pessoa a quem ela mostrou alguma coisa, certo?"

"Acho que estamos trabalhando a partir dessa hipótese, não é?"

"Então, isso significa que você é a primeira pessoa em quem ela confiou. Provavelmente ela achava que a forma como Simone via Socia era ingênua demais. E eu diria que ela estava certa."

"Se elas estivessem escondidas no apartamento na Mattapan, alguém já as teria encontrado e não haveria razão para toda esta confusão."

"Então, o que é que sobra?"

Passamos uns dez minutos sem atinar com uma resposta.

"Merda!", disse Angie ao cabo desses dez minutos.

"Bem pensado", disse eu. "Mas isso não ajuda muito."

Ela acendeu um cigarro, apoiou os pés na mesa e ficou olhando para o teto. Mais Sam Spade do que eu jamais conseguiria ser. "O que sabemos sobre Jenna?", perguntou.

"Ela morreu."

Ela fez que sim. "Fora isso", Angie disse devagar.

"Sabemos que ela foi casada com Socia. De papel passado ou não, mas casada."

"E tinha um filho dele, Roland."

"E que tem três irmãs no Alabama."

Ela se endireitou na cadeira, e os pés batendo ruidosamente no chão. "Alabama", disse ela. "Ela os enviou para o Alabama."

Pensei sobre aquilo. Será que Jenna ainda conhecia bem essas três irmãs? Até que ponto poderia confiar nelas? Diabo, até que ponto poderia confiar no correio? Aquela era sua chance de se tornar necessária, de conseguir um pouco de "justiça". De fazer um pouco daquilo que as pessoas fizeram com ela durante toda a vida. Ela iria correr o risco de perder o principal instrumento de sua vingança confiando-o a um intermediário?

"Acho que não", disse eu.

Angie disse: "Por que não?". Ela falou com aspereza. Essa era a sua idéia, e não iria abrir mão facilmente dela.

Expliquei o que estava pensando.

"Talvez", disse ela, num tom de voz ligeiramente vencido. "Mas vamos guardar essa hipótese num canto do cérebro."

"Certo." Não era uma idéia ruim e, se fosse o caso, iríamos tirar a limpo, mas não fazia o menor sentido.

É sempre assim. Ficamos sentados no escritório jogando idéias um para o outro e esperando a intervenção divina. Quando esta não vem, verificamos cada possibilidade e em geral — não sempre, mas em geral — terminamos topando com algo que devíamos ter percebido logo de cara.

Eu disse: "Sabemos que ela teve problemas com credores há alguns anos".

"Sim, e daí?", perguntou Angie.

"Estou tentando raciocinar, achar uma saída. Nunca prometi pérolas de sabedoria."

Ela franziu o cenho. "Ela não tem antecedentes criminais, certo?"

"Salvo um monte de processos por estacionamento ilegal."

Angie jogou o cigarro pela janela.

Comecei a pensar nas cervejas em meu apartamento. Ouvi-as chamando por mim, pedindo minha companhia.

Angie disse: "Bem, se ela tem todos esses processos por estacionamento ilegal...".

Olhamos um para o outro e nos perguntamos ao mesmo tempo: "Onde está o carro?".

22

Ligamos para George Higby, no Departamento de Trânsito. Fizemos quinze tentativas antes de passar pela barreira do sinal de ocupado e então, quando conseguimos, uma gravação nos informou que todas as linhas estavam ocupadas. "Sua chamada vai ser atendida, por favor aguarde na linha." Como eu não tinha mesmo muita coisa para fazer até o fim do mês, prendi o fone no pescoço e esperei.

O silêncio foi interrompido uns quinze minutos depois e o telefone tocou do outro lado da linha — uma, duas, três; quatro, cinco, seis vezes. Uma voz atendeu: "Departamento de Trânsito".

"George Higby, Registro e Licenciamento, por favor."

A voz não me ouviu. Ela disse: "Você ligou para o Departamento de Trânsito. Nosso horário de trabalho é das nove da manhã às cinco da tarde, de segunda a sexta. Se precisar de maiores informações e dispuser de um telefone com teclado, digite 'um'". Um sinal soou no meu ouvido no mesmo instante em que lembrei que era domingo. Se eu digitasse o "um", iria parar em outro computador que me conectaria alegremente a outro computador e, quando eu estivesse irritado o bastante para jogar o telefone pela janela, todos os computadores do Departamento de Trânsito já teriam se divertido à minha custa.

Eu morro de amores pela tecnologia moderna.

Desliguei e disse: "Hoje é domingo".

Angie olhou para mim. "É, sim. Me diga qual é o dia do mês que você vai ser o meu ídolo."

"Temos aqui o número do telefone de George?"

"É provável. Quer que eu o procure?"

"Seria legal."

Ela aproximou a cadeira de rodinhas do computador e digitou sua senha. Esperou um momento e seus dedos começaram a tamborilar tão depressa no teclado que o computador mal podia acompanhar. Bem feito para ele. Ele devia andar passeando com os computadores do Departamento de Trânsito nos dias de folga.

"Está aqui", disse Angie.

"Dê para mim, minha linda."

Ela não fez isso, mas me passou o número do telefone.

George Higby é uma dessas almas desesperadas que saem pela vida esperando que o mundo seja tão gentil quanto ele. Uma vez que se levanta toda manhã com o desejo de melhorar o mundo, de fazer dele um lugar mais fácil de viver, George não compreende que também existem pessoas que se levantam com o desejo de fazer os outros sofrerem. Mesmo depois que sua filha fugiu com um guitarrista com o dobro da idade dela, que a deixou drogada num quarto de motel de Reno; mesmo depois que ela foi parar nas mãos de pessoas perversas e terminou vendendo o corpo de dezesseis anos nas ruas de má fama de Las Vegas; mesmo depois que Angie e eu tivemos que tirá-la das mãos desses perversos com a ajuda da polícia do estado de Nevada; mesmo depois que essa sua doce menina-dos-olhos o responsabilizou por toda essa confusão em que se meteu; mesmo depois de tudo isso — George ainda vai ao encontro do mundo com um sorriso ansioso de alguém que só sabe ser franco e honesto e acredita que, pelo menos uma vez na vida, o mundo haverá de recompensá-lo. George é a matéria-prima com que a maioria das religiões organizadas constroem seus alicerces.

Ele atendeu ao telefone à primeira chamada. Sempre faz isso. "Aqui é George Higby", e quase esperei que continuasse a falar algo do tipo "Vamos ser amigos?".

"Olá, George, aqui é Patrick Kenzie."

"Patrick", disse George e — tenho que admitir — o entusiasmo de sua voz fez com que de repente eu me sentisse feliz por ser eu. Senti-me como se tivesse vindo ao mundo com uma única missão: ligar para George no dia 2 de julho e fazê-lo ganhar o dia. Ele disse: "Como vai você?".

"Estou ótimo, George. E você?"

"Muito bem, Patrick. Muito bem. Não posso reclamar." George era o tipo de sujeito que nunca podia reclamar.

Eu disse: "George, tenho que confessar que este meu telefonema não é só para saber como você está", e me dei conta, sentindo-me bastante culpado, de que nunca telefonara para ter notícias de George, e provavelmente nunca o faria.

"Bem, sem problema, Patrick", disse ele, a voz descendo uma oitava por um momento. "Você é um homem muito ocupado. Em que posso ajudá-lo?"

"Como vai Cindy?", perguntei.

"Você sabe como são as crianças hoje em dia", ele disse. "A esta altura da vida dela, os pais não são a coisa mais importante. Isso vai mudar, é claro."

"Claro", disse eu.

"É esperar que elas cresçam."

"Claro", concordei.

"E então elas voltam pra gente."

"Voltam, sim", eu disse. Claro que voltam.

"Mas já falamos demais de mim", disse ele. "Vi você nos jornais outro dia. Você está bem?"

"Estou ótimo, George. A mídia exagerou."

"Às vezes ela faz isso", ele disse. "Mas o que seria de nós sem ela?"

"O motivo que me fez ligar, George, é que preciso do número de uma placa de carro, e não posso esperar até amanhã."

"Você não pode consegui-lo com a polícia?"

"Não. Preciso ir resolvendo este caso por minha conta antes de levá-lo à polícia."

"Está bem, Patrick", disse ele, e começou a pensar em voz alta. "Está bem", repetiu, animando-se um pouco. "Sim, podemos fazer isso. Basta me dar uns dez minutos para acessar o computador de lá. Está bem assim? Dá para esperar esse tempo?"

"Você está me fazendo um favor, George. Use todo o tempo que for necessário." Dei-lhe o nome de Jenna, o número da carteira de motorista e o endereço.

"OK. Quinze minutos no máximo. Eu ligo para você."

"Você tem o meu número?"

"Claro", ele respondeu, como se todo mundo guardasse o número do telefone de uma pessoa com quem se encontrou duas vezes, dois anos atrás.

"Obrigado, George", disse e desliguei antes que ele pudesse dizer "Não, eu é que agradeço".

Esperamos. Angie se pôs a jogar uma bolinha de espuma de borracha na cesta que fica acima do aparelho de som, e, a cada lance, eu a devolvia. Angie lança bem, mas usa pouco a tabela. Ela se reclinou na cadeira e atirou a bola, que descreveu um grande arco. Antes que a bola entrasse na cesta, ela disse: "Vamos pôr Devin nesta jogada?".

Joguei a bola de volta para ela. "Negativo."

"Você pode me dizer exatamente por quê?" Ela jogou a bola novamente e errou.

"Porque não. Use um pouco mais a tabela."

Angie a jogou para o alto, acima de sua cabeça, fazendo com que batesse no teto. "Não é um procedimento padrão", ela disse como quem recita um refrão.

"Procedimento padrão? O quê? Quer dizer que agora estamos no exército?"

"Não", ela disse, enquanto a bola batia em seus dedos, escorregava pela perna e caía no chão. Angie girou na cadeira.

"Somos detetives que temos uma relação muito boa com a polícia, e me pergunto por que corremos o risco de pôr essa relação a perder deixando de apresentar uma prova numa investigação de homicídio premeditado."

"Que prova?" Inclinei-me para a frente e peguei a bola.

"A fotografia de Socia e Paulson."

"Ela não prova nada."

"Cabe a eles julgarem. De qualquer modo, foi a última coisa que a vítima deu a você antes de ser assassinada. Isso com certeza faz com que ela seja interessante para eles."

"E daí?"

"Daí que essa investigação devia ser feita em colaboração. Nós devíamos dizer a eles que vamos procurar o carro de Jenna. Devíamos pedir a eles o número da placa do carro, e não obrigar o pobre George a entrar nos computadores do Departamento de Trânsito."

"E se eles encontrarem antes de nós as provas que nossos clientes procuram e que motivaram nossa contratação?"

"Então, depois de as usarem, eles as passam para nós."

"Simples assim?"

"Simples assim."

"E se essas provas incriminarem nossos clientes? E se nossos clientes tiverem todo o interesse em escondê-las da polícia? Se Mulkern quisesse que a polícia conseguisse esses 'documentos', ele a teria procurado. Em vez disso, ele nos contratou. Não somos encarregados de aplicar a lei, somos detetives particulares."

"Vamos falar sério, Sherlock. Mas..."

"Mas o quê? De onde você está tirando isso? Você está falando como uma noviça."

"Não sou noviça porra nenhuma, Skid. Só acho que você devia explicar os seus motivos a sua sócia."

"Meus motivos. E quais são os meus motivos, Angie?"

"Você não quer que a polícia ponha a mão nesses documentos não porque tem medo do que ela possa fazer com eles. O que você teme é o que eles vão *deixar* de fazer. Você teme que sejam documentos comprometedores demais, como Jenna disse, e que alguém da Câmara dê um telefonema e as provas desapareçam."

Comecei a amassar a bola de espuma em minha mão. "Você está insinuando que meus motivos são contrários aos interesses de nossos clientes?"

"Você sabe muito bem que sim. Se esses 'documentos' são tão comprometedores como Jenna disse, se eles incriminam Paulson ou Mulkern, o que é que você vai fazer, hein?"

"Temos que ver."

"Temos que ver nada. Bobagem. Esse trabalho podia ter acabado meia hora depois que encontramos Jenna em Wickham. Mas você quis deslindar o caso sozinho, dar uma de assistente social. Somos detetives particulares, está lembrado? Não somos moralistas. Nosso trabalho é entregar, a quem nos contratou, aquilo para cuja busca fomos contratados. E se eles o escondem ou se compram os policiais, tudo bem. Porque não temos nada com isso. Fazemos o nosso trabalho e somos pagos. E se..."

"Espere um minuto..."

"... você não fizer isso, se você transforma isso numa espécie de cruzada pessoal para se vingar do seu pai através de Mulkern, podemos dar adeus ao nosso negócio e à nossa sociedade."

Endireitei-me na cadeira, meu rosto a uns cinqüenta centímetros do de Angie. "Meu pai? O desgraçado do meu pai? O que é que ele tem a ver com isso?"

"Tem tudo a ver. É Mulkern, é Paulson, é cada político que aperta a sua mão e que ataca você por trás. É..."

"Não fale sobre meu pai, Angie."

"Ele está morto", gritou ela. "Morto. E sinto muito ter que dizer que o câncer de pulmão acabou com ele antes que você mesmo pudesse cuidar disso."

Aproximei-me mais um pouco.

"Agora você é minha analista, Ange?" Meu rosto estava afogueado, o sangue latejava nos meus braços, e meus dedos formigavam.

"Não, não sou sua analista porra nenhuma, Patrick. E por que você não sai dessa?"

Não me mexi. Fiquei mordido e olhei bem em seus olhos. Eles se moviam inquietos de um lado para o outro, cheios de fúria. Eu disse: "Não, Ange, quem tem que sair dessa é você, e levar junto sua psicologia barata e seus sentimentos em relação ao meu pai. E com isso talvez eu desista de analisar sua relação com seu Marido do Ano, que trata você tão bem".

O telefone tocou.

Nenhum de nós se mexeu. Nenhum de nós olhou para ele. Nenhum de nós amoleceu ou recuou.

Mais dois toques.

"Patrick."

"O quê?"

Mais um toque.

"Deve ser o George."

Minhas mandíbulas relaxaram um pouco e eu me voltei e peguei o fone. "Patrick Kenzie."

"Olá, Patrick. Aqui é o George."

"George!", disse, tentando infundir um falso entusiasmo em meu tom de voz.

"Você está com um lápis aí?"

"Detetives sempre têm lápis, George."

"Ah. Claro. O carro de Jenna Angeline é um Chevy Malibu de 1979. Azul-claro. Placa DRW-479. Há uma ordem para travar as rodas do carro a partir de 3 de junho."

Senti a emoção subir do fundo do estômago, e o sangue fluir livremente em meu coração. "Ordem para travar as rodas?"

"Sim", disse George. "A bota-de-denver. Pelo visto, a senhora Angeline não gostava de pagar suas multas."

A bota-de-denver. A trava de pneus amarela, impossível de tirar. O Malibu azul sobre o qual os amigos de Jerome estavam sentados quando fui à casa de Jenna. Estacionado na frente da casa. Tão cedo não iria sair do lugar.

"George, você é o maior", eu disse. "Juro por Deus."

"Ajudei em alguma coisa?"

"Como ajudou!"

"Ei, que tal a gente tomar uma cerveja qualquer dia desses?"

Olhei para Angie. Ela estava examinando alguma coisa em seus joelhos, os cabelos cobrindo-lhe o rosto, mas a raiva pairava na sala como gases de escapamento. "Seria ótimo, George. Você me dá uma ligada lá pelo final da próxima semana? A essa altura já terei resolvido este caso." Ou morrido tentando.

"Combinado", disse ele. "Combinado."

"Cuide-se, George."

Desliguei e olhei para a minha sócia. Ela estava batendo o lápis nos dentes novamente, olhando para mim, os olhos vazios e inexpressivos. Sua voz estava mais ou menos igual. "Eu extrapolei."

"Talvez não. Talvez eu ainda não esteja preparado para explorar essa parte de minha psique."

"Talvez você nunca chegue a isso."

"Talvez", respondi. "E quanto a você?"

"Com o Bundão, como você o chama carinhosamente?"

"Sim, com esse cara."

"As coisas estão se arranjando. Elas estão se arranjando."

"O que você quer fazer em relação ao caso?"

Ela deu de ombros. "Você sabe o que quero fazer. Só que não fui eu quem assistiu à morte de Jenna, então vou deixar você decidir. Mas não se esqueça: você fica me devendo uma."

Aquiesci. Estendi a mão. "Amigos?"

Ela fez uma careta, inclinou-se para mim e deu um tapa na minha mão. "E quando deixamos de ser?"

"Uns cinco minutos atrás", disse eu, sorrindo.

Ela deu um risinho. "Ah, sim."

Paramos no alto da colina, de onde podíamos ver o edifício de Jenna e o Malibu azul parado em frente. A trava amarela estava bem visível, mesmo àquela luz declinante. Os cidadãos de Boston colecionam multas e intimações por infrações de trânsito com uma regularidade de causar inveja às equipes esportivas profissionais. Eles também têm uma tendência a esperar que sua carta de motorista esteja prestes a perder a validade para então começarem a se preocupar. A certa altura, os funcionários da administração pública da cidade deram uma olhada nos cofres vazios e se perguntaram de onde viriam as propinas necessárias para pôr os filhos na universidade e para suas temporadas em Martha Vineyard;* então inventaram a bota-de-denver. Como o nome diz, ela originou-se em Denver, e se fecha como uma braçadeira sobre o pneu, e o carro não vai a parte alguma até que todas as multas sejam pagas. Tentar forçar a trava é delito grave, passível de pena de prisão ou de multa pesada. Mas o que dissuade as pessoas não é bem isso, e sim o fato de que ela é mais difícil de tirar que um velho cinto de castidade. Um amigo meu conseguiu tirar a trava uma vez, com um martelo de mecânico, uma talhadeira e um golpe no lugar certo. Porém essa trava devia estar com defeito, pois ele nunca conseguiu repetir a façanha. Isso lhe causou uma profunda depressão; ele poderia viver tranqüilo pelo resto da vida, ganhando a vida abrindo travas. Ia ganhar mais dinheiro que o Michael Jackson.

Se Jenna tivesse escondido alguma coisa no carro, aquilo teria uma lógica perversa. É verdade que, em Boston, se alguém deixa um carro na rua, sem vigilância, por mais de quatro ou cinco minutos, ele normalmente perde o aparelho

(*) Ilha na costa de Massachusetts, muito freqüentada por americanos ricos. (N. T.)

de som e, na maioria das vezes, todo o resto também. Mas o mercado de peças usadas de Chevies de quinze anos já não é o mesmo, e nenhum ladrão de carro que se preze vai perder seu precioso tempo se preocupando com a trava. Assim, a menos que Jenna o tivesse escondido no aparelho de som, certamente o material ainda estaria lá. Se é que ela realmente tinha escondido alguma coisa no carro. Um grande "se".

Ficamos sentados olhando o carro, esperando que escurecesse. O sol já se fora, mas o céu ainda guardava seu calor, lençol bege com faixas cor de laranja. Em algum lugar atrás de nós, ou em nossa frente — numa árvore, num telhado, numa moita, em harmonia com o mundo urbano natural —, Bubba estava emboscado, os olhos tão impassíveis e vazios de emoção quanto os óculos gigantes que serviam de símbolo às lojas T. J. Eckleburg.

Não estávamos ouvindo nenhuma música, porque o Vomonstro não tem rádio, e aquele silêncio estava a ponto de me matar. Só Deus sabe como as pessoas conseguiam manter a sanidade mental antes do rock-and-roll. Refleti sobre o que Angie dissera a respeito dos meus motivos, a respeito do meu pai, da raiva que eu projetava sobre Mulkern e seus comparsas, raiva contra o mundo que ajustara contas com meu pai antes que eu pudesse fazê-lo. Se ela estivesse errada, nós veríamos quando finalmente puséssemos as mãos nas provas e eu as passasse ao cliente em troca de mais um cheque assinado, com o bônus incluído. Se ela estivesse certa, isso também iríamos ver. Tanto num como noutro caso, eu não queria pensar no assunto.

Pensando bem, nos últimos tempos estavam acontecendo muitas coisas que exigiam pausas de introspecção. Nunca escondi: adoro investigar as coisas, desde que eu não seja uma delas. De repente, porém, aconteceram todos esses tremendos confrontos com as pessoas na minha vida — Richie, Mulkern, Angie. De uma hora para outra, pediam-me que assumisse uma posição em relação ao racismo, à política e ao Herói. Os três temas que eu mais detestava. Um pouco mais de introspecção, e eu estaria usando uma longa barba branca, uma bata branca, bebericando um copo de cicuta, enquanto lia o *Críton*. Talvez eu mudasse para o Tibete, escalasse uma montanha com o dalai-lama ou tomasse o rumo de Paris e só usasse roupas pretas, deixasse crescer uma bela barbicha e ficasse o tempo todo falando de jazz.

Ou talvez fizesse o que sempre faço — esperar para ver o que vai acontecer. Fatalista até a medula.

"O que você acha?", perguntou Angie.

O céu estava ficando escuro feito breu, e não havia uma luz acesa nos postes num raio de quilômetros. "É hora de um pequeno arrombamento."

Não havia ninguém nas escadas externas quando descemos da colina, mas aquilo não ia durar por muito tempo, naquela úmida noite de domingo. Aquele não era o tipo de bairro cujos moradores vão passar o 4 de Julho em Cape Cod. Tínhamos que entrar, procurar o que queríamos e sair. As pessoas que não têm muito protegem a qualquer custo o que têm. Seja Bobby Rice, seja uma velhinha a apertar o gatilho, o estrago costuma ser o mesmo.

Angie tirou o fino pé-de-cabra de dentro do casaco quando nos aproximamos do carro, e, antes que se pudesse dizer "roubo qualificado", ela o introduzira nas reentrâncias da janela e estourara a fechadura. Eu não tinha idéia de como Jenna arrumava a sua casa — a única vez que a vi, alguém tinha entrado lá feito um furacão —, mas ela mantinha o carro impecável. Angie foi para o banco de trás, procurou embaixo e atrás dele, levantou o capacho, em busca de rasgões reveladores no carpete.

Fiz mais ou menos a mesma coisa no banco da frente. Abri o cinzeiro, vi que estava cheio de pontas de Marlboro e o fechei. Tirei do porta-luvas o que parecia ser os papéis do seguro, notas de consertos e um manual do proprietário, mas de qualquer forma enfiei tudo no saco plástico que trouxera comigo. Era mais fácil examinar tudo aquilo quando tivéssemos saído de lá. Pus a mão sob o painel, tateei o mais que pude, mas não achei nada colado embaixo. Examinei o revestimento das portas procurando cortes ou costuras desfeitas. Nada. Usei uma chave de fenda para tirar o revestimento da porta do lado do passageiro; talvez Jenna tivesse visto *Operação França*. Eu o abri: talvez ela não tivesse visto.

Angie estava fazendo o mesmo na porta do lado do motorista. Quando tirou o revestimento, ela não gritou "Eureca", por isso concluí que ela não achara nada mais que eu. Estávamos nadando alegremente no seco quando alguém disse: "Não são umas gracinhas?".

Endireitei-me no banco, a mão no revólver, e vi a menina que estava sentada nos degraus da escada quando tinha ido ali pela primeira vez. Jerome estava ao seu lado e eles estavam de mãos dadas. Jerome disse "Você já encontrou o Roland?".

Sem me mexer, respondi: "Ainda não tive esse prazer".

Jerome olhou para Angie, continuou a observá-la, não de olhos arregalados, simplesmente interessado. Ele disse: "Que diabos vocês estão fazendo no carro da mãe dele, cara?".

"Trabalhando."

Sua namorada acendeu um cigarro. Ela deu um trago, soprando a fumaça em minha direção. Um grosso anel de batom tingiu o filtro branco. "Ele é o cara que estava com Jenna quando Curtis a matou", disse ela.

"Eu sei disso, Sheila", disse Jerome olhando para mim. "Você é detetive, certo?"

Olhei novamente para o cigarro de Sheila. Alguma coisa nele me incomodava, mas eu ainda não sabia o que era. "Sim, Jerome", respondi. "Tenho um distintivo e tudo mais."

"É muito melhor que trabalhar para viver."

Sheila deu mais um trago no cigarro, colocando outro anel vermelho um pouco acima do primeiro.

Angie endireitou-se no banco e também acendeu um. Cidade cancerígena.

Olhei para Sheila, depois para Angie. "Ange", disse eu.

"Sim?"

"Jenna usava batom?"

Jerome estava olhando para nós franzindo o cenho, os braços cruzados sobre o peito. Angie pensou um pouco. Ela deu mais uns tragos no cigarro, foi soltando a fumaça devagarinho. "Sim", ela respondeu. "Agora estou me lembrando. Cor-de-rosa clarinho, bem discreto, mas usava."

Abri o cinzeiro do carro. "Que marca de cigarro ela fumava, você se lembra?"

"Cigarros de baixo teor de nicotina. Ou Vantage, talvez. Com certeza cigarros com filtro branco."

"Mas ela tinha voltado a fumar há pouco tempo", eu disse, lembrando-me de que Jenna dissera não ter fumado nos últimos dez anos e que os acontecimentos da última semana fizeram com que ela voltasse a fumar.

Os cigarros do cinzeiro tinham filtros de cortiça sem marcas de batom. Tirei o cinzeiro e pulei para fora do carro.

"Afaste-se um pouco por um instante, por favor, Jerome."

"Sim, bwana, como quiser."

"Eu disse 'por favor', Jerome."

Jerome e Sheila recuaram dois passos. Esvaziei o cinzeiro na calçada. "Ei, cara, tem gente morando aqui."

No monte de cinzas havia um brilho metálico. Abaixei-me, mexi nas cinzas e peguei uma chave. "Achei o que estávamos procurando", eu disse.

"Maravilha", disse Angie saindo do carro.

Jerome disse: "Parabéns. Agora limpe essa merda dessa sujeira, cara".

Segurei o cinzeiro no meio-fio e recolhi toda a cinza, pondo-a de volta no cinzeiro. Coloquei-o no banco e saí do carro. "Você tem toda razão, Jerome", disse.

"Obrigado", respondeu Jerome. "Só de saber que agrado a um homem branco como você, me sinto um homem completo."

Sorri, e subimos a colina novamente.

Era a chave de um compartimento de guarda-volumes, número 506. Podia ser de um compartimento do Logan Airport, ou da Greyhound Station, no Park Square, ou do Amtrak Terminal na South Station. Ou de qualquer estação rodoviária em Springfield ou Lowell ou New Hampshire ou Connecticut ou Maine, ou Deus sabe mais onde.

"Então, o que você pretende fazer?", perguntou Angie. "Verificar todas elas?"

"Não temos escolha."

"É lugar que não acaba mais."

"Veja a coisa pelo lado bom."

"Qual?"

"Pense nas horas extras que vamos pagar a nós mesmos."

Ela bateu em mim, mas não tão forte como eu esperava.

23

Decidimos começar na manhã seguinte. Havia uma infinidade de guarda-volumes no estado e iríamos precisar de toda a nossa energia; naquela hora, estávamos na última lona. Angie foi para casa e Bubba fez o mesmo. Dormi no escritório porque era mais difícil de entrar lá que em meu apartamento; passos na igreja vazia ecoariam feito tiros de canhão.

Enquanto eu dormia, um nó do tamanho de um punho abriu caminho no meu pescoço, e minhas pernas, na cama de campanha, ficaram dormentes na parte que ficou encostada na parede.

E, em algum momento enquanto eu dormia, a guerra estourou.

Curtis Moore foi o primeiro a tombar no campo de batalha. Pouco depois da meia-noite, irrompeu um incêndio na sala da enfermeira do hospital da prisão. Os dois policiais de serviço no quarto de Curtis saíram para dar uma olhada. Não era bem um incêndio — um trapo embebido em álcool noventa graus jogado numa lata de lixo, um fósforo jogado em cima, para acender o fogo. Os dois policiais e a enfermeira acharam um extintor de incêndio, apagaram o fogo e logo imaginaram o que podia haver por trás daquilo. Quando voltaram ao quarto, Curtis tinha um buraco do tamanho de uma mão na garganta, e as iniciais J. A. riscadas em sua testa.

Em seguida, três membros dos Raven Saints tiveram seu minuto de glória. Depois de um jogo em Fenway Park e de algumas agressões, para encerrar a noite, quando voltavam de metrô, eles saíram na estação Ruggles e tiveram uma conversa em sentido único com um AK-47 apontado de um carro. Um deles, Gerard Mullins, de dezesseis anos, recebeu uma rajada no alto da coxa e no abdome, mas não morreu. Ele se fingiu de morto, no escuro, até o carro ir embora, e então começou a se arrastar em direção à Columbus Avenue. Estava a meio caminho entre a estação do metrô e a esquina da avenida quando os outros voltaram e o costuraram desde um ponto abaixo da orelha até um pouco acima do tornozelo.

Socia estava saindo de um bar da South Huntington, com dois de seus soldados atrás dele, quando James Tyrone, um membro de quinze anos dos Angel Avengers, saiu de detrás de uma van com uma 45 apontada para o nariz de Socia. Ele puxou o gatilho e o revólver emperrou, e, quando os guarda-costas de Socia pararam de atirar, ele estava no meio da South Huntington tingindo a linha divisória amarela de vermelho-escuro.

Em seguida, três Avengers tombaram em Franklin Park. Depois, dois outros Saints foram liquidados quando estavam sentados num alpendre em Intervale. Outra rodada de retaliações sucedeu a essa, e, quando amanheceu, a pior noite na história das gangues de Boston tinha um saldo de 26 feridos e doze mortos.

Meu telefone começou a tocar às oito. Atendi lá pelo quarto toque. "O quê?", disse eu.

"Você ouviu?", perguntou Devin.

"Não", respondi e tentei voltar para a cama.

"A dupla pai-e-filho preferida de Boston entrou em guerra."

Minha cabeça tombou para fora da cama de campanha. "Oh, não."

"Ah, sim." Ele me deu o relatório.

"Doze mortos, meu Deus." Em Nova York estaria dentro da norma, mas aqui a cifra era astronômica.

“Doze até agora”, disse ele. “Há uns cinco ou seis em estado grave que certamente não vão durar até o 4 de Julho. A vida é bela, não?”

“Por que você está ligando para mim às oito da manhã com essa notícia, Dev?”

“Porque quero você aqui dentro de uma hora.”

“Eu? Por quê?”

“Porque você foi a última pessoa a falar com Jenna Angeline, e alguém traçou as iniciais dela na testa de Curtis Moore, também assassinado. Porque você se encontrou com Socia ontem e não me falou. Porque andam dizendo na cidade que você está de posse de alguma coisa pela qual Socia e Roland estão dispostos a matar, e estou cansado de esperar que você, por pura bondade, me diga o que é. Você, Kenzie, porque para você mentir é uma segunda natureza, mas é mais difícil fazer isso numa sala de interrogatório. Portanto, venha já para cá e traga sua sócia.”

“Acho que vou levar Cheswick Hartman comigo também.”

“Vá em frente, Patrick. Vou ficar tão contente com isso que vou acusá-lo de obstruir a ação da polícia e fazer você dormir no xadrez. Quando Cheswick conseguir livrá-lo, todos os celerados dos Saints e dos Avengers que prendemos ontem à noite já haverão de ter um conhecimento bastante íntimo do seu rabo.”

“Dentro de uma hora estou aí.”

“Cinqüenta minutos”, disse ele. “O cronômetro começou a contar quando você atendeu o telefone.” Ele desligou.

Liguei para Angie e lhe disse que estaria pronto em vinte minutos.

Não liguei para Cheswick.

Liguei para a casa de Richie, mas ele já estava no trabalho. Liguei para lá.

“O que é que você sabe?”

“Nada mais do que vocês.”

"Conversa. Volta e meia seu nome é citado nessa história, Patrick. E na Câmara estão acontecendo coisas muito estranhas."

Eu estava vestindo uma camisa, mas parei, o braço levantado, paralisado, como se estivesse engessado. "Que coisas estranhas?"

"O projeto de lei sobre o terrorismo nas ruas."

"O que é que tem ele?"

"Ele devia ser discutido hoje. Logo cedo. Para que todo mundo pudesse tomar o caminho de Cape para o 4 de Julho."

"E aí?"

"E aí que não tem ninguém lá. A Câmara está vazia. Doze jovens morreram à noite por causa da violência entre as gangues, e na manhã seguinte, quando se deveria debater o projeto de lei que, pelo que se esperava, iria dar um basta nisso tudo, o assunto já não interessa a mais ninguém."

"Tenho que sair", eu disse.

Mesmo que eu tivesse mandado o telefone, de avião, para Rhode Island, eu ainda ouviria a sua voz:

"Sabe do que mais?"

"Nada. Preciso ir embora."

"Não me peça mais favores, Patrick. Acabou."

"Adoro quando você briga comigo." Desliguei.

Eu estava esperando na frente da igreja quando Angie parou com aquela coisa marrom que ela chama de carro. Nos fins de semana e nos feriados, Phil não precisa dele. Ele faz uma boa provisão de Budweiser, instala-se no sofá e olha o que quer que passe na televisão. Quem precisa de carro quando Gilligan nem ao menos saiu de sua ilha?* Sempre que possível Angie pega seu carro, pois assim pode ouvir as fitas *dela*; ela acha que eu dirijo mal quando estou no volante do Vomonstro porque não me importo com o que possa acontecer com ele. Não é bem assim; eu me importaria se

(*) Alusão à série *Gilligan's island*, do fim da década de 1950. (N. T.)

acontecesse alguma coisa com ele e, nesse caso, gostaria de receber o dinheiro do seguro.

Fizemos o trajeto até a Berkeley Street em menos de dez minutos. A cidade estava vazia. Os que tinham ido para Cape Cod viajaram na quinta ou na sexta-feira. Os que iriam para Esplanade para o concerto e para os fogos de artifício do dia seguinte ainda não tinham começado a acampar. Todo mundo resolvera sair. Durante o trajeto, vimos algo cujo privilégio a poucos bostonianos foi dado ver — espaços vagos para estacionar. Em cada um deles eu pedia a Angie que parasse, estacionasse e depois saísse, só para ver como a gente se sente numa situação dessas.

Em Upper Berkeley, nas imediações no quartel da polícia, a situação era outra. Todo o quarteirão estava cercado por cordões de isolamento e cavaletes. Um guarda troncudo fez sinal para que déssemos a volta. Vimos vans com antenas parabólicas no teto, cabos atravessando a rua como serpentes obesas, caminhões brancos da televisão estacionados na calçada, e os Crown Victorias pretos dos figurões da polícia estacionados em fila tripla.

Dobramos na St. James, estacionamos sem dificuldade e andamos de volta até a porta de trás do edifício. Um jovem policial negro estava na porta, mãos cruzadas às costas, pernas abertas em postura militar. Ele olhou para nós. "Imprensa é pela porta da frente."

"Não somos da imprensa." Nos identificamos. "Temos uma reunião com o detetive Amronklin."

O policial aquiesceu. "Subam estas escadas. Quinto andar, à direita. Vocês vão vê-lo."

De fato. Ele estava sentado a uma mesa no fim de um longo corredor com seu colega Oscar Lee. Oscar é alto e negro, e tão intratável quanto Devin. Fala um pouco menos, mas bebe tanto quanto ele. Faz tanto tempo que trabalham juntos que assinaram os respectivos divórcios no mesmo dia. Cada um deles já fora baleado no lugar do outro, e arranhar um nadinha que fosse a superfície de sua relação seria tão fácil como furar um paralelepípedo com uma colher de plástico. Os dois nos viram ao mesmo tempo, levantaram a cabeça e nos acompanharam com um olhar cansado enquanto avançávamos pelo corredor em direção a eles. Ambos estavam com uma aparência horrível, cansados e irritados, prontos para triturar quem não lhes desse o que queriam. Ambos tinham manchas de sangue na camisa e xícaras de café nas mãos.

Quando entramos na sala, eu disse: "Olá".

Eles balançaram a cabeça. Um pouco mais de semelhança, e poderiam ficar grudados pelos quadris.

"Pode sentar, pessoal", disse Oscar.

Havia uma mesa de jogo toda arranhada no meio da sala, e sobre ela um telefone e um gravador. Sentamo-nos do lado mais próximo da parede; Devin sentou-se à minha direita, ao lado do telefone, e Oscar à esquerda de Angie, ao lado do gravador. Devin acendeu um cigarro e Oscar ligou o gravador. Uma voz disse: "Gravação copiada em 6 de agosto de 1993. Inscrita sob o número de código de barras 5756798. Sala de depoimentos, quartel-general da polícia de Boston, nono distrito, Berkeley Street, número 154".

"Aumente um pouco o volume", disse Devin.

Oscar fez o que ele pediu e houve uns quinze a vinte segundos de silêncio, seguido de um zumbido surdo acompanhado do tilintar de metais, como se uma dezena de pessoas estivesse batendo seus talheres uns contra os outros. Ouvia-se também o ruído de água pingando em algum ponto, naquele lugar. Uma voz disse: "Corte-o mais um pouco".

Devin olhou para mim.

A voz se parecia com a de Socia.

Outra voz: "Onde?".

Socia: "Que me importa? Seja criativo. O joelho me parece um ponto sensível".

Por um momento, ouviu-se apenas o ruído da água gotejando, depois alguém soltou um grito alto, longo e lancinante.

Socia deu uma risadinha.

"Logo vou cuidar de um de seus olhos", disse ele. "Por que você não abre logo o bico e acaba com isso?"

A outra voz: "Acaba com isso. Ele não está brincando, Anton".

"Eu não estou brincando, Anton. Você sabe disso."

Respiração ofegante, choro.

Socia: "Estão saindo lágrimas demais desse olho. Arranque-o".

Endireitei-me na cadeira.

A outra voz perguntou: "O quê?".

Socia: "Estou falando grego? Arranque-o".

Houve um ruído baixo e desagradável, o ruído que o sapato faz quando se enfia na lama.

Então um grito. Incrivelmente agudo, uma mistura de dor atroz e de incredulidade horrorizada.

Socia: "Ele está no chão, na sua frente, Anton. Diga-me o nome, porra. Quem aliciou você?".

O grito ainda não havia parado. Ele era claro, forte e constante.

"Quem aliciou você? Pare de gritar." Um ruído áspero de carne contra carne. O grito foi ficando ainda mais agudo.

"Porra, quem aliciou você?"

O grito agora tinha um tom desafiador, um urro raivoso.

"Quem p... Foda-se. Arranque o outro. Não, com isso não. Pegue uma colher, cara."

Houve um ruído de passos abafados, que rangiam um pouco à medida que se afastavam do lugar onde estava o microfone.

O gritou se transformou num gemido.

Socia num cochicho: "Garanto a você. Tudo isso vai acabar, logo que você me disser. Você vai morrer depressa e sem dor".

Soluços dilacerados, respiração entrecortada, ofegante, choro contínuo durante mais de um minuto.

"Vamos, diga-me."

Em meio aos soluços saiu: "Nan. Nan, eu...".

“Me passa essa porra dessa colher.”

“Devin. O policial! Devin!” Parecia que as palavras tinham sido extraídas através de um buraco feito no corpo.

Devin estendeu a mão e desligou o gravador. Dei-me conta de que estava duro na cadeira, um pouco fora dela, as costas curvadas. Olhei para Angie. Sua pele estava branca, os punhos crispados no braço da cadeira.

Oscar tinha os olhos fitos no teto, ar entediado. Ele disse: “Anton Meriweather. Dezesseis anos. Devin e eu fizemos dele nosso informante em dezembro, e ele nos dava informações sobre Socia. Ele estava nas fileiras dos Saints. Ah, sim, ele está morto”.

“Vocês têm essa gravação. Por que Socia ainda está solto?”

Devin disse: “Você já viu um júri tentar julgar com base numa identificação de voz? Você consegue imaginar quantas pessoas a defesa pode apresentar cuja voz se parece exatamente com a da fita? Você ouviu alguém chamar Socia pelo nome na gravação?”.

Balancei a cabeça.

“Só quero que vocês tenham noção de com quem estão lidando aqui, crianças. Depois que Anton disse meu nome, eles o torturaram por mais noventa minutos. Noventa minutos. É muito tempo para continuar vivo com um olho arrancado. Quando o encontramos, três dias depois, não o reconheci. Sua mãe também não o reconheceu. Foi preciso fazer um exame da arcada dentária para ter certeza de que era mesmo Anton.”

Angie temperou a garganta. “Como vocês conseguiram essa gravação?”

Oscar disse: “Ela estava com Anton. Entre as pernas. Ele sabia que tudo estava sendo gravado, bastava ele dizer o nome de Socia, mas seu cérebro ficou paralisado, ele esqueceu. A dor faz isso”. Ele olhou para Devin, depois para mim. “Patrick Kenzie, não vou tentar brincar de policial bom/policial ruim, mas Devin é seu amigo e eu não sou. Mas eu gostava muito de Anton. Por isso quero saber o que você sabe sobre o que está acontecendo, e quero saber agora. Se você encontrar uma maneira de fazer isso sem comprometer os seus clientes, tudo bem. Mas se não consegue imaginar um meio para isso, você vai me contar assim mesmo. Porque já estamos cansados de recolher cadáveres nas ruas."

Não duvidei. "Faça as perguntas."

Devin começou: "Sobre o que você e Socia conversaram ontem?".

"Ele acha que tenho provas que o incriminam. Ele imagina que Jenna as passou para mim. Ele quer que eu troque minha vida por essas provas. Eu lhe disse que, se eu morresse, ele também morreria."

"Com os cumprimentos de Bubba Rogowski", disse Oscar.

Levantei discretamente as sobrancelhas, depois concordei.

"Que tipo de prova você tem contra Socia?", perguntou Devin.

"Nada..."

"Pura mentira", disse Oscar.

"Pura verdade. Não tenho nada que possa condená-lo, nem mesmo por atravessar a rua fora da faixa de pedestres."

Angie disse: "Jenna Angeline nos garantiu que estava de posse de algumas coisas, mas ela morreu antes de nos dizer o que era e onde estavam".

"O que andam dizendo por aí é que Jenna lhe deu alguma coisa um pouco antes de Curtis Moore liquidá-la", disse Oscar.

Olhei para Angie e ela fez que sim. Enfiei a mão no bolso, tirei outra cópia da foto. Entreguei-a para Devin. "Foi isto o que ela me deu."

Devin a olhou, examinou Paulson, jogou-a para Oscar.

"Onde está o resto?"

"Só temos isso."

Oscar olhou para a foto e olhou para Devin. Ele balançou a cabeça, olhou para mim. "Você está se metendo com as pessoas erradas", disse ele. "Vamos meter você na cadeia."

"Isso é tudo o que tenho."

Ele esmurrou a mesa com sua pata de urso. "Onde está a foto original? Onde estão as outras?"

"Eu não sei onde estão as outras, e a original está comigo", eu disse. "E não vou abrir mão dela. Pode me jogar na cadeia. Meta-me numa cela com dois ou três Saints. Seja lá o que for. Estou pouco ligando. Porque tenho mais chances de continuar vivo num buraco como este, com a foto escondida em algum lugar, do que andando na rua sem ela."

"Você acha que não temos meios de protegê-lo?", disse Devin.

"Não, rapazes, não acho que vocês possam me proteger. Não tenho nada que incrimine Socia, mas ele pensa que tenho. Enquanto ele estiver pensando assim, posso continuar vivo. Tão logo ele descubra que estou blefando, ele vai querer vingar Curtis Moore, e eu vou terminar como Anton." Pensei em Anton e senti náusea.

"Agora Socia tem gente demais em sua lista para se preocupar com você", disse Oscar.

"Você diz isso para eu me sentir mais aliviado? Quer dizer então que tenho mais ou menos uma semana de felicidade antes que ele dê conta da lista e se lembre de mim? Não mesmo. Vocês querem ouvir o que penso disso ou preferem continuar mordendo a própria cauda?"

Eles trocaram um olhar, comunicando-se de uma forma que só caras como eles conseguem. Devin disse: "Tudo bem. Diga-nos o que acha que está acontecendo".

"Sobre o que está acontecendo entre Socia e Roland, não tenho idéia. Francamente." Peguei a fotocópia da mesa, levantei para que eles a pudessem ver. "Mas sei que o projeto de lei contra o terrorismo das ruas deveria chegar ao Senado esta manhã."

"E daí?"

"Daí que isso não aconteceu. Num dia como o de hoje, eles estão agindo como se o problema tivesse acabado."

Devin olhou para a fotocópia, arqueou uma sobrancelha, pegou o telefone à sua frente, teclou alguns números, esperou. "Passe-me para o comandante Willis, do policiamento da Câmara."

Ele tamborilou na mesa com os dedos, olhou a fotocópia. Estendeu o braço, tirou-a das minhas mãos, colocou-a diante de si, olhou para ela mais um pouco. Como nós outros não tínhamos nada melhor para fazer, ficamos a observá-lo. "John? Aqui é Devin Amronklin... Sim, estou cheio de trabalho... Ahn?... Sim, acho que vem mais coisa pela frente. Muito mais... Ouça, John... preciso lhe perguntar uma coisa. Tem algum político aí?" Ele ficou ouvindo. "Bem, o governador, naturalmente. O que mais ele vai fazer? E... sim, sim. Mas e o projeto de lei que eles iriam... Hum hum... E quem foi? Claro, eu espero." Devin deixou o telefone deslizar para o pescoço e tamborilou um pouco mais. Em seguida o levou ao ouvido. "Sim, estou por aqui... Certo, John. Muito obrigado... Não, nada, era só curiosidade. Obrigado mais uma vez." Ele olhou para nós três. "Na sexta-feira alguém propôs que eles tivessem um feriado prolongado, como todo mundo."

"Quem foi esse alguém?", perguntou Angie.

Devin bateu a mão na fotocópia. "Um certo senador Brian Paulson", disse. "Significa alguma coisa para vocês?"

Olhei para ele.

"Não há câmeras nem gravadores nas paredes", disse ele.

Olhei para a fotocópia. "Não posso dizer os nomes de meus clientes."

Devin fez que sim com a cabeça. Oscar sorriu. Eles gostaram. Eu acabara de lhes dizer exatamente o que queriam saber. "É um caso e tanto, hein?", disse Devin.

Dei de ombros. Outra confirmação.

Devin olhou para Oscar. "Mais alguma coisa?"

Oscar balançou a cabeça. Seus olhos brilhavam.

Devin disse: "Vamos acompanhá-los até lá embaixo. O que acha disso, detetive Lee?".

Quando saímos pela porta de trás, Oscar disse ao jovem policial que fosse buscar uma xícara de café. Ele apertou a mão de Angie, depois a minha. "Dependendo de aonde isso vá parar, podemos perder nossas patentes."

"Eu sei", respondi.

Devin lançou um olhar ao fundo do edifício. "Enfrentar a Prefeitura é uma coisa. Enfrentar a Câmara é outra bem diferente."

Aquiesci.

Oscar disse "Vine" e olhou para Devin.

Devin soltou um suspiro. "Não, você acha?"

Angie disse: "Vine?".

Oscar confirmou: "Chris Vine. Um policial, uns anos atrás. Jurou que tinha provas contra um senador, insinuando que a coisa atingia esferas ainda mais altas".

"O que aconteceu?", perguntei.

"Uma pessoa achou dois quilos de heroína em seu armário."

"E uma caixa de agulhas hipodérmicas também", acrescentou Oscar.

Devin balançou a cabeça. "Umas duas semanas depois, Vine comeu a própria arma."

Oscar olhou para Devin novamente. Havia algo estranho no olhar dos dois. Talvez fosse medo. Oscar disse: "Vocês dois tenham cuidado. Vamos entrar em contato".

"Combinado."

Devin aconselhou: "Se você ainda é amigo de Richie Colgan", disse Devin, "acho que é uma boa hora para recorrer a ele".

"Ainda não."

Oscar e Devin se entreolharam novamente e suspiraram fundo. Oscar olhou para o céu. "Qualquer dia desses vai chover merda."

"E nós quatro sem guarda-chuva", disse Angie.

Todos rimos disso. Mas um riso curto. Um riso de velório.

24

Pegamos a Boylston, entramos na Arlington e demos a volta no quarteirão para chegar à estação Greyhound. Fomos patinhando num mar indiferente de putas, gigolôs, escroques e outros casos desesperados antes de achar o guarda-volumes de metal verde-escuro, semelhante a um tabuleiro. O compartimento número 506 era o mais alto de sua fileira e tive que me esticar um pouco para experimentar a chave.

Ela não serviu. Um a menos.

Tentamos mais uns dois guarda-volumes menores. Nada.

Fomos para o aeroporto. O Logan Airport tem cinco terminais, que vão de A a E. O terminal A não tinha o número 506. O B não tinha guarda-volumes. O C não tinha o número 506 na ala de chegadas. Fomos andando até a ala de partidas. Como o resto da cidade, aquilo era uma verdadeira cidade fantasma, o soalho encerado ainda impecável e brilhante, refletindo as lâmpadas fluorescentes do teto. Achamos o 506, inspiramos fundo e expiramos quando a chave não serviu.

O mesmo aconteceu nos terminais D e E.

Tentamos alguns lugares em East Boston, Chelsea, Revere — nada.

Paramos numa lanchonete em Everett e sentamos perto da janela. A manhã se acabara e o céu havia se adensado, adquirindo um tom cinza de papel de jornal molhado. Não parecia especialmente nublado, apenas decididamente sem sol. Um Mustang vermelho estacionou do outro lado da rua e o motorista olhou para a loja de discos à sua frente, provavelmente esperando um amigo.

"Você acha que ele está sozinho?", perguntou Angie.

Balancei a cabeça, engoli um bocado de rosbife. "Acho que ele é o batedor."

Nós dois ficamos olhando para ele. Estava estacionado uns quarenta metros mais abaixo, o crânio negro e fino brilhando de tão bem raspado. Dessa vez não havia óculos de sol. Provavelmente não queria nada atrapalhando sua visão quando fosse atirar em mim.

"Onde você acha que Bubba está?", perguntei.

"Se pudéssemos vê-lo, ele não estaria fazendo seu trabalho."

Concordei. "De qualquer modo, seria bom se ele enviasse um sinal luminoso de vez em quando para minha tranqüilidade de espírito."

"Ele *é* sua paz de espírito, Skid."

Difícil contestar a verdade.

Na volta, levamos o Mustang conosco através de Somerville e pela 93, em direção ao centro. Saímos na South Station e estacionamos na Summer Street. O Mustang seguiu o fluxo dos carros que passavam na frente do correio. Ele dobrou à direita, e nós saímos do carro e nos dirigimos à entrada principal.

A South Station se parece com um grande cenário para um filme de gângster. É enorme, teto alto como o de uma catedral e soalhos de mármore que parecem se estender ao infinito. Antes, todo esse espaço era interrompido apenas por uma banca de jornais de madeira, uma engraxataria e alguns bancos circulares de mogno escuro, imensos e com fila dupla, verdadeiros chafarizes humanos. Era o lugar ideal para passear de terno de lã azul-esmalte e chapéu de feltro combinando, para sentar e ficar observando as pessoas por trás do jornal. Então vieram os tempos difíceis, os tempos esquecidos, e o mármore ficou marrom e riscado, a banca de jornais estava precisando ser pintada ou demolida, e a engraxataria simplesmente desapareceu. Aí, alguns anos atrás, uma reforma. Agora há um lugar onde se servem cachorros-quentes e pizzas, com um luminoso amarelo, um Au Bon Pain com sombreiros Cinzano sobre mesas de ferro batido pretas e uma banca de jornais que mais parece o cruzamento de um bar chique com uma livraria. Todo o espaço parece menor, os tons sombrios e melancólicos que se insinuavam entre os raios de sol filtrados foram substituídos por luzes ofuscantes e por um ambiente de falsa alegria. Pode-se gastar todo o dinheiro do mundo num espaço como este: isso não mudará o fato de que uma estação é um lugar onde as pessoas esperam, em geral sem o menor entusiasmo, que um trem as venha levar.

O guarda-volumes fica no fundo, ao lado dos toaletes. Quando estávamos nos dirigindo para lá, um senhor de cabelos brancos e engomados e um microfone em lugar de cordas vocais anunciou: "Ambassador com destino a Providence, Hartford, New Haven e Nova York, portão de embarque número 32; solicitamos aos passageiros que tomem seus lugares". Se aquele imbecil tivesse um megafone, eu teria perdido o ouvido.

Seguimos pelo corredor sombrio e entramos no passado. Ali não havia luminosos ofuscantes, nem bares incrementados, apenas mármore e melancólicas luzes amarelas só um pouquinho mais claras que velas. Procuramos os compartimentos do guarda-volumes na meia-luz, tentando enxergar os números de latão gasto, até que Angie disse "Aqui".

Bati em meus bolsos. "Você está com a chave, não é?"

Ela olhou para mim. "Patrick."

"Em que lugar a usamos pela última vez?"

"Patrick", repetiu ela, só que dessa vez seus dentes estavam cerrados.

Levantei a chave no ar:

"Puxa, você não entende mais uma brincadeira."

Ela tomou a chave da minha mão, colocou-a na fechadura e girou.

Acho que ela ficou mais surpresa do que eu.

A sacola, dentro do armário, era de plástico azul. A meia altura da sacola, estava escrita em letras brancas a palavra "Gap". Angie a passou para mim. Leve. Olhamos de novo no compartimento, passamos a mão. Não havia mais nada lá. Angie deixou a porta bater atrás de nós e fui levando a sacola na minha mão esquerda no caminho de volta pelo corredor. Andávamos em passo acelerado. Dia de pagamento.

Ou dia de ajuste de contas, questão de ponto de vista.

O sujeito de cabeça raspada do Mustang estava cruzando o terminal, vindo a passos rápidos em nossa direção. Ele nos viu, ficou surpreso, e começou a fazer meia-volta. Aí ele viu a sacola. Foi uma jogada brilhante esta minha, de não a ter escondido sob o casaco. Cabeça Raspada levantou a mão direita sobre a cabeça e enfiou a esquerda sob o casaco de frio.

Dois garotos saíram do canto do caixa do Au Bon Pain, e um outro — um rapaz, mais velho que os outros três — avançou em nossa direção, vindo da esquerda, próximo à entrada.

Cabeça Raspada havia sacado o revólver e o apertava contra a perna, andando calmamente, os olhos grudados em nós. O hall da estação cheio de gente; entre nós e Cabeça Raspada, as pessoas, alheias ao que se passava, terminavam de tomar suas xícaras de café, pegavam seus jornais e suas bagagens e se dirigiam à plataforma. Cabeça Raspada sorria: a multidão e vinte metros era tudo o que havia entre nós. Eu segurava o revólver escondendo-o por trás da sacola. Angie enfiara a mão no bolso, e avançávamos os dois a passos medidos, em meio à multidão de pessoas que passavam e que por vezes esbarravam em nós. Cabeça Raspada se deslocava tão lentamente quanto nós, mas confiante, como se todos os seus movimentos tivessem sido coreografados. Seu sorriso era imenso, um sorriso de alguém viciado em adrenalina, que tirava sua energia da tensão. Agora havia apenas quinze metros entre nós, e Cabeça Raspada começou a se inclinar um pouco para a frente enquanto andava, divertindo-se com isso.

Então Bubba emergiu da multidão, e estourou-lhe a parte posterior da cabeça com uma espingarda.

O sujeito voou no ar, os braços abertos, o peito esticado num salto de anjo, e caiu de cara no chão. A multidão estourou, se dispersou no soalho de mármore, as pessoas esbarrando umas nas outras, sem rumo, sabendo apenas que queriam ficar o mais longe possível do cadáver, como pombos sem asas, tropeçando, escorregando no mármore, tentando levantar-se para não serem pisoteadas. O sujeito à nossa esquerda apontou a Uzi para nós, através do hall, com uma mão, e caímos de joelhos no momento em que a arma começou a cuspir balas que arrancavam fragmentos da parede atrás de nós, ricocheteando. A espingarda de Bubba entrou novamente em ação e o sujeito saltou no ar como se tivesse acabado de puxar a corda para abrir um pára-quedas. Ele caiu de costas numa vidraça, mas só metade do vidro se quebrou. O sujeito ficou ali pendurado, metade dentro, metade fora, preso numa teia de aranha de vidro.

Apontei para os outros dois enquanto Bubba tirava as cápsulas usadas, substituindo-as por mais duas. Apertei três vezes o gatilho, e os caras mergulharam numa confusão de mesas de ferro pretas. Era impossível fazer pontaria com a multidão que havia no meio; então Angie e eu atiramos nas mesas, e as balas ricochetearam nos pés de ferro. Um dos caras girou o corpo, apoiando as costas no chão, quando Bubba se virou em sua direção. Ele disparou uma 357 e a bala atingiu Bubba na parte superior do peito. A espingarda estourou o vidro dois metros acima de suas cabeças, e Bubba caiu.

Uma viatura da polícia chegou pela Atlantic, subiu na calçada e parou junto das portas de vidro. O que restava da multidão parecia ter recobrado a razão de repente; todos estavam deitados de bruços no mármore, protegendo a cabeça com as mãos, as bagagens forneciam um abrigo suplementar, como muros de arrimo de couro. Os dois sujeitos saíram aos tropeços de entre as mesas e correram em direção aos trilhos, atirando em nós de detrás das janelas.

Comecei a avançar para o meio do hall, na direção de Bubba, mas uma segunda viatura da polícia subiu na calçada e parou derrapando. Os dois primeiros policiais logo se encontravam no hall, atirando nos dois sujeitos que estavam junto dos trilhos. Angie me pegou pelo braço e corremos em direção ao corredor. A vidraça à minha esquerda se quebrou e caiu da janela numa cascata branca. Os policiais se aproximavam, e agora atiravam com precisão, enquanto os sujeitos esbarravam um no outro tentando nos acertar. Pouco antes de chegarmos ao corredor, um dos dois girou feito um pião e se sentou. Ele parecia desconcertado, e o vidro caía à sua volta como neve.

Angie deu um chute no alarme da porta de trás, e o rugido da sirene encheu o terminal, lançando na rua o seu trêmulo apelo, enquanto corríamos para trás de uma fila de caminhões. Atravessamos no meio dos carros, demos a volta no quarteirão, voltando a toda para a Atlantic. Paramos na esquina, respiramos fundo umas duas vezes, prendemos a respiração quando mais dois carros da polícia passaram por nós. Esperamos o semáforo, o rosto coberto de suor. Quando ele ficou vermelho, atravessamos a Atlantic correndo, passamos pelo arco do dragão vermelho e mergulhamos em Chinatown. Subimos a Beach Street e cruzamos com alguns homens que estavam pondo seu peixe no gelo para conservá-lo, com uma mulher que estava numa pequena plataforma de carga e descarga derramando um barril de água fétida, com um velho casal de vietnamitas que ainda usavam as roupas da época da Ocupação francesa. Um rapazinho de camisa branca discutia com um robusto caminhoneiro italiano. O caminhoneiro repetia o tempo todo: "Todo dia é a mesma coisa. Fale inglês, porra!", e o rapaz respondia: "Não falar inglês. Você quer muito calo, pola!". Quando passamos perto deles o caminhoneiro estava dizendo: "'Muito calo, pola', isso eu entendo". O rapazinho parecia prestes a lhe dar um tiro.

Pegamos um táxi na esquina da Beach com a Harrison, e dissemos ao chofer iraniano aonde queríamos ir. Ele olhou para nós pelo retrovisor. "Dia duro?"

Esteja onde você estiver, "dia duro" e "muito calo, pola!" parecem fazer parte da linguagem universal. Olhei para ele e balancei a cabeça. "Dia duro", falei.

Ele deu de ombros. "Eu também", disse entrando na via expressa.

Angie encostou a cabeça em meu ombro. "E o Bubba?" Sua voz estava rouca e velada.

"Eu não sei."

Olhei para a sacola Gap em meus joelhos.

Ela pegou a minha mão e a apertou com força.

25

Eu estava sentado no primeiro banco da igreja de Saint-Bart olhando Angie acender uma vela para Bubba. Ela ficou de pé por um instante, protegendo a chama amarela enquanto esta se inflava com oxigênio. Depois Angie se ajoelhou e abaixou a cabeça.

Comecei a abaixar a minha, mas parei a certa altura, paralisado, como sempre, a meio caminho.

Eu acredito em Deus. Talvez não no Deus católico ou mesmo no Deus cristão, pois não consigo entender um Deus elitista. Também me é difícil acreditar que algo que criou a floresta tropical úmida, os oceanos e um universo infinito tenha criado ao mesmo tempo uma coisa tão contrária à natureza como uma humanidade à sua imagem. Eu creio em Deus, mas não como um ele ou ela ou um isto, e sim como algo que desafia minha capacidade de conceber a partir do mesquinho sistema de referências de que disponho.

Há muito tempo parei de rezar — e de abaixar a cabeça —: na época em que minhas preces se transformaram em sussurros pedindo a morte do Herói e a coragem necessária para levá-la a cabo. Nunca me foi dada a coragem, e a morte aconteceu devagar, e eu a presenciei do fundo de um impotente magma de emoções. Depois, o mundo continuou a girar, e toda ligação que havia entre Deus e mim se rompeu, enterrada junto com meu pai.

Angie levantou-se, fez o sinal-da-cruz, desceu do altar atapetado e veio até mim. Ela ficou de pé junto ao banco, os olhos fitos na sacola Gap que estava ao meu lado, e esperou.

Bubba estava morto, moribundo ou gravemente ferido por causa daquela sacola de aspecto inofensivo. Jenna também morrera. Da mesma forma, Curtis Moore, dois ou três caras na estação Amtrak e doze garotos de rua, anônimos, que já deviam estar se sentindo mortos há muito tempo. Quanto tudo isso tiver acabado, Socia ou eu iríamos parar nesse mesmo rol. Talvez nós dois. Talvez Angie. Talvez Roland.

Um bocado de sofrimento numa simples sacola de plástico.

"Logo eles vão chegar aqui", disse Angie. "Abra-a."

"Eles" era a polícia. Devin e Oscar não levariam muito tempo para identificar o Homem Branco não identificado e a Mulher Branca não identificada que trocaram tiros com bandidos na estação ferroviária, ajudados pelo notório traficante de armas Bubba Rogowski.

Desamarrei o cordão que fechava a sacola, enfiei a mão dentro dela e dei com uma pasta que teria meio centímetro de espessura. Tirei-a e abri. Mais fotos.

Levantei-me e espalhei-as sobre o banco. Eram vinte e uma ao todo, salpicadas de triângulos de sombra da luz que se filtrava pelos vitrais. Nenhuma delas tinha nada que desse vontade de olhar; todas continham coisas que eu era obrigado a olhar.

Elas haviam sido tiradas no mesmo lugar e pela mesma câmera da foto que Jenna me dera. Paulson aparecia na maioria delas, Socia em algumas. O mesmo quarto de motel sórdido, a mesma textura do filme, o mesmo ângulo — de cima para baixo — de colocação da câmera, que me fizeram supor terem sido tiradas por uma câmera de vídeo, certamente instalada a cerca de dois metros de altura, talvez por trás de um espelho duplo.

Na maioria das fotos, Paulson estava sem cuecas, mas de meias pretas. Ele parecia estar se divertindo na pequena cama de solteiro com lençóis rasgados e manchados.

O mesmo não se podia dizer da outra pessoa que estava na cama. O objeto da afeição de Paulson — se é que podemos chamar assim — era uma criança. Um menino negro, extremamente magro, que não teria mais que dez ou onze anos. Ele estava sem meias. Ele estava sem nenhuma roupa. Ele não parecia estar se divertindo como Paulson.

Ele parecia estar sentindo muita dor.

Dezesseis das vinte e uma fotografias mostravam o próprio ato sexual. Em algumas delas Socia aparecia inclinado, no campo da foto, para dar o que pareciam ser orientações. Numa delas, a mão de Socia segurava a cabeça da criança, puxando-a para trás, em direção ao peito de Paulson, como um cavaleiro que puxa as rédeas de um cavalo. Paulson parecia não se incomodar com aquilo, nem mesmo notar, os olhos vidrados, os lábios cerrados de prazer.

A criança parecia se incomodar muitíssimo.

Das fotos restantes, quatro eram de Paulson e Socia bebendo um líquido escuro em copos do tipo que se usam quando se escovam os dentes, batendo papo, encostados na penteadeira, divertindo-se imensamente. Numa destas, via-se a perna fina do menino, um pouco fora de foco, em meio aos lençóis imundos.

"Oh, meu Deus", disse Angie com a voz estrangulada, aguda, que parecia vir de outra pessoa. Ela mordia os nós dos dedos de sua mão direita, e sua pele empalidecia, contraindo-se. Seus olhos se encheram de lágrimas. A atmosfera cálida e solene da igreja me envolveu por um instante, pesando no meu peito e me deixando ligeiramente aturdido. Olhei novamente para as fotografias, e a náusea me revolveu o estômago.

Obriguei-me a olhar as fotografias, a não desviar os olhos, e meu olhar logo foi atraído para a vigésima primeira delas, da mesma forma que o seria para uma única chama no canto de uma tela escura, detendo-se sobre ela. Era a fotografia — eu sabia — que já penetrara em meus sonhos e em minhas sombras, naquela parte da minha mente sobre a qual não tenho controle. Sua imagem iria ressurgir em toda a sua crueldade desumana pelo resto da minha vida, principalmente quando eu menos esperava. A foto não tinha sido tirada durante o ato, mas depois. O menino estava sentado na cama, descoberto, ausente, e seus olhos já assumiam a imagem espectral do que ele deixara de ser. Naqueles olhos havia a marca da esperança morta e uma porta fechada. Eram os olhos de um cérebro e uma alma esmagados sob uma sobrecarga sensorial. Os olhos de um morto-vivo, de alguém que já não tem consciência do próprio aniquilamento, da própria nudez.

Joguei a fotografia na pilha e fechei a pasta. O entorpecimento já começava a se instalar, detendo a vaga de horror e de perplexidade. Olhei para Angie e vi que o mesmo estava ocorrendo com ela. Os tremores cessaram, e ela estava perfeitamente imóvel. Não era um sentimento agradável, com certeza era prejudicial a longo prazo, mas na ocasião era absolutamente necessário.

Angie levantou a cabeça, os olhos vermelhos mas secos. Ela apontou o dossiê. "Aconteça o que acontecer, a gente acaba com eles."

Balancei a cabeça. "Não vai ser fácil chegar até eles."

Ela deu de ombros e se encostou na pia batismal. "Ora, bem", disse.

Peguei uma foto da pasta — uma que mostrava o ato, o menino, Socia e o corpo de Paulson, mas não sua cabeça. Socia talvez ficasse para Devin, mas Paulson era meu. Levei a pasta com as demais fotos a um dos confessionários do fundo, passei pela pesada divisória bordô e me agachei. Usei o canivete para levantar uma laje de mármore que já estava solta à época em que eu era coroinha. Levantei-a e coloquei a pasta sob ela, no buraco de sessenta centímetros. Angie estava atrás de mim, e estendi a mão. Ela colocou seu 38 e eu o nove milímetros; depois tapei o buraco. A laje se encaixava perfeitamente, sem nenhuma falha visível, e me dei conta de que eu abraçara um dos princípios da grande tradição do catolicismo: a dissimulação.

Saí do confessionário e fomos andando pela nave central. Na porta, Angie mergulhou a mão na água benta e se benzeu. Pensei sobre aquilo e disse para mim mesmo que naquele caso eu iria precisar de toda a ajuda que pudesse conseguir, mas há algo que detesto mais do que os hipócritas: os falsos devotos. Abrimos as pesadas portas de carvalho e saímos num sol de fim de tarde.

Devin e Oscar estavam estacionados diante da igreja, debruçados sobre o capô do Camaro de Devin, tendo à frente farta provisão de comida do McDonald's. Nem um nem outro voltou a cabeça, e Devin disse com a boca cheia de Big Mac: "Você tem o direito de permanecer calado. Tudo o que disser pode ser usado contra você. Passe-me as batatas fritas, companheiro. Você tem direito a um advogado...".

A manhã do dia seguinte já ia bem avançada quando eles nos largaram.

Era evidente que Devin e Oscar estavam sofrendo grande pressão. Os ajustes de contas na área da bandidagem, em Roxbury ou em Mattapan, são uma coisa, mas quando extravasam dos guetos e erguem sua cabeça horrível no coração da cidade, quando o Senhor e a Senhora América, cidadãos comuns, são obrigados a mergulhar sobre suas malas Louis Vuitton para evitar levar tiros, temos um problema. Fomos algemados. Fomos autuados. Devin tomou a foto de mim, sem uma palavra, antes de chegarmos à delegacia. Depois eles nos tiraram todas as outras coisas.

Tomei lugar numa fila de suspeitos com quatro policiais que não se pareciam em nada comigo, e tive que olhar uma luz branca. Atrás dela, ouvi um policial dizer: "Não há pressa. Olhe com atenção", ao que respondeu uma voz feminina: "Eu não vi muito bem. Eu só vi o negro alto".

Felizmente para mim. Quando há um tiroteio, as pessoas normalmente vêem o negro.

Angie e eu ficamos juntos novamente quando eles nos sentaram ao lado de um bêbado sujo chamado Terrance. Terrance fedia feito um gambá, mas não parecia se importar com isso. Ele teve o maior prazer em me explicar, enquanto escovava os dentes com o indicador, por que o mundo estava tão descontrolado. Urano. As pessoas verdes que habitam esse planeta não têm tecnologia moderna para construir cidades modernas; Terrance nos contou que eles sabem construir casas de fazenda de dar água na boca, mas arranha-céus estavam fora de seu alcance. "Mas eles querem muito ter arranha-céus, está entendendo?" Agora que construímos todos esses, os uranianos estavam dispostos a invadir. Eles mijam na chuva, enchendo a nossa água com uma droga que leva à violência. Dentro de dez anos, segredou-nos Terrance, todos teremos matado uns aos outros, e as cidades serão deles. E haverá uma grande festa verde na Sears Tower.

Perguntei a Terrance onde ele estaria àquela altura, e Angie me deu uma cotovelada nas costelas por tê-lo estimulado.

Terrance parou de escovar os dentes por um instante e olhou para mim. "Estarei de volta a Urano, naturalmente." Ele se inclinou para mim e eu quase desmaiei por causa do cheiro. "Sou um deles."

"Claro que sim", respondi.

Eles vieram alguns minutos depois, pegaram Terrance e o levaram a sua espaçonave ou a uma reunião secreta com o governo. E nos deixaram no mesmo lugar. Devin e Oscar passaram por nós algumas vezes sem nos lançar ao menos um olhar. Muitos outros policiais faziam o mesmo, sem falar em algumas putas, um exército de caucionários, um punhado de advogados carregando incômodas pastas e com aqueles rostos magros de quem não tem tempo para comer.

Quando a noite chegou e a escuridão se tornou espessa, um bando de homens de expressão dura, de constituição semelhante à de Devin — fortes e atarracados —, dirigiu-se aos elevadores, com volumosos coletes de teflon sob casacos de frio, empunhando M-16. A brigada antigangue. Seguraram o elevador até Devin e Oscar entrarem, depois se foram em dois carros.

Eles não nos ofereceram a possibilidade de dar um telefonema. Deviam ter feito isso antes de sermos interrogados ou durante os primeiros minutos do interrogatório. Se eu cobrasse isso, alguém responderia: "Como? Ninguém disse a vocês que poderiam dar um telefonema? Puxa. Todas as nossas linhas deviam estar ocupadas".

Um rapaz com uniforme azul de patrulheiro nos trouxe um pouco de café morno de uma máquina. O policial mais velho que colhera nossas impressões digitais estava de pé atrás de um birô, à nossa frente. Ele carimbava uma pilha de documentos, atendia ao telefone o tempo todo, e se ele se lembrava da nossa existência, sabia dissimular muito bem. A certa altura, quando me levantei para me espreguiçar, ele deu uma olhadinha na minha direção e, pelo canto do olho, vi um policial aparecer do lado esquerdo do corredor. Tomei um gole de água do bebedouro, o que não é nada fácil quando se está algemado, e me sentei novamente.

"Eles não vão nos dizer nada sobre Bubba, vão?", perguntou Angie.

Balancei a cabeça. "Se perguntarmos por ele, nos colocamos na cena do crime. Se nos falarem sem que tenhamos perguntado, eles perdem tudo e não ganham nada."

"Era isso que eu estava imaginando."

Angie cochilou por alguns instantes, a cabeça em meu ombro, os joelhos próximos do peito. Com certeza o peso de seu corpo terminaria por me dar câibras, se ainda me tivesse restado algum músculo que já não estivesse contraído; depois de nove ou dez horas naquele banco, o simples ato de espreguiçar me teria sido orgástico.

Eles haviam me tirado o relógio, mas o azul mais escuro da noite começara a dar lugar ao falso albor da madrugada quando Oscar e Devin voltaram. Imaginei que seriam umas cinco horas. Ao passar, Devin me disse: "Acompanhe-nos, Kenzie".

Levantamo-nos do banco com dificuldade e os seguimos atabalhoadamente pelo corredor. Minhas pernas recusavam-se a se esticar, e a sensação que eu tinha é de que havia engolido um martelo. Eles nos levaram à mesma sala de interrogatório em que nos encontráramos havia cerca de vinte horas, e fecharam a porta na minha cara enquanto eu me aproximava. Abri a porta com as mãos algemadas, e atravessamos o vestíbulo em nossa imitação de Quasímodo.

"Vocês já ouviram falar na Liga dos Direitos do Cidadão?"

Devin jogou um walkie-talkie na mesa à sua frente. Em seguida, jogou um enorme molho de chaves, depois recostou-se na cadeira e olhou para nós. Seus olhos estavam esgazeados e vermelhos, mas vibravam com um entusiasmo obscuro, um entusiasmo de anfetaminas. Oscar tinha a mesma expressão. Com certeza eles já estavam quarenta e oito horas sem dormir. Um dia, quando tudo isto tivesse acabado, e os dois passassem seus domingos na poltrona vendo televisão, seus corações terminariam por se vingar e conseguiriam o que nenhum projétil conseguiu. E, a julgar pelo que sabíamos deles, os dois partiriam no mesmo dia.

Levantei as mãos. "Vocês vão tirar essas coisas?"

Devin olhou para os meus pulsos, depois para o meu rosto. Ele balançou a cabeça.

Angie se sentou. "Você é um escroto."

"Sou mesmo", disse Devin.

Sentei-me.

Oscar disse: "Caso vocês dois estejam interessados, esta noite eles subiram pras cabeças nessa guerra. Alguém jogou uma granada pela janela de um depósito de crack dos Saints, matando quase todos que estavam dentro, inclusive dois bebês; o mais velho tinha menos de nove meses. Ainda não se tem certeza, mas dois dos mortos eram estudantes brancos que tinham ido até lá comprar crack. Certamente isso foi o melhor que podia ter acontecido. Talvez agora alguém se preocupe."

"O que vocês fizeram com aquela fotografia?"

"Nós a arquivamos", disse Devin. "Socia já está sendo procurado para responder por sete mortes nas duas últimas noites. Se algum dia ele aparecer, essa foto será uma coisa a mais para o encurralar. O sujeito branco na foto, o que está em cima do menino: se alguém nos disser quem é, talvez possamos fazer alguma coisa."

"Se vocês me soltassem, talvez eu pudesse fazer alguma coisa que vocês não podem fazer."

"Por exemplo, um tiroteio numa outra estação ferroviária?", disse Devin.

"Você não ia ficar cinco minutos na rua, Kenzie", acrescentou Oscar.

"Por quê?", perguntou Angie.

"Porque Socia sabe que vocês têm provas contra ele. Provas concretas. Porque sua principal proteção está fora do baralho e todo mundo sabe disso. Porque sua vida não vale um tostão enquanto Socia estiver por aí."

"E qual é a principal acusação?"

"Acusação?"

"De que vocês estão nos acusando, Devin?"

"Acusação?", disse Oscar. Uma dupla de papagaios, esses dois.

"Devin."

"Senhor Kenzie, não tenho nenhuma acusação contra vocês. Meu colega e eu *pensávamos* que vocês haviam participado de uma ocorrência desagradável na South Station ontem à tarde. Mas como nenhuma testemunha confirmou sua presença lá, o que podemos fazer? A gente se ferrou. E pode acreditar que lamentamos muito."

"Tire-nos as algemas", disse Angie.

"Nós o faríamos se soubéssemos onde está a chave", disse Devin.

"Tire essas merdas destas algemas, Devin", ela repetiu.

"Oscar?"

Oscar revirou os bolsos.

"Oscar também não está com ela. Vamos ter que dar uma olhada."

Oscar se levantou. "Acho que vou dar uma olhada por aí para ver se localizo."

Ele saiu e continuamos ali, sob o olhar de Devin. E olhando para ele também. Ele disse: "Pensem em pedir custódia".

Balancei a cabeça.

"Patrick", disse ele num tom que minha mãe costumava usar. "Lá fora está um verdadeiro campo de batalha. Você não dura até o amanhecer. E você também não, Angie, se estiver com ele."

Ela se reclinou na cadeira e voltou o belo rosto cansado para mim. "Ninguém me entrega minhas armas e me manda fugir, ninguém", disse ela. Exatamente como James Coburn em *Sete homens e um destino*. Sua boca carnuda abriu-se de súbito, e o sorriso que me explodiu no peito era devastador. Acho que naquele momento entendi o que é o amor.

Olhamos para Devin.

Ele deu um suspiro. "Eu também vi esse filme. Coburn morre no final."

"Sempre há reprises", eu disse.

"Na rua não, na rua não há."

Oscar voltou. "Adivinhem o que eu tenho aqui", disse ele mostrando um pequeno chaveiro.

"Onde você as achou?", perguntou Devin.

Oscar as jogou na mesa, na minha frente. "No mesmo lugar em que as deixei. Engraçado como isso às vezes acontece, não é?"

Devin apontou para nós.

"Eles acham que são caubóis."

Oscar puxou sua cadeira e se deixou cair pesadamente.

"Então vamos enterrá-los com as botas nos pés."

26

Não podíamos ir para casa. Devin tinha razão. Eu havia jogado todas as minhas cartas e Socia não tinha nada a ganhar enquanto eu continuasse respirando.

Ficamos por ali mais umas duas horas, enquanto eles terminavam de preencher alguns documentos, depois eles saíram conosco por uma porta lateral e nos levaram ao hotel Lenox, alguns quarteirões abaixo.

Quando saímos do carro, Oscar olhou para Devin. "Seja caridoso. Diga a eles."

De pé na calçada, esperamos.

Devin disse: "Rogowski está com uma clavícula quebrada e perdeu rios de sangue, mas está fora de perigo".

Angie fraquejou por um instante, apoiando-se em mim.

Devin disse "Foi muito bom conhecer vocês", e arrancou.

O pessoal do hotel Lenox não pareceu nem um pouco contente em nos receber às oito da manhã, sem bagagem. Nossas roupas davam a impressão de que havíamos passado a noite inteira sentados num banco, e meu cabelo ainda estava salpicado de pedaços de mármore do tiroteio da South Station. Passei-lhes meu Visa Gold Card e eles pediram outros documentos de identificação. Enquanto o porteiro copiava o número da minha carteira de identidade num bloco de anotações, a recepcionista ligava para o número do meu Visa para pedir autorização. Existem certas pessoas que, por mais que a gente faça, nunca estão satisfeitas.

Depois que se convenceram de que eu era quem dizia que era e de que provavelmente o máximo que levaríamos dali seria uma toalha de banho e alguns lençóis, eles nos deram a chave de um quarto. Assinei meu nome e olhei para a recepcionista.

"A televisão de nosso quarto é embutida na parede ou pode ser levada embora?"

Ela me dirigiu um riso crispado, mas não respondeu.

O quarto era no oitavo andar, com vista para a Boylston Street. Não era uma vista ruim. Embaixo, não havia grande coisa — um Store 24, um Dunkin' Donuts —, mas, atrás, um belo conjunto de casas com fachadas de arenito pardo, algumas com terraços ajardinados verde-menta, e, mais além, o rio Charles, ondeante e sombrio uma faixa contra o céu pálido e cinzento.

O sol ia subindo devagar. Eu estava morto de cansaço, porém, mais que de dormir, eu precisava de uma ducha. Pena que Angie foi mais rápida do que eu. Sentei-me numa cadeira e liguei a televisão. Embutida na parede, naturalmente. O noticiário matinal estava apresentando uma matéria sobre a violência das gangues no dia anterior. O comentarista, um sujeito de ombros largos com uma franja que parecia ter sido afiada com uma navalha, quase tremia de indignação. A violência das gangues terminara por chegar às nossas portas e era preciso fazer alguma coisa, a qualquer custo.

É sempre assim: só quando ela chega "às nossas portas" é que a consideramos um problema. Quando ela fica dentro dos limites de nossos quintais, não aparece ninguém para denunciá-la.

Desliguei a televisão e troquei de lugar com Angie quando ela saiu do banheiro.

Quando terminei, ela estava dormindo, de bruços, uma mão ainda sobre o fone, que ela desligara, a outra sempre segurando a ponta da toalha. Pérolas de água brilhavam em seu dorso nu, acima da linha da toalha, as finas omoplatas se erguiam cada vez que ela respirava. Enxuguei-me e fui para a cama. Puxei os cobertores, que estavam presos sob Angie, e ela soltou um leve resmungo, erguendo a perna esquerda para junto do peito. Cobri-a com o lençol e apaguei a luz.

Eu estava do lado direito da cama, a alguns centímetros dela e em cima do lençol, e rezei para que ela não se virasse durante o sono. Se seu corpo tocasse o meu, eu temia dissolver-me nele. E naturalmente aquilo não me aborreceria.

Visto ser aquele o principal problema do momento, virei-me de lado, junto à parede, e esperei o sono.

Em algum momento, pouco antes de acordar, vi o menino das fotografias. O Herói o carregava ao longo de um corredor úmido, e ambos estavam envoltos no vapor de uma ducha. A água gotejava do teto a intervalos regulares. Gritei alguma coisa para o menino porque eu o conhecia. Eu o conhecia naquele corredor úmido, batendo as pernas sob o braço de meu pai. Ele parecia pequeno nos braços de meu pai, menor ainda porque estava nu. Chamei-o, e meu pai voltou-se para me olhar; por trás do capacete negro de bombeiro estava o rosto de Sterling Mulkern. Ele disse: "Se você tivesse metade dos colhões que seu pai tinha...", com a voz de Devin. O menino também se voltou, o rosto apontando do cotovelo de meu pai, com expressão de extremo tédio e indiferença, e senti minhas pernas fraquejarem quando me dei conta de que nada mais no mundo poderia chocá-lo ou amedrontá-lo.

Acordei com Angie ajoelhada em cima de mim, as mãos nos meus ombros. Ela estava dizendo "Está tudo bem, tudo bem", num leve sussurro.

Eu estava bem ciente de suas pernas nuas contra as minhas quando eu disse "O quê?".

"Está tudo bem", disse ela. "Foi só um sonho."

O quarto estava escuro feito breu, mas a luz explodia por trás da pesada cortina. "Que horas são?", perguntei.

Angie se levantou, ainda envolta na toalha, e foi até a janela. "Oito horas", disse. "Da noite." Ela abriu a cortina. "Do dia 4 de julho."

O céu era uma tela de cores explosivas. Branco, vermelho, azul, e mesmo laranja e amarelo. Um barulho de trovão estremeceu o quarto e uma chuva de estrelas azuis e brancas incendiou o céu. Uma estrela cadente vermelha subiu obliquamente e explodiu noutra chuva de estrelas, menores, que ensangüentou o azul e o branco. Os fogos de artifício chegaram ao seu clímax e cessaram de repente, as cores descendo em arco, numa cascata de brasas que se apagavam. Angie abriu as janelas e os Boston Pops atacaram a Quinta de Beethoven como se tivessem cercado toda a cidade com uma muralha de alto-falantes.

"Nós dormimos catorze horas?", perguntei.

Ela fez que sim. "Tiroteios e interrogatórios têm esse efeito, acho."

"Também acho."

Ela voltou para a cama, sentou-se num canto. "Puxa, Skid, quanto você tem um pesadelo, é um pesadelo mesmo."

Esfreguei o rosto com as mãos. "Desculpe-me, acordei você."

"Eu tinha que acordar mesmo. Por falar nisso, temos algum plano?"

"Temos que encontrar Paulson e Socia."

"Isso é um objetivo, não um plano."

"Precisamos de nossas armas."

"Sem dúvida."

"Com certeza não vai ser fácil tê-las de volta com todo esse povo do Socia por aí."

"Somos do tipo criativo."

Tomamos um táxi em direção ao nosso bairro, demos ao motorista um endereço a pouco menos de um quilômetro depois da igreja. No caminho não vi ninguém escondido na escuridão, mas não era para ver mesmo: é para isso que a escuridão existe, e é por isso que eles se escondem. Alguns meninos — de uns dez ou doze anos, no máximo — estavam jogando foguetes nos carros que passavam e atiravam bombas no meio da avenida. O carro que vinha atrás do nosso foi atingido no pára-brisa e freou, cantando os pneus. O motorista pulou para fora do carro, mas os meninos tinham desaparecido antes mesmo que ele chegasse à calçada, saltando as cercas como profissionais de corridas de obstáculos, perdendo-se em sua própria floresta de quintais.

Angie e eu pagamos a corrida e atravessamos o pátio da escola — a escola "dos conjuntos", como dizíamos quando crianças, porque só as crianças que moravam nos conjuntos habitacionais a freqüentavam. No fundo do pátio, formando um grupo um tanto disperso em volta da escada de incêndio, estavam uns vinte meninos, dos mais velhos do bairro, traçando umas cervejas, um rádio sintonizado na WBCN, alguns passando um baseado de mão em mão. Quando nos viram, um deles aumentou o volume do rádio ao máximo. "Whammer Jammer", da J. Geils Band. Por mim tudo bem. Eles já tinham percebido que não éramos policiais, e estavam decidindo até que ponto iriam nos amedrontar pela estupidez de termos invadido seu território.

Então alguns deles nos reconheceram quando passamos sob um poste de iluminação e pareceram muito decepcionados: como amedrontar pessoas que conhecem seus pais? Imediatamente reconheci seu líder, Colin. O filho de Bobby Shefton: bonito, ainda que tão notoriamente irlandês quanto uma epidemia de fome por falta de batatas; alto, de boa constituição, cabeleira loira amarelada, cortada muito curta em volta de um rosto traçado a cinzel. Estava com um BNBL verde e branco, camiseta sem manga e uma bermuda pregueada. Ele disse: "Quais as novidades, senhor Kenzie?".

Eles cumprimentaram Angie com um sinal de cabeça. Ninguém queria ficar muito íntimo de uma mulher cujo marido é de um ciúme legendário.

Eu disse: "Colin, o que vocês achariam de ganhar cinqüenta paus antes que a loja de bebidas feche?".

Seus olhos se iluminaram por um instante, antes que ele se lembrasse de que era um cara muito na dele. "Você vai e compra a muamba para nós?"

"Claro."

Eles debateram o assunto por mais ou menos um segundo e meio. "Tudo bem. O que você quer?"

"Esta história envolve pessoas que podem estar armadas."

Colin deu de ombros. "Atualmente os negros já não são os únicos a usar armas, senhor Kenzie." Ele puxou a sua de sob a camiseta. Dois ou três outros garotos fizeram o mesmo. "Desde que eles tentaram tomar a quadra de jogos Ryan, há dois meses, fizemos um pequeno estoque." Por um instante me vi novamente menino, na escada de incêndio: os bons velhos tempos das barras de ferro e dos bastões de beisebol. Quando o canivete automático era raro. Mas agora a aposta ia ficando cada vez mais alta e, naturalmente, todo mundo queria dobrar a parada.

Meu plano era pedir que eles fossem em grupo cerrado em nossa volta até a igreja. Com bonés, no escuro, poderíamos passar por garotos, e quando o pessoal de Socia descobrisse o truque, já estaríamos na igreja com nossas armas. De cara, já não era lá um grande plano. Então me dei conta de que o mais importante me escapara, por causa de meu próprio racismo. Se os garotos negros tinham armas, os garotos brancos — nem é preciso dizer — com certeza também tinham.

Eu disse: "Sabe de uma coisa? Mudei de idéia. Vou lhe dar cem paus e mais a birita por três coisas".

"Pode falar", disse Colin.

"Vocês nos alugam dois de seus revólveres." Joguei para ele as chaves do carro. "E vão pegar meu carro, que está na frente da minha casa."

"São duas coisas."

"Três", disse eu. "Dois revólveres e um carro. O que é que andam ensinando a vocês, garotos, nas escolas?"

Um dos garotos sorriu. "Ir à escola ajuda."

Colin disse: "Você só quer alugar os revólveres? Vocês vão devolver mesmo?".

"É provável. Se não, nós lhe daremos dinheiro para comprar outros dois."

Colin se levantou e me deu o seu revólver, a coronha voltada para mim. Um 357 com o cano arranhado, mas bem azeitado. Bateu no ombro de um companheiro e este passou seu revólver a Angie. Um 38, o preferido dela. Ele olhou para o companheiro. "Vamos pegar o carro do senhor Kenzie."

Enquanto eles iam buscar o carro, atravessamos a rua, entramos numa loja de bebidas e pedimos a encomenda deles — cinco caixas de Budweiser, dois litros de vodca, um pouco de suco de laranja, um pouco de gim. Atravessamos a rua trazendo a bebida e, mal acabamos de entregá-la aos garotos, o Vomonstro entrou em disparada pela avenida e parou cantando os pneus a poucos metros da calçada. Colin e o companheiro tinham saído do carro antes de ele parar. "Se manda, senhor Kenzie, eles estão vindo aí."

Precipitamo-nos no carro e arrancamos no exato momento em que os faróis surgiam atrás de nós, grandes e perversos. Havia dois jogos de faróis, e eles estavam bem atrás de nós, três silhuetas em cada carro. Começaram a atirar meio quarteirão depois da escola, as balas penetrando no Vomonstro. Cortei pela contramão, passei por cima da ilha, chegando à Edward Everett Square. Dobrei à direita, em alta velocidade, numa esquina onde havia um bar, entrando numa ruazinha mais que atravancada, com carros parados dos dois lados, e pisando fundo no acelerador. Pelo retrovisor, vi o primeiro carro fazer um rodopio na esquina, voltando em seguida à posição certa. O segundo não resistiu à curva. Chocou-se contra um Dodge e o eixo dianteiro se partiu em dois. O pára-choque raspou no asfalto e se vergou sobre sua armação de metal.

O primeiro carro ainda continuava atirando, e eu e Angie abaixávamos a cabeça sem saber ao certo que explosões vinham das armas e que explosões eram dos fogos de artifício que cruzavam os céus Não podíamos continuar assim de modo algum. Um Yugo podia tranqüilamente ultrapassar o Vomonstro, e as ruas eram cada vez mais estreitas, com menos proteção e mais carros estacionados.

Entramos em Roxbury, e meu vidro traseiro implodiu. Recebi tantos estilhaços de vidro na nuca que por um instante pensei ter sido atingido por uma bala, e Angie estava com um ferimento na testa de onde escorria um fio de sangue que lhe regava a face esquerda. "Você está bem?", perguntei.

Ela fez que sim, assustada, mas também furiosa. "Que eles se fodam!", disse ela; em seguida se voltou no banco e apontou o 38 através do espaço vazio onde antes havia o vidro. Meu ouvido explodiu quando ela mandou dois balaços com mão firme.

Angie tem uma puta pontaria. O pára-brisa do carro se trincou em duas grandes teias de aranha. O motorista girou o volante e eles bateram numa perua branca e caíram de lado na rua.

Não parei para ver o estado em que ficaram. O Vomonstro entrou num trecho de rua malpavimentada, e nossas cabeças bateram no teto do carro. Entrei à direita, pegando uma rua que era só um pouco melhor. Alguém gritou alguma coisa quando passamos, e uma garrafa veio se espatifar no porta-malas.

O lado esquerdo da rua era tomado por um grande terreno baldio, com imensas moitas de mato amarelado sobre montes de pedra e de entulho. À nossa direita, casas que já deviam estar condenadas há meio século vergavam sob o peso da pobreza e da falta de manutenção, enquanto não chegava o dia em que desabariam umas sobre as outras como peças de dominó. Então, o lado direito da rua ficaria igual ao esquerdo. Havia muitas pessoas nas portas das casas e elas pareciam não estar gostando nada de ver dois brancos montados num monte de lama ambulante, descendo a rua delas a mil. Outras garrafas bateram no carro, e uma bomba grande, com pavio, explodiu à nossa frente.

Fui até o fim da rua, e, quando vi o outro carro aparecer um quarteirão atrás, entrei à esquerda. A rua era ainda pior, uma vereda triste e esquecida que avançava através do mato escuro, por entre ruínas de casas abandonadas. Havia algumas crianças junto a uma lata de lixo fumegante, jogando bombas dentro dela, e mais adiante dois bêbados disputavam o último gole de vinho barato. Um pouco mais além, os imóveis condenados erguiam seus muros prestes a desabar, as janelas negras sem vidraças, queimadas aqui e ali por algum incêndio já esquecido.

"Oh, meu Deus, Patrick!", exclamou Angie.

Era uma rua sem saída; ela terminava vinte metros adiante. Uma forte divisória de cimento e anos de mato e entulho barravam nosso caminho. Olhei para trás enquanto começava a apertar os freios e vi o carro dobrando a esquina e vindo em nossa direção. Os garotos se afastaram do latão, pressentindo a batalha e saindo da linha de fogo. Apoiei todo o peso do corpo no pedal do freio, e o Vomonstro respondeu com um belicoso "Vá se foder". Houve um estalo de metal contra metal, e se eu estivesse no carro dos Flintstones não haveria diferença. Ele até pareceu tomar um último impulso pouco antes de se chocar contra a barreira.

Minha cabeça bateu no painel do carro e um gosto metálico entrou na minha boca sob a força do impacto. Angie estava um pouco mais preparada. Ela foi projetada para a frente, mas o cinto de segurança a reteve.

Mal olhamos um para o outro antes de pular para fora do carro. Pulei por cima do capô enquanto atrás de nós os freios cantavam no cimento esburacado. Angie estava correndo a toda velocidade, como um atleta olímpico, por entre o mato e o entulho, o peito projetado para a frente, a cabeça inclinada para trás. Na hora em que larguei, ela estava uns dez metros à minha frente. Eles atiravam do carro, e as balas arrancavam estilhaços do chão perto de mim, e o que restava da terra nua explodia e voava em meio ao lixo.

Angie conseguira chegar à primeira casa. Ela olhava para mim fazendo sinal para que eu fosse mais rápido, o revólver apontado para o lado em que eu estava, esticando o pescoço para mirar bem. Não gostei nada da expressão de seus olhos. Notei então um foco de luz dançando na minha frente, iluminando o imóvel, com uma zona de sombra no ponto em que meu corpo o interceptava. Eles nos perseguiram até ali de carro. Exatamente o que eu temia. Em algum lugar em meio a todo aquele mato e entulho, existia um pavimento antes que todo o conjunto fosse condenado. E eles acharam um.

Uma saraivada de balas atingiu um monte de tijolos quebrados quando pulei sobre ele e cheguei à primeira casa. Angie se voltou quando passei pela soleira, e corremos para dentro de um edifício que não tinha a parede de trás. Ela desabara havia algum tempo e estávamos tão desprotegidos como antes.

O carro chegou ao meio do edifício, passando por cima de uma velha porta de metal à nossa frente. Apontei minha arma porque não havia lugar onde pudesse me esconder. O passageiro da frente e o sujeito do banco de trás apontavam armas negras pelas janelas. Atirei duas vezes, furando a porta da frente antes que suas armas começassem soltar línguas de fogo. Angie se jogou à esquerda, caindo atrás de uma banheira virada. Saltei no ar, sem nada que me protegesse, e já estava quase no chão quando uma bala atingiu meu bíceps esquerdo, fazendo-me girar bruscamente, ainda no ar. Caí no chão e atirei novamente, porém o carro saíra pelo outro lado e estava manobrando para atacar novamente.

"Venha", disse-me Angie

Levantei-me e vi para onde ela estava correndo. Vinte metros adiante havia duas torres de edifício, intactas ao que parecia, próximas uma da outra. Entre elas via-se um corredor azul-escuro. No fundo, um poste de iluminação projetava um halo amarelo-pálido, e era estreito demais para um carro. Silhuetas de estruturas metálicas disformes desenhavam-se em sombras escuras entre as duas torres.

Corri pelo terreno vazio, ouvindo o motor que vinha pela minha esquerda e sentindo o sangue escorrer pelo meu braço feito sopa quente. Eu fora baleado. Baleado. Revi a expressão que tinham no momento em que atiraram, e ouvi uma voz que logo percebi ser a minha, repetindo incansavelmente a mesma coisa: "Negros desgraçados, negros desgraçados".

Chegamos ao corredor. Olhei para trás. Alguma coisa no cascalho fizera o carro parar; no entanto, visto como eles sacolejavam o carro de dentro, achei que não ficariam muito tempo parados.

"Continue", disse eu.

"Por quê?", perguntou Angie. "A gente pode acertar os caras quando eles entrarem."

"Quantas balas sobraram?"

"Não sei."

"Pois então. A gente corre o risco de ficar sem balas tentando acertá-los." Escalei um contêiner de lixo virado. "Confie em mim."

Quando chegamos ao fim do corredor, olhei para trás e vi os faróis descrevendo um círculo para a esquerda, movendo-se novamente e vindo em nossa direção. A rua no fim do corredor era pavimentada com pedras de um amarelo desbotado. Entramos, ouvindo o motor do carro rugindo mais perto. O poste com a luz amarela era o único para os dois quarteirões. Angie verificou seu revólver.

"Tenho quatro balas."

Eu tinha três. Ela atira melhor do que eu. "A luz do poste", disse eu.

Ela atirou uma vez e recuou quando os cacos de vidro choveram sobre a rua. Atravessei a rua correndo e me enfiei numa grande touceira de mato acastanhado. Angie se encolheu por trás de um carro incendiado bem em frente ao lugar em que eu estava. Seus olhos perscrutavam a rua por trás do capô enegrecido, olhavam para mim, nossas cabeças inclinadas para a frente, e a adrenalina produzia em nós a energia de uma fissão.

O carro dobrou a esquina, precipitando-se em nossa direção sobre o pavimento esburacado, e o motorista estava com a cabeça para fora, tentando nos localizar. Ao aproximar-se, diminuiu a velocidade, procurando entender aonde fôramos parar. O passageiro com a espingarda virou a cabeça para a direita, olhou para o carro incendiado, não viu nada. Ele se voltou e começou a dizer alguma coisa ao motorista.

Angie se levantou, apontou por sobre o capô enegrecido e lhe mandou dois balaços na cara. Sua cabeça tombou para um lado, bateu no ombro, e o motorista olhou para ele por um instante. Quando se voltou novamente, eu corria em direção a sua janela, revólver em punho. Ele disse "Espere!" pela janela aberta, e seus olhos surgiram, imensos e brancos, um segundo antes de eu apertar o gatilho e acertar a sua cabeça.

O carro guinou para a esquerda, acertou um velho carrinho de compras, subiu na calçada, chocando-se em seguida com um poste telefônico de madeira, quebrando-o a uma altura de dois metros do solo. O sujeito que estava no banco de trás arrebentara o vidro da janela com a cabeça. O poste telefônico oscilou por um instante na perfumada brisa estival, depois caiu para a frente e esmagou o lado do motorista.

Aproximamo-nos lentamente, revólveres apontados para o buraco no vidro de trás. Estávamos a menos de um metro de distância, lado a lado, quando a porta do carro se abriu, rangendo e raspando na calçada. Respirei fundo e esperei por um segundo que aparecesse uma cabeça. Ela apareceu, seguida de um corpo que caiu sobre o pavimento, coberto de sangue e de vidro.

Ele estava vivo. Seu braço esquerdo estava dobrado para trás numa posição impossível e faltava-lhe um bom pedaço de pele na testa, mas ainda assim ele tentava se arrastar. Ele avançara um metro antes de cair de costas, a respiração ofegante.

Roland.

Ele cuspiu sangue na calçada e abriu um olho para olhar para mim. O outro já começava a inchar, sob uma máscara de sangue. Ele disse: "Vou matar você".

Balancei a cabeça.

Ele conseguiu erguer-se um pouco, apoiando-se no braço são. "Vou matar você. A piranha também."

Angie chutou-lhe as costelas.

Apesar de toda a dor que estava sentindo, voltou a cabeça para ela e lhe sorriu. "Desculpe-me."

"Roland", disse eu. "Você está enganado. Os inimigos não somos nós. O inimigo é Socia."

"Socia morreu", ele disse, e vi que alguns dos seus dentes estavam quebrados. "Só que ele ainda não sabe. A maioria dos Saints está passando para o meu lado. Qualquer dia desses acabo com Socia. Ele perdeu a guerra. Agora é só uma questão de escolher o caixão."

Ele conseguiu abrir os dois olhos, só por um instante, e então entendi por que queria me ver morto.

Ele era o garoto da fotografia.

"Você é o..."

Ele rugiu, o sangue jorrando de sua boca, e tentou pular em cima de mim, quando nem podia erguer-se do chão. Ele me chutou e bateu o punho no chão, fazendo com que cacos de vidro lhe penetrassem ainda na pele e nos ossos. Seu uivo ficou ainda mais forte.

"Vou acabar com você", gritou ele. "Vou acabar com você."

Angie olhou para mim. "Se o deixarmos vivo, ambos vamos morrer."

Pensei um pouco. Bastava um tiro. Aqui, no extremo limite do deserto urbano, sem ninguém por perto para fazer perguntas. Um tiro, e não havia mais que temer nenhum Roland. Uma vez chegados a um acordo com Socia, voltaríamos à nossa vida normal. Olhei para Roland, que arqueava as costas e se sacudia, tentando levantar-se, um peixe ensangüentado numa folha de jornal. Seu simples esforço já inspirava pavor. Roland parecia já não sentir medo nem dor, apenas sua *pulsão*. Olhei-o fixamente, refletindo sobre aquilo, e em algum ponto daquela massa de ódio vi o menino nu, de olhos mortiços.

"Ele já está morto", disse eu.

Angie estava ao seu lado, de pé, a arma apontada e engatilhada. Roland a fitou, e ela sustentou seu olhar, impassível. Mas ela também não tinha coragem de fazê-lo, e sabia que ficar parada ali não iria mudar nada. Deu de ombros e disse "Tenha um bom dia", e fomos andando até o bulevar Melnea Cass, quatro ruas mais a oeste, que brilhava como a própria civilização.

27

Fizemos sinal para um ônibus e entramos. Os passageiros eram todos negros e quando nos viram — ensangüentados, roupas rasgadas — a maioria deles usou aquilo como pretexto para ir para o fundo do ônibus. O motorista fechou a porta com um leve ruído e o ônibus seguiu viagem.

Sentamo-nos na parte da frente, e olhei para as pessoas que estavam no ônibus. Quase todos eram idosos; dois pareciam ser estudantes, e um casal jovem estava com o filhinho entre eles. Olhavam para nós com medo, desagrado e um pouco de ódio. Tive uma idéia de como deveria ser um jovem casal de negros em roupas comuns entrando num vagão de metrô em Southie ou no Dorchester Branco. Não devia ser muito agradável.

Reclinei-me e fiquei olhando pela janela os fogos de artifício no céu negro. Eram agora menos espetaculares, menos coloridos. Ouvi o eco das palavras que pronunciei quando estava sendo perseguido por um carro cheio de assassinos que faziam meu corpo de alvo, e meu ódio e meu medo se cristalizaram na cor da pele. "Negros desgraçados", eu repetira sem cessar. Fechei os olhos e, na escuridão, eles percebiam vagamente as explosões luminosas no céu.

Dia da Independência.

O ônibus nos deixou na esquina da Mass. Avenue com a Columbia. Acompanhei Angie até sua casa e, quando chegamos à porta, ela bateu em meu ombro. "Você vai fazer um exame, não é?"

Quando examinei o ferimento no ônibus, vi que, apesar de toda a dor, a bala apenas passara de raspão, cortando minha pele como uma faca afiada. Aquilo não oferecia nenhum risco. Não era nada mortal. Ia ser preciso limpar, ia doer como o diabo, mas por enquanto não valia a pena ir fazer um belo curativo num pronto-socorro cheio de gente. "Amanhã", respondi.

A cortina da sala se abriu ligeiramente: Phil, achando que ele é que era o detetive. "É melhor você entrar."

A perspectiva não parecia ser muito agradável para ela. "Sim, acho que é melhor."

Olhei para o sangue em seu rosto, o corte em sua testa. "É bom limpar isso também", disse. "Você está parecendo um figurante de *A noite dos mortos-vivos.*"

"Você sempre tem a palavra certa na hora certa", ela disse dirigindo-se para a casa. Ela viu a cortina entreaberta e se voltou para mim com o cenho franzido. Olhou para mim por quase um minuto, os olhos grandes e um pouco tristes. "Ele já foi um cara legal. Lembra?"

Fiz que sim, porque me lembrava. Phil já fora um grande sujeito. Antes de chegarem as contas e de os empregos irem embora, e de a palavra "futuro" se transformar numa piada, a ser aplicada a algo que ele nunca haveria de ter. Phil não fora sempre o Bundão. Ele se tornara.

"Boa noite", falei.

Ela passou pela soleira e entrou.

Fui para a avenida e me dirigi à igreja. Parei na loja de bebidas e comprei meia dúzia de cervejas. O balconista olhou para mim como se achasse que eu estava à beira da morte; pouco mais de uma hora antes — hora que agora me parecia uma eternidade — eu comprara bebida o bastante para começar meu próprio negócio, e voltara para pegar mais. "Sabe como é", disse eu. "4 de Julho."

O cara olhou para mim, olhou para meu braço ensangüentado e meu rosto sujo. "É? Diga isso para o seu fígado."

Tomei uma cerveja enquanto ia andando na avenida, pensando em Roland e em Socia, em Angie e em Phil, no Herói e em mim. Danças do medo. Relacionamentos forjados no inferno. Eu servira de saco de pancadas para o meu pai durante dezoito anos e nunca revidara. Continuei acreditando, continuei repetindo para mim mesmo que aquilo iria mudar; ele vai melhorar. É duro fechar a porta da esperança quando se ama alguém.

Angie e Phil eram a mesma coisa. Ela o conhecera quando ele era o cara mais bonito do bairro, um sujeito que sabia encantar, um líder nato que contava as piadas mais engraçadas e as histórias mais interessantes. Ele era o ídolo de todo mundo. Um grande sujeito. Ela ainda o via assim, rezava para que assim fosse, esperava contra toda a esperança — sem embargo da forma cínica como ela encarava o resto do mundo —, pois às vezes as pessoas mudam para melhor. Phil tinha que ser uma dessas pessoas, senão... que sentido teriam as coisas?

E havia também Roland, que absorvia toda a raiva, toda a fealdade e depravação que tinham jogado sobre ele desde sua infância e as mandava de volta contra o mundo. Movendo uma guerra contra o próprio pai e dizendo a si mesmo que, uma vez acabada, ele teria paz. Mas ele nunca a teria. As coisas nunca acontecem desse jeito. Uma vez que a fealdade foi instilada em você, ela se torna parte de seu sangue e volta ao seu coração incessantemente, conspurcando tudo na passagem. A fealdade nunca vai embora, independentemente do que você faça. Quem achar o contrário é um tolo. O máximo que se pode fazer é controlá-la, é encerrá-la numa bolinha, num cantinho, mantendo-a ali, um peso constante.

Cheguei ao campanário — sempre menos perigoso que meu apartamento — e entrei. Sentei à minha mesa, bebi a minha cerveja. O céu agora estava vazio, as comemorações tinham acabado. Logo o dia 4 seria 5, e a migração de volta de Cape e de Vineyard provavelmente já começara. O dia seguinte ao de um feriado é como o dia seguinte ao do seu aniversário — tudo parece antigo, como cobre azinhavrado.

Apoiei os pés na mesa e me reclinei na cadeira. Meu braço ainda queimava; estiquei-o na minha frente e joguei meia cerveja nele. Anestesia caseira. O corte era largo mas raso. Dentro de alguns meses a cicatriz iria passar de vermelho-fosco a branco-fosco. Mal poderia ser notada.

Levantei a camisa, olhei para a água-viva do meu abdome, a cicatriz que nunca iria desaparecer, que nunca seria confundida com algo inofensivo, com algo que não o que de fato era: uma marca de violência e de indiferença perversa, uma marca do tipo que se põe no gado. O legado do Herói, o selo que deixou no mundo, sua tentativa de conquistar a imortalidade. Enquanto eu vivesse, carregando esta água-viva sobre o estômago, ele também viveria.

Quando eu era criança, o medo que meu pai sentia do fogo se desenvolvia na mesma medida de seu sucesso em combatê-lo. Quando atingiu o grau de tenente, ele tinha transformado nosso apartamento numa fortaleza contra o fogo. Em nossa geladeira havia não uma, mas três caixas de bicarbonato de sódio. Havia mais duas no armário da pia, uma acima do fogão. Não havia cobertores elétricos na casa de meu pai, nem aparelhos defeituosos. A torradeira sofria uma revisão técnica duas vezes por ano. Todos os relógios eram mecânicos. Os fios elétricos eram examinados duas vezes por mês para localizar eventuais falhas na cobertura; os bocais das lâmpadas eram checados a cada seis semanas. À época em que eu tinha dez anos, meu pai costumava tirar todos os plugues das tomadas para diminuir as correntes elétricas maléficas.

Quando eu tinha onze anos, certa vez, tarde da noite, dei com meu pai sentado à mesa da cozinha, observando uma vela que colocara diante de si. Mantinha a mão erguida acima da chama, acariciando-a de quando em quando, os olhos negros fitos nos halos azuis e amarelos como se eles pudessem lhe dizer alguma coisa. Quando ele me viu, seus olhos se abriram, ele corou e me disse: "Ele pode ser controlado, ele pode", e fiquei estupefato em ouvir uma leve inflexão de dúvida no timbre grave de sua voz.

Como meu pai era da equipe das quinze horas e minha mãe trabalhava à noite como caixa da Stop and Shop, minha irmã Erin e eu éramos crianças que ficávamos trancadas em casa, sozinhas, muito antes que a discussão desse tema entrasse em voga. Certa noite, tentamos fritar um salmonete com temperos, um prato que havíamos experimentado numa excursão a Cape Cod no ano anterior.

Colocamos na frigideira todos os temperos que encontramos, e em poucos minutos a cozinha estava cheia de fumaça. Abri as janelas enquanto minha irmã abria as portas da frente e de trás. Quando nos lembramos do que produzira tanta fumaça, a frigideira estava em chamas.

Cheguei ao fogão no exato momento em que as primeiras chamas azuis alcançaram uma cortina branca. Lembrei-me do medo na voz de meu pai. "Ele pode ser controlado." Erin tirou a frigideira do fogo e o óleo castanho espirrou em seu braço. Ela deixou a frigideira cair, e seu conteúdo espalhou-se por cima do fogão como napalm.

Pensei na reação de meu pai quando descobrisse que havíamos permitido que *ele* entrasse em sua casa, no aborrecimento que isso lhe causaria, e na raiva em que esse aborrecimento iria se transformar, raiva que espessaria o sangue em suas mãos fazendo com que estas se fechassem e se voltassem contra mim.

Entrei em pânico.

Com seis pacotes de bicarbonato à mão, peguei o primeiro líquido que vi em cima da geladeira, e joguei um quarto de litro de vodca oitenta graus no meio das chamas.

Um décimo de segundo depois, me dei conta do que iria acontecer e puxei minha irmã pouco antes que a metade superior da cozinha explodisse. Deitados no chão, olhamos apavorados o papel de parede de cima do fogão soltar-se, a nuvem azul, amarela, preta e vermelha que se espessava no teto, enquanto centenas de pirilampos apareciam do lado da geladeira.

Minha irmã foi rolando pelo chão e pegou o extintor de incêndio do corredor. Peguei o extintor da copa e, ao contrário do que acontecera nos últimos cinco minutos, agindo como filhos de um ilustre bombeiro, colocamo-nos no meio da cozinha e lançamos o jato sobre o fogão, a parede, o teto, a geladeira e a cortina. Num minuto, a espuma preta e branca cobria nossos corpos como cocô de passarinho.

Quando o fluxo de nossas glândulas supra-renais estancou e paramos de tremer, sentamos no meio da cozinha e pregamos os olhos na porta da frente, por onde meu pai entrava, todas as noites, às onze e trinta. Ficamos olhando até começarmos a chorar, e continuamos olhando até muito depois de termos esgotado as nossas lágrimas.

Quando minha mãe voltou do trabalho, já tínhamos arejado a casa, limpado todas as marcas escuras da geladeira e do fogão e jogado fora todas as tiras queimadas do papel de parede e do que restava da cortina. Mamãe olhou a marca da nuvem negra no teto, a parede queimada, depois se sentou à mesa da cozinha fitando alguma coisa na despensa, olhos vazios, por longos cinco minutos.

"Mamãe?", disse Erin.

Minha mãe piscou os olhos. Olhou para minha irmã, depois para mim, depois para a garrafa de vodca na pia. Inclinou a cabeça em direção à garrafa e olhou para nós. "Qual de vocês..."

Eu não conseguia falar, então apontei o dedo para meu peito.

Minha mãe entrou na despensa. Apesar de pequena e magra, ela andava como se fosse corpulenta, a passos lentos e pesados. Ela voltou com o ferro e a tábua de passar, colocou-os no meio da cozinha. Nos momentos de crise, minha mãe se aferrava à rotina, e era hora de passar a ferro os uniformes de meu pai. Ela abriu a janela e começou a recolher os uniformes do varal. De costas para nós, disse: "Vão para os seus quartos. Vou ver se consigo falar com seu pai".

Sentei-me no canto de minha cama, as mãos no colo, olhos fitos na porta. Deixei as lâmpadas apagadas e fiquei de olhos fechados no escuro, as mãos cruzadas e crispadas.

Quando meu pai chegou em casa, seu habitual giro pela cozinha — jogar a sacola na mesa, fazer tilintar cubos de gelo num copo, cair pesadamente na cadeira antes de colocar a bebida — foi mudo. O silêncio no apartamento naquela noite foi mais longo, mais pesado e mais aterrorizante que todos os que vivi desde então.

Minha mãe disse: "Um engano, só isso".

"Um engano", disse meu pai.

"Edgar", disse minha mãe.

"Um engano", repetiu meu pai.

"Ele tem onze anos. Ele entrou em pânico."

"Hum hum", fez meu pai.

Tudo o que aconteceu em seguida pareceu produzir-se naquela estranha compressão do tempo que as pessoas experimentam pouco antes de um acidente de carro ou de uma queda de uma escada — tudo se acelera e tudo fica mais lento. Toda uma vida passa, nos mínimos detalhes, no espaço de um segundo.

Minha mãe gritou "Não!" e eu ouvi a tábua de passar roupa cair sobre o linóleo da cozinha, depois o martelar dos passos do meu pai no soalho de madeira, vindo em direção ao meu quarto. Tentei manter os olhos fechados, mas quando ele abriu a porta com um pontapé, uma lasca de madeira feriu meu rosto, e a primeira coisa que vi foi o ferro de passar na mão de meu pai, sem o fio elétrico e sem o plugue. Ele meteu o joelho no meu ombro, jogando-me na cama. "Você está tão desesperado para saber como é, garoto?", disse ele.

Olhei para os seus olhos porque não queria olhar para o ferro, e o que vi naquelas pupilas sombrias era uma assustadora mistura de raiva e de medo, de ódio e selvageria e, sim, de amor, disso também, numa versão espúria.

E foi nisso que me fixei, foi a isso que me aferrei, a isso que dirigi minhas preces, quando meu pai levantou a minha camisa com violência até o esterno e pressionou o ferro na minha barriga.

Certa vez Angie disse: "Talvez amor seja isto... ficar contando os curativos até que alguém diz 'Basta'".

Talvez.

Sentado à minha mesa, fechei os olhos, sabendo que não conseguiria dormir com a adrenalina disputando corrida de *stock-car* no sangue, e quando acordei, uma hora depois, o telefone estava tocando.

"Patr...", foi o que consegui dizer antes que a voz de Angie irrompesse do outro lado da linha. "Patrick, venha até aqui. Por favor."

Peguei meu revólver. "Qual é o problema?"

"Acho que acabei de me divorciar."

28

Quando cheguei lá, havia uma radiopatrulha estacionada em fila dupla na frente da casa. Logo atrás, o Camaro de Devin. Ele estava no vestíbulo com Oscar, falando com outro policial, um garoto. Agora muitos policiais estão começando a me parecer garotos, pensei enquanto subia as escadas.

Eles estavam debruçados sobre uma massa amorfa de carne, junto do parapeito, à qual o jovem policial dava sais aromáticos. Era Phil, e a primeira coisa que me veio à cabeça foi "Meu Deus, ela o matou".

Devin olhou para mim e arqueou as sobrancelhas, um sorriso do tamanho do Kansas na cara. "Estamos aqui porque pedimos que toda comunicação para você ou para ela fosse passada para nós." Ele olhou para Phil, para as contusões que lhe cobriam o rosto como chagas. Olhou de novo para mim. "Que dia feliz, hein?"

Ela estava com uma camiseta branca e um short azul-cobalto desbotado. Havia uma bolha vermelha em seu lábio inferior, e o rímel lhe escorria pelo rosto. Os cabelos cobriam-lhe os olhos quando ela desceu com cuidado as escadas, de pés descalços. Então ela me viu e se precipitou na minha direção. Tomei-a nos braços, e seus dentes se cravaram no meu ombro. Ela chorava baixinho.

"O que é que você fez?", perguntei, tentando disfarçar o tom de alegre surpresa em minha voz, mas certamente sem muito sucesso.

Ela balançou a cabeça e se apertou contra mim.

Devin estava apoiado em Oscar, e eu nunca os vira tão felizes desde quando os dois pararam de pagar pensão alimentar — no mesmo dia.

"Quer saber o que ela fez?", perguntou Devin.

"Diga-lhe que tem que implorar", disse Oscar.

Devin enfiou a mão no bolso, rindo. Ele me pôs diante do nariz um pequeno cassetete elétrico. "Foi isso o que ela fez."

"Duas vezes", disse Oscar.

"Duas vezes!", repetiu Devin entusiasmado. "Ele teve muita sorte de não sofrer um puta dum infarto."

"Depois", disse Oscar, "ela lhe deu uma surra."

"Ela ficou possessa!", continuou Devin. "Possessa! Chutou-lhe a cabeça, as costelas, ela deu a surra do século. Olhe para ele!"

Nunca vi Devin tão entusiasmado.

Eu olhei. Phil estava começando a recuperar os sentidos, porém, ao experimentar toda aquela dor, tenho certeza de que teria preferido continuar desacordado. Seus olhos estavam completamente inchados. Os lábios, pretos. Ele tinha equimoses escuras em pelo menos setenta e cinco por cento do rosto. O que Curtis Moore havia feito comigo me fez parecer ter sofrido um acidente de carro, mas Phil parecia ter sofrido um acidente de avião.

A primeira coisa que ele disse quando recobrou os sentidos foi: "Vocês vão prendê-la, não é?".

"Claro, senhor, claro", disse Devin.

Angie desvencilhou-se de meus braços e olhou para ele.

"O senhor vai apresentar uma queixa?", perguntou Oscar. Phil apoiou-se no parapeito para levantar-se. Agarrou-se a este como se ele fosse fugir a qualquer momento. Principiou a dizer alguma coisa, depois se debruçou sobre o parapeito e vomitou no jardim.

"Bonito", disse Devin.

Oscar aproximou-se de Phil, pôs-lhe a mão nas costas enquanto este continuava com ânsias de vômito. Oscar falava com ele em voz baixa, como se não estivesse acontecendo nada de anormal, como se estivesse acostumado a conversar com pessoas enquanto elas vomitavam no gramado. "Sabe, pergunto ao senhor se deseja prestar queixa porque algumas pessoas não gostam de fazer isso neste tipo de situação."

Phil cuspiu algumas vezes no jardim, limpou a boca com a camisa. Sempre um cavalheiro. "O que você quer dizer com 'neste tipo de situação'?"

"Bem", respondeu Oscar. "Nesse tipo de situação."

Devin disse: "O tipo de situação em que um sujeito como você se deixa desmoralizar por uma mulher que pesa pouco mais de cinqüenta quilos, e isso estando molhada. O tipo de situação que dá assunto para muita conversa nos bares da redondeza. Sabe como é, o tipo de situação que faz um sujeito parecer um tremendo dum frouxo".

Tossi, cobrindo a boca com a mão.

"Não vai ser tão ruim assim", emendou Oscar. "O senhor vai ao tribunal e diz ao juiz que sua mulher gosta de bater no senhor de vez em quando, para mantê-lo na linha. Esse tipo de coisa. Não é o juiz quem vai procurar saber se o senhor usa saia, ou seja lá o que for." Ele lhe deu outro tapinha nas costas. Não tão forte que o pudesse jogar do outro lado da rua, mas quase isso. "Está se sentindo melhor agora?", perguntou ele.

Phil voltou a cabeça, olhou para Angie. "Piranha", ele falou.

Ninguém a conteve porque ninguém quis. Ela subiu as escadas em dois saltos enquanto Oscar se afastava, e Phil mal teve tempo de levantar o braço antes de tomar um tapa na cara. Então, Oscar se adiantou novamente e a segurou. "Phillip, eu *mato* você se chegar perto de mim novamente", disse Angie.

Phil levou a mão ao rosto, parecendo estar prestes a chorar. "Vocês viram isto", disse ele.

"Viram o quê?", perguntou Oscar.

Devin disse: "Eu levaria a sério o que a senhora disse, Phillip. Pelo que sei, ela tem um revólver e porte de arma. Nessas circunstâncias, é um milagre que você ainda esteja vivo".

Oscar soltou Angie e ela voltou para onde Devin e eu estávamos. Por um instante, tive a impressão de ter visto fumaça saindo de seus ouvidos. "Você vai prestar queixa ou não, Phillip?", perguntou Oscar.

Phil pensou por um instante. Ele pensou nos bares, onde não poderia mais pôr a cara. Todos os bares do bairro, sem dúvida. Pensou em todos os assovios e nas piadinhas de bicha que iriam segui-lo até o túmulo, e nos sutiãs e calcinhas que iriam aparecer regularmente em sua caixa de correio. "Não, não vou prestar queixa", ele respondeu.

Oscar deu um tapinha em seu rosto. "É muito viril de sua parte, Phillip."

O jovem policial saiu de dentro da casa com a mala de Angie e a colocou na frente dela.

"Obrigada", disse ela.

Ouvimos o som parecido com o de um gato bebendo um líquido com a língua e então vimos Phil com as mãos sobre o rosto, chorando.

Angie lhe lançou um olhar de desprezo tão fulminante e inapelável que a temperatura do ambiente deve ter baixado uns dez graus. Ela pegou sua mala e se encaminhou para o carro de Devin.

Oscar deu um tapinha no quadril de Phil, e seu rosto emergiu de entre as mãos. Ele olhou para o rosto grande de Oscar, e este lhe disse: "Se acontecer alguma coisa com ela enquanto eu e ele", Oscar apontou Devin, "estivermos vivos, qualquer coisa, está entendendo, como por exemplo se um raio cair na cabeça dela, se seu avião cair ou se ela quebrar uma unha, *qualquer coisa*, você vai ter que se haver conosco, Phillip. Está entendendo?".

Phil fez que sim com a cabeça; então as convulsões voltaram e ele começou a soluçar novamente. Bateu o punho contra o parapeito e conseguiu controlá-las, e seu olhar se encontrou com o meu.

"Bubba tem muitas saudades de você, Phil."

Ele começou a tremer.

Dei meia-volta e desci os degraus. Devin falou: "Ei, Phil, é duro quando chega a nossa vez, não é? Ou estou enganado?".

Phil se voltou e vomitou novamente. Fomos andando até o carro de Devin, e sentei no banco de trás com Angie. Na parte de trás, os Camaros têm espaço suficiente para acomodar anões confortavelmente, mas naquela noite eu não estava reclamando de nada. Devin desceu a rua, lançando olhares rápidos para Angie de quando em quando. "Cores e gosto não se discutem, não é?"

Oscar se voltou para Angie.

"Não dá para entender", disse ele. "Simplesmente não dá."

29

Devin disse: "Definitivamente, Socia perdeu a guerra. Ele ficou fora de circulação por dois dias e metade de seus rapazes passou para os Avengers. Ninguém esperava que Roland tivesse tamanha habilidade tática. Marion não passa desta semana. Sorte de vocês, hein?".

"É", respondi pensando que ainda havia Roland.

"Mas não para mim", disse ele. "Perdi cem paus na merda do bolão."

"Você devia ter apostado em Roland", disse Oscar.

"Agora você vem me dizer isso."

Eles nos deixaram no meu apartamento. "A cada quinze minutos vai passar uma patrulha por aqui. Podem ficar tranqüilos."

Dissemos boa-noite e nos dirigimos ao apartamento. Havia oito mensagens na secretária eletrônica, mas eu as ignorei. "Café ou cerveja?", perguntei.

"Café", disse Angie.

Pus um pouco de pó de café no coador e liguei o Mr. Coffee. Peguei uma cerveja na geladeira e voltei para a sala. Angie estava encolhida no canto do sofá, parecendo bem menor do que era. Sentei numa poltrona de frente para ela e esperei. Ela pôs um cinzeiro na coxa, acendeu um cigarro com a mão trêmula. E disse: "Que puta 4 de Julho, hein?".

"Um puta 4 de Julho", concordei.

"Eu não estava me sentindo muito bem quando cheguei em casa."

"Eu sei", respondi.

"Eu tinha acabado de matar uma pessoa, puxa vida." Suas mãos tremiam tanto que a cinza do cigarro caiu no sofá. Ela a recolheu no cinzeiro. "Então, cheguei em casa e lá estava ele, brigando comigo porque o carro ainda estava estacionado na South Station, porque eu não havia voltado para casa na noite passada, e me perguntando — não, afirmando — que eu estava trepando com você. E pensei comigo mesma, acabo de chegar, muito feliz por estar viva, com o rosto cheio de sangue, e ele não consegue dizer nada mais original do que 'Você estava trepando com Pat Kenzie?', meu Deus." Ela passou a mão na testa, afastou o cabelo do rosto e a manteve ali. "Então eu disse 'Sai dessa vida, Phillip!', ou alguma coisa do tipo; passei na frente dele e ele se saiu com esta: 'A única coisa com que você vai poder foder depois que eu fizer o serviço, queridinha, é com você mesma'." Ela deu uma tragada no cigarro. "Gentil, não? Daí ele agarrou o meu braço e eu enfiei a mão livre no bolso e lhe dei um choque com o cassetete elétrico. Ele caiu no chão, começou a se levantar e eu lhe dei um chute. Ele perdeu o equilíbrio, caiu de costas nos degraus da entrada. Aí lhe dei outro choque elétrico. E, enquanto eu o olhava, tudo acabou. Estou dizendo tudo — tudo o que sempre senti por ele se evaporou de repente, e a única coisa que eu via era o bosta que me maltratou durante doze anos, e eu... fiquei um pouco descontrolada."

Eu tinha minhas dúvidas quanto ao que Angie disse sobre os sentimentos. Eles iriam voltar. Eles sempre voltam, normalmente quando a gente menos espera. Eu sabia que provavelmente ela nunca mais iria amá-lo, mas todo o espectro de emoções que ela experimentara em seu casamento, das mais alegres às mais tristes, nunca iria abandoná-la. A gente pode deixar um quarto, no entanto a cama nos acompanha. Eu não lhe disse isso; logo ela descobriria por si mesma.

"A julgar pelo que vi, acho que você ficou um bocado descontrolada."

Ela deu um leve sorriso, deixou o cabelo cair novamente sobre os olhos. "É. Acho que sim. Mas já não era sem tempo."

"Sem dúvida", eu disse.

"Pat?" Ela é a única pessoa que me chama assim sem me fazer ranger os dentes de raiva. Nas raras vezes em que o faz, não me incomodo, até me aquece o coração.

"Sim?"

"Olhando para ele depois, eu não parava de pensar em nós dois naquela ruela, e o carro manobrando para vir atrás de nós. E eu estava apavorada, entenda bem, mas não tão apavorada quanto estaria se você não estivesse comigo. E tenho a impressão de que nós dois sempre nos saímos bem quando estamos juntos. Quando estou com você não tenho dúvidas. Você sabe disso?"

"Sei muito bem", respondi.

Ela sorriu. A franja lhe cobriu os olhos e ela ficou com a cabeça baixa por um instante. Parecia que ia começar a dizer alguma coisa.

Aí, o telefone tocou. Por pouco não dei um tiro nele.

Levantei-me e peguei o fone. "Alô."

"Kenzie, aqui é Socia."

"Parabéns", disse-lhe.

"Kenzie, precisamos nos encontrar."

"Não, não precisamos."

"Jesus, Kenzie, sou um homem morto se você não me ajudar."

"Escute o que você acabou de dizer, Marion, e reflita."

Angie olhou para mim e eu balancei a cabeça. A placidez sumiu de seu rosto como a ressaca que se afasta de um recife.

"Tudo bem, Kenzie. Eu sei o que você está pensando. Aí em sua casa, em toda segurança, você diz a si mesmo 'Agora Socia está acabado'. Mas não estou acabado. Ainda não. E, se for obrigado a isso, vou atrás de você para levá-lo comigo ao túmulo. Você tem o que eu preciso para continuar vivo e tem que me dar."

Pensei sobre o que ele dissera. "Tente me matar, Socia."

"Estou a uns oitocentos metros de sua casa."

Aquilo me pôs água na fervura, mas respondi: "Então venha. Tomamos uma cerveja juntos antes de eu lhe dar um tiro".

"Kenzie", disse ele com uma voz subitamente cansada. "Posso acabar com você e com sua sócia, que você imagina que é dona de todos os mistérios da vida. E você não tem mais seu psicopata com sua parafernália para protegê-lo."

Qualquer um pode matar qualquer um. Se Socia tinha como único objetivo garantir que meu enterro precedesse o dele alguns dias ou algumas horas, ele conseguiria. "O que você quer?", perguntei.

"O diabo das fotos, cara. Salve a sua vida e a minha. Vou dizer a Roland que essas fotografias vão ser publicadas se ele matar a mim ou a você. É isso o que ele quer evitar. Que as pessoas digam que Roland deu o rabo."

Que príncipe. O pai do ano.

"Onde e quando?", perguntei.

"Você conhece a alça de acesso à auto-estrada, ao lado da Columbia Station?"

Era dois quarteirões mais adiante. "Sim."

"Dentro de meia hora. Embaixo."

"E com isso vocês vão me deixar em paz?"

"Isso mesmo, porra. Com isso eu e você vamos poder respirar por mais algum tempo."

"Meia hora."

Pegamos as armas e as fotografias do confessionário, tiramos fotocópias na máquina que o padre Drummond usa para fazer as cartelas de seu bingo, recolocamos as originais em seu lugar e voltamos ao meu apartamento.

Angie tomou uma grande xícara de café preto, e eu verifiquei nossa reserva de munição. Tínhamos o 357 com duas balas, o 38 que Colin nos dera e o 38 que Bubba comprara para nós, o nove milímetros, e o 45 que eu tomara de Pirulito, com o silenciador. Tínhamos ainda quatro granadas na geladeira, e o Ithaca calibre 12.

Coloquei meu casaco e Angie sua jaqueta de couro e levamos todas as armas, menos as granadas. Com gente como Socia, prudência nunca é demais. "Que puta 4 de Julho!", exclamei quando saímos do apartamento.

Uma parte da I-93 passa por cima de nosso bairro. Sob ela, a cidade tem três depósitos — de sal, de areia e de cascalho — para casos de urgência. Esses três montes cônicos elevam-se a seis metros de altura, com uma base de quatro ou cinco metros. Estávamos no verão, portanto eles não estavam sendo muito usados. Mas, tratando-se de Boston, é melhor estar preparado. Às vezes a Mãe Natureza nos prega uma ou duas peças, joga uma nevasca sobre nós no começo de outubro, só para mostrar que tem senso de humor.

Pode-se entrar na área pela avenida ou pela entrada de trás da estação de metrô Columbia/JFK ou ainda pela Mosley Street, se você não se importar de passar por cima de arbustos e descer por um declive.

Passamos por cima de arbustos e descemos pelo declive, levantando nuvens de poeira até chegar embaixo. Contornamos uma coluna verde e desembocamos entre os três cones.

Socia estava de pé, no meio, no ponto em que as bases dos cones convergem num triângulo irregular. Havia um menino ao seu lado. Maçãs do rosto ainda mal delineadas e um corpo roliço traíam sua idade, embora seus óculos panorâmicos e seu chapéu o fizessem parecer velho o bastante para poder comprar uma garrafa de uísque. Teria os seus catorze anos, se tanto.

As mãos de Socia pendiam ao longo do corpo, vazias, mas as do menino estavam enfiadas nos bolsos do blusão de náilon, e ele as ficava batendo o tempo todo contra os quadris salientes. "Tire as mãos dos bolsos", disse eu.

O menino olhou para Socia, e eu apontei meu 45 para ele. "Qual foi a palavra que você não entendeu?"

Socia aquiesceu. "Tire-as, Eugene."

As mãos de Eugene foram saindo dos bolsos devagar, a esquerda vazia, a direita empunhando um 38 que parecia duas vezes maior que a sua mão. Ele o jogou na pilha de sal sem que eu mandasse, depois começou a enfiar as mãos nos bolsos novamente. Então mudou de idéia e deixou-as pender diante de si, como se nunca tivesse reparado nelas. Terminou por cruzá-las sobre o peito e deslocou os pés. Ele parecia também não saber o que fazer com a cabeça. Com movimentos rápidos e circulares, olhou para mim, para Angie, para Socia, em seguida para o lugar onde jogara o revólver, e finalmente para cima, para a parte de baixo, verde-escura, da auto-estrada.

Não obstante todo o cheiro de sal, de vinho barato e de fumaça de escapamento que havia ali, o fedor do medo do menino empesteou o ar como uma nuvem espessa.

Angie olhou para mim e eu balancei a cabeça. Ela desapareceu por trás do cone à nossa esquerda, enquanto eu vigiava Socia e Eugene. Sabíamos que não havia ninguém na auto-estrada acima, porque checamos quando descemos pela Mosley. Não havia ninguém no telhado da estação de metrô; verificamos isso enquanto descíamos a colina.

"Só eu e Eugene. Ninguém mais", disse Socia.

Não vi motivos para duvidar disso. Três dias envelheceram Socia mais do que Carter envelhecera nos quatro anos que passou na Casa Branca. Cabelo desgrenhado, roupas que pareciam estar penduradas num cabide de arame, e havia manchas beges de comida no linho de boa qualidade. Seus olhos estavam cor-de-rosa, olhos de quem cheira crack, ardentes de adrenalina e buscando a sombra. Seus pulsos finos tremiam e sua pele tinha a palidez da obra de um agente funerário. Seus dias estavam contados, e ele próprio sabia que já havia passado em muito a data-limite.

Olhando para ele, por cerca de um vigésimo de segundo senti algo próximo da piedade. Então me lembrei das fotos no bolso do meu casaco, do menino esquálido que ele matara, um robô embrutecido que ressurgia das cinzas que se parecia com o menino, falava como o menino, mas que tinha deixado a própria alma num quarto de motel com lençóis manchados. Ouvi a fita em que ele arrancara o olho de Anton da órbita. Vi sua mulher sucumbir sob uma chuva de balas numa doce manhã de verão, os olhos velados por uma resignação eterna. Pensei em seu exército de Eugenes, que fechavam seus olhos vidrados e corriam em direção à morte por ele, inalavam seu "produto" e exalavam suas almas. Olhei para Marion Socia e não se tratava de preto ou de branco — tratava-se de ódio. O simples fato de saber de sua existência me fazia odiar a natureza do mundo.

Ele fez um sinal de cabeça para Eugene. "Gosta de meu guarda-costas, Kenzie? A que ponto cheguei, hein?"

Olhei para o menino, mal imaginando o efeito daquelas palavras na expressão dos olhos por trás dos óculos.

"Socia, você é um porco sujo", disse-lhe.

"Sim, sim, sim." Ele enfiou a mão no bolso e eu encostei o meu 45 em sua garganta.

Ele baixou os olhos para o silenciador encostado no seu pomo-de-adão. "Você acha que sou louco?" Ele tirou um pequeno cachimbo do bolso. "Eu só quero pegar um fuminho." Recuei um passo enquanto ele tirava uma pedra do outro bolso e punha dentro do cachimbo. Ele o acendeu e sugou com força, fechando os olhos. Numa voz de sapo, me falou: "Trouxe o que preciso?". Abriu as pálpebras novamente, e o branco de seus olhos piscou como uma televisão com defeito.

Angie veio para o meu lado, e ficamos olhando para ele.

Socia expulsou a fumaça dos pulmões com força e sorriu. Passou o cachimbo para Eugene. "Aaah. O que é que vocês estão olhando? Criancinhas brancas assustadas pelo grande demônio negro?" Ele deu um risinho.

"Pare de sonhar, Socia", disse Angie. "Você não é nenhum demônio. É apenas uma serpente vagabunda. Caramba, nem negro você é."

"Então o que eu sou, mocinha?"

"Uma aberração", disse ela jogando o cigarro no peito dele.

Ele deu de ombros, limpou a cinza do casaco.

Eugene sugava o cachimbo como se ele fosse um caniço apontando fora da água. Ele o devolveu a Socia e inclinou a cabeça para trás.

Socia estendeu o braço e bateu em meu ombro.

"Ei, rapaz, me dê o que vim buscar. Salve-nos daquele cão raivoso."

"'Cão raivoso', Socia? Socia, você o criou. Você o despojou de tudo, e só lhe deixou o ódio, quando ele tinha dez anos."

Eugene ficou inquieto, apoiando-se ora num pé, ora noutro, e olhou para Socia.

Socia bufou, tirou mais uma baforada do cachimbo. A fumaça foi escapando devagar pelos cantos da boca. "O que você sabe das coisas, mocinho branco? Hein? Sete anos atrás aquela puta tirou meu filho de mim, tentou lhe ensinar tudo sobre Jesus e como se comportar, como tratar o homem branco, como se ele tivesse alguma chance. Um garotinho negro do gueto. Ela tentou conseguir que me proibissem de visitá-lo. A mim. Querer me separar de meu próprio filho para poder lhe encher a cabeça com um monte de bobagens sobre o sonho americano. Merda. O sonho americano, para um negro, é como uma foto de mulher pelada na cela de uma prisão. O negro neste mundo não é nada, a menos que saiba cantar ou dançar, chutar bola, divertir vocês, os brancos." Ele fumou mais um pouco o cachimbo. "Vocês só gostam de olhar para um negro quando estão numa platéia. E Jenna, aquela piranha, tentando enfiar todas essas bobagens de negro bonzinho na cabeça de meu filho, dizendo-lhe que Deus provê. Bobagem. O homem faz o que faz no mundo, e é isso. Não tem ninguém lá em cima tomando nota do que você faz, apesar do que dizem os pastores." Ele bateu o cachimbo com força na perna, tirando as cinzas e a resina, o rosto congestionado. "Agora vamos com isso, Kenzie, me dê essa merda e Roland vai deixar você em paz. E eu também."

Eu tinha as minhas dúvidas. Socia iria me deixar em paz até se sentir seguro novamente, se é que isso iria acontecer algum dia. Então ele começaria a se preocupar com todas as pessoas que sabiam alguma coisa dele, que o tinham visto suplicar. E nos eliminaria a todos para preservar as ilusões que tinha sobre si mesmo.

Olhei para ele, sempre pesando os prós e os contras para ver se eu tinha outras possibilidades além da que ele me oferecia. Ele sustentou o meu olhar. Eugene se afastou um passo, um pequeno passo, e sua mão direita coçou as costas.

"Vamos. Passe para mim."

Eu não tinha muita escolha. Não havia nenhuma dúvida de que Roland me mataria se eu não desse as fotos. Enfiei a mão livre no bolso e tirei o envelope de papel manilha.

Socia inclinou-se ligeiramente para a frente. A mão direita de Eugene ainda estava coçando as costas e o pé esquerdo batia no cimento. Entreguei o envelope a Socia, e o pé de Eugene aumentou a velocidade.

Socia abriu o fecho e recuou para o poste de iluminação para contemplar a sua obra. "Cópias", disse ele.

"Muito boas. Os originais ficaram comigo."

Socia olhou para mim, viu que aquilo não podia ser negociado e deu de ombros. Olhou as fotos uma a uma, sem pressa, como se fossem velhos cartões-postais, e sorriu baixinho umas duas vezes.

"Socia", disse eu. "Tem uma coisa que não entendo."

Ele sorriu, um sorriso de fantasma. "Tem um monte de coisas que você não entende, menino branco."

"Bem, neste exato momento, então."

"O que é?"

"Você copiou as fotos de um videocassete?"

Ele balançou a cabeça. "De uma super-oito."

"Então, se você tem o original, por que todas essas pessoas estão morrendo?"

Ele sorriu. "Eu não tenho o original." Ele deu de ombros. "A primeira casa que os rapazes de Roland atacaram foi uma que tenho em Warren. Eles a atacaram com bombas incendiárias pensando que eu estava lá, mas eu não estava."

"Mas o filme estava?"

Ele balançou a cabeça, depois tornou a olhar as cópias das fotos.

Eugene estava inclinando-se para a frente, esticando o pescoço para ver por sobre o ombro de Socia. Sua mão direita estava enfiada sob a roupa, às costas, e a esquerda coçava furiosamente o quadril. Seu corpo pequeno tremia, e eu ouvia um ronco que saía de sua boca, uma espécie de zumbido grave de que certamente ele não se dava conta. O que quer que estivesse se preparando para fazer, ele o faria logo.

Dei um passo à frente, a respiração curta.

"Bem", disse Socia. "O que acha de tudo isso? O menino podia ser um astro de cinema, não é, Eugene?"

Eugene se decidiu. Saltou para a frente, quase como se tropeçasse, e sua mão apareceu empunhando uma pistola. Ele levantou o braço, mas este bateu no cotovelo de Socia. Socia estava se afastando quando segurei Eugene pelo punho, fazendo um giro para bater com minhas costas em seu peito. O tornozelo de Socia se dobrou, batendo no calçamento. Ele caiu no chão, e a pistola disparou duas vezes no ar úmido. Dei uma cotovelada no rosto de Eugene e ouvi um estalar de osso se quebrando.

Socia caiu na calçada e rolou no monte de sal, as fotocópias voando no ar em cascata. Eugene deixou cair a arma. Larguei seu punho escorregadio, e ele estatelou de costas no chão, com um pequeno ruído seco quando a cabeça bateu no cimento.

Apanhei sua arma e olhei para Angie. Ela estava em posição de tiro, o braço firme, apontando o 38 ora para Socia, ora para Eugene.

Eugene se sentou, as mãos nas pernas, o sangue escorrendo do nariz quebrado.

Socia se recostou no monte de sal, o corpo bambo na sombra negra da auto-estrada. Esperei, mas ele não se mexeu.

Angie aproximou-se dele e baixou os olhos. Tentou agarrar-lhe o punho, mas ele rolou sobre as costas. Ele olhou para nós e se pôs a rir, um mugido sonoro e explosivo. Nós o vimos tentar controlá-lo, contudo aquilo era mais forte do que ele. Ele tentou se levantar se apoiando no monte, mas o movimento liberou o sal acima dele, que desceu em cascata enchendo-lhe a camisa. Aquilo o fez rir ainda mais forte. Socia deslizou novamente no sal como um bêbado num colchão de água, batendo nele com a mão, a gargalhada elevando-se na atmosfera e sobrepondo-se, por um instante, ao barulho dos carros que passavam em cima.

Socia terminou por se levantar, com a mão na barriga. "Ah, menino. Não se pode mais confiar em ninguém neste mundo?" Ele deu um risinho e olhou para o garoto. "Ei, Eugene, quanto Roland está pagando a você para me trair?"

Eugene parecia não ouvir. Sua pele adquirira a coloração malsã de alguém que está se esforçando para não vomitar. Ele respirava fundo e punha a mão no coração. Parecia ter esquecido o nariz quebrado, porém os olhos estavam arregalados pela enormidade do que acabara de tentar e do que resultara da tentativa. Um imenso terror lhe enchia a íris e eu via que seu cérebro lutava para vencê-lo, vasculhando a alma em busca da coragem necessária para alcançar a resignação.

Socia levantou-se e tirou um pouco do sal da roupa. Balançou a cabeça devagar, depois se agachou para recolher as fotos espalhadas. "Bom, bom. Você não vai achar um buraco fundo o bastante ou um país grande o bastante para se esconder, garoto. Com Roland ou sem Roland, você está morto."

Eugene olhou os seus óculos quebrados, que jaziam no chão ao seu lado, e vomitou nos próprios joelhos.

"Pode vomitar o quanto quiser", disse Socia. "Isso não vai ajudar em nada."

Minha nuca e os lados do pescoço ardiam como se eu estivesse doente, o sangue borbulhava logo embaixo da pele. Acima de nós, a alça da auto-estrada estremeceu à passagem de um comboio de caminhões que avançava em estridente cacofonia.

Baixei os olhos para o menino e me senti cansado — horrivelmente cansado — de todo aquele turbilhão de morte, de ódio mesquinho e de indiferença absoluta que me avassalara naquela última semana. Eu estava cansado de todas aquelas discussões que não levavam a lugar nenhum: negro contra branco, rico contra pobre, mau contra inocente. Cansado da maldade e da estupidez, de Marion Socia e de sua crueldade insolente. Cansado demais para me preocupar com implicações morais ou políticas ou com qualquer coisa que não os olhos vidrados daquele menino que jazia no chão, que parecia já não saber chorar. Eu estava cansado dos Socias e dos Paulsons, dos Rolands e dos Mulkerns deste mundo, e os fantasmas de todas as suas vítimas me suplicavam num murmúrio sibilante que fizesse alguém pagar. Que acabasse com aquilo.

Socia estava procurando por entre as sombras dos cones. "Kenzie, quantas fotos eram?"

Puxei o cão do 45 enquanto lá em cima os pneus dos caminhões batiam no pesado metal com fúria implacável, correndo para um destino que podia ser a dois mil quilômetros de distância ou logo ali adiante.

Olhei para o nariz que eu quebrara. Quando será que ele esqueceu como se chora?

"Kenzie, quantas fotos você me deu, porra?"

Angie estava olhando para mim, e eu sabia que o barulho que explodia lá em cima repercutia em sua cabeça também.

Socia pegou mais uma fotografia. "Porra, cara, tenho que ter todas!"

O último caminhão passou ruidosamente, mas o gemido continuou martelando febrilmente os meus tímpanos.

Eugene gemeu e pôs a mão no nariz.

Angie olhou para Socia, que procurava as fotos no chão, andando feito caranguejo. Ela olhou para mim e balançou a cabeça.

Socia se levantou e avançou em direção à luz, com as fotos na mão.

"Quantos mais serão necessários, Socia?", perguntei.

"O quê?", disse ele, arrumando as fotografias para formar uma pilha bem organizada.

"Quantas pessoas você ainda vai massacrar até achar que basta, até que fique farto?"

Angie disse: "Agora, Patrick. Agora".

Socia olhou para ela, depois para mim, os olhos vazios. Acho que não entendia o sentido da minha pergunta. Ele olhou para mim, esperando que eu explicasse. Ao cabo de um minuto, levantou as fotografias no ar. Seu polegar deslizou sobre a que estava em cima, apertando as coxas nuas de Roland.

"Kenzie", disse ele. "Estão todas aqui ou não?"

"Sim, Socia", disse eu. "Estão todas aí." Levantei o revólver e lhe dei um tiro no peito.

Ele deixou cair as cópias e levantou a mão para o buraco, tropeçando para trás, mas conseguindo manter-se de pé. Ele olhou o buraco, o sangue em sua mão. Pareceu surpreso e, por um breve instante, terrivelmente assustado. "Mas por que você fez isso, porra?", disse, depois tossiu.

Puxei novamente o cão da arma.

Ele olhou para mim e o medo sumiu de seus olhos. As íris brilharam numa satisfação fria, com um conhecimento sombrio. Ele sorriu.

Atirei em sua cabeça, e o revólver de Angie disparou ao mesmo tempo. As balas o jogaram de volta ao monte de sal, depois ele rolou de costas e deslizou para o cimento.

O corpo de Angie estava tremendo um pouco, mas sua voz estava firme. "Acho que Devin tinha razão."

Baixei os olhos para Socia.

"Como assim?"

"Tem pessoas que ou a gente mata, ou deixa pra lá, porque a gente nunca vai conseguir mudar a mentalidade delas."

Abaixei e comecei a recolher as fotocópias.

Angie se ajoelhou ao lado de Eugene e limpou-lhe o nariz e o rosto com um lenço. Ele não pareceu surpreso, nem entusiasmado, nem perturbado com o que se passara. Seus olhos estavam vidrados, um pouco perdidos. "Você consegue andar?", perguntou Angie.

"Sim." Ele se levantou meio cambaleante, fechou os olhos por alguns segundos, depois expirou lentamente.

Encontrei a fotocópia que procurava, esfreguei-a com um pouco de piçarra e a coloquei no casaco de Socia. Agora Eugene estava firme, de pé. Olhei para ele. "Vá para casa", disse-lhe.

Ele balançou a cabeça e foi embora sem uma palavra. Subiu a encosta e desapareceu do outro lado dos arbustos.

Angie e eu tomamos o mesmo caminho um minuto depois e, enquanto andávamos em direção ao meu apartamento, passei o meu braço na cintura dela tentando não pensar naquilo tudo.

30

Em sua última semana de vida, meu pai, com sua estatura de 1,80 metro, pesava cinqüenta quilos.

Em seu quarto no hospital, às três da manhã, eu ouvia seu peito tinir como cacos de vidro fervendo numa panela. Quando ele respirava, parecia que o ar expelido tinha que atravessar camadas de gaze. Os cantos de sua boca estavam brancos da saliva seca.

Quando ele abriu os olhos, a íris verde pareceu flutuar, à deriva em meio ao branco dos olhos. Ele voltou a cabeça em minha direção. "Patrick."

Debrucei-me sobre a cama, a criança que havia em mim ainda cautelosa, ainda olhando para as suas mãos, pronta para escapar, caso elas se mexessem de forma muito brusca.

Ele sorriu. "Sua mãe me ama."

Concordei.

"É algo que..." Ele teve um acesso de tosse que dobrou o seu peito e fez com que sua cabeça levantasse do travesseiro. "É uma coisa que vou levar comigo. Para lá." Ele disse isso e revirou os olhos para cima como se eles pudessem vislumbrar o lugar para onde iria.

"Isso é muito bom, Edgar" disse eu.

Sua mão débil tocou o meu braço. "Você ainda me odeia, não é?"

Olhei para aquelas íris à deriva e fiz que sim com a cabeça.

"E o que me diz de todas aquelas bobagens que as freiras lhe ensinaram? O que me diz do perdão?" Ele ergueu uma sobrancelha cansada, divertida.

"Você esgotou todo o perdão, Edgar. Há muito tempo."

A mão desfalecida estendeu-se de novo, roçou meu abdome. "Ainda furioso por causa dessa pequena cicatriz?"

Olhei para ele, sem nada lhe conceder, dizendo-lhe que não havia mais nada a fazer, mesmo que ele tivesse forças para isso.

Ele sacudiu a mão com um gesto de desprezo.

"Vá se foder, então." Ele fechou os olhos. "Para que veio?"

Recostei-me na cadeira, olhei para aquele corpo descarnado, esperando que ele parasse de ter qualquer efeito sobre mim, que aquela borra venenosa de amor e de ódio parasse de correr no meu corpo. "Para ver você morrer", respondi.

Ele sorriu, os olhos ainda fechados. "Ah", fez ele. "Um abutre. Então, no fim das contas, você é filho de seu pai."

Depois disso ele dormiu por um momento, e fiquei observando-o, ouvindo o tilintar de cacos de vidro em seu peito. Compreendi então que, qualquer que fosse a explicação que esperara durante toda a minha vida, ela estava encerrada naquele corpo devastado, naquele cérebro apodrecido, e que não a teria nunca. Ela iria acompanhar meu pai em sua sombria jornada àquele lugar que ele vira quando revirara os olhos. Todo aquele sombrio conhecimento era só dele, e ele o estava levando consigo para ter algo de que rir durante a viagem.

Às cinco e trinta, meu pai abriu os olhos e apontou para mim. "Há alguma coisa queimando", disse ele. "Há alguma coisa queimando."

Seus olhos se arregalaram e sua boca se abriu como se ele quisesse gritar.

E ele morreu.

Fiquei olhando para ele, ainda esperando.

31

Era uma e trinta da madrugada do dia 5 de julho quando nos encontramos com Sterling Mulkern e Jim Vurnan no bar Hyatt Regency, em Cambridge. O bar era uma daquelas salas panorâmicas que giram, e enquanto nos deslocávamos em círculo, lentamente, a cidade cintilava, e as passarelas de pedra vermelha sobre o Charles pareciam boas e velhas, e mesmo os tijolos cobertos de hera de Harvard não me incomodavam.

Mulkern trajava um paletó cinza sobre uma camisa branca, sem gravata. Jim, um suéter angorá, sem gola, e calças havana de algodão. Nenhum dos dois parecia muito satisfeito.

Angie e eu estávamos vestidos como sempre, e pouco nos importávamos.

"Espero que você tenha um bom motivo para nos chamar a esta hora, rapaz", disse Mulkern.

"Claro", respondi. "Se não se importa, por favor, diga-me qual era o nosso acordo."

"Ora essa. Que significa isso?", disse Mulkern.

"Repita os termos do contrato que fizemos."

Mulkern olhou para Jim e deu de ombros. "Patrick", disse Jim, "você sabe muito bem que concordamos em pagar o seu preço por dia, mais as despesas."

"Mais?"

"Mais sete mil dólares de bônus, se você trouxesse os documentos que Jenna roubou." Jim estava irritado; talvez sua esposa de Vassar, com sua cabeleira loira tipo Dorothy Hamill, o tivesse feito dormir no sofá novamente. Ou quem sabe eu tinha interrompido sua bimbada bimensal.

"Você me adiantou dois mil dólares", disse-lhe. "Trabalhei durante sete dias. Na verdade, se eu quisesse ser rigoroso, estamos na manhã do oitavo dia, mas vou dar uma colher de chá. Eis a conta", continuei, passando-a a Mulkern.

Ele mal olhou para a conta. "Ridiculamente exorbitante, mas nós o contratamos porque, ao que parece, seu trabalho justifica os honorários."

Reclinei-me na cadeira. "Quem mandou Curtis atrás de mim? Você ou Paulson?"

"De que diabos você está falando?", perguntou Jim. "Curtis trabalhava para Socia."

"Mas ele começou a me seguir cinco minutos depois do nosso primeiro encontro." Olhei para Mulkern. "Muito conveniente."

Os olhos de Mulkern nada traíam; um homem capaz de refutar mil suposições, por mais lógicas que fossem, desde que não houvesse provas que as sustentassem. E se houvesse alguma prova, ele poderia responder simplesmente com um "Não me lembro".

Tomei um gole de cerveja. "Você conhecia bem meu pai?"

"Eu conhecia seu pai muito bem, rapaz; agora vamos com isso." Ele consultou o relógio.

"Você sabe que ele batia na mulher, maltratava os filhos."

"Não é da minha conta", disse Mulkern dando de ombros.

"Patrick", disse Jim. "Sua vida pessoal não interessa em nada no caso."

"Mas ela tem que interessar a alguém." Olhei para Mulkern. "Se você sabia de meu pai, senador, por que, como parlamentar, não fez nada?"

"Eu já lhe disse, rapaz: isso não é da minha conta, não me interessa."

"E o que é que o interessa, senador?"

"Os documentos, Pat."

"E o que é que o *interessa*, senador?", perguntei novamente.

"O Estado, é claro." Ele sorriu. "Eu gostaria muito de sentar-me com você e explicar-lhe a concepção utilitarista, Pat, mas não tenho tempo para isso. Um pai que dá uns tapinhas no filho não é motivo para intervenções, garoto."

Uns tapinhas. Duas internações no hospital nos doze primeiros anos de minha vida.

"Você sabia de Paulson?", perguntei. "Quer dizer, sabia de tudo?"

"Ora vamos, rapaz. Cumpra a sua parte do contrato e cada um vai cuidar da própria vida." Seu lábio superior brilhava de suor.

"O que você sabia sobre ele? Você sabia que ele enrabava meninos?"

"Não é preciso usar essa linguagem aqui", disse Mulkern sorrindo, olhando em volta da sala.

Angie disse: "Diga-nos que tipo de linguagem convém ao seu senso de propriedade e vamos ver se ela se aplica a abuso sexual e prostituição de crianças e assassinato".

"De que é que você está falando?", perguntou Mulkern. "O que você está falando é maluquice. Maluquice. Passe-me os documentos, Pat."

"Senador?"

"Sim, Pat."

"Não me chame de Pat. Pat é nome de cachorro, não é nome de gente."

Mulkern reclinou-se na cadeira e revirou os olhos. Sem dúvida, eu não entendia nada daquele universo. "Meu rapaz...", principiou ele.

"O que você sabia, senador? O que você sabia? Seu braço direito fica comendo meninos, e começa a morrer gente por todo lado porque ele e Socia fizeram uns filmezinhos amadores para consumo próprio e a coisa fugiu ao controle. Não é isso mesmo? E se Socia chantageasse Paulson para que ele mudasse de atitude em relação ao projeto de lei sobre o terrorismo das ruas? E se Paulson tivesse bebido uns copos a mais chorando sua inocência perdida, e Jenna tivesse encontrado as fotos de seu filho sendo estuprado pelo homem para quem ela trabalhava? E em quem talvez ela votasse? O que você sabia, senador?"

Ele olhou para mim.

"Eu era a isca, não é?" Olhei para Jim e ele sustentou meu olhar, o rosto vazio de qualquer expressão. "Esperava-se que eu levasse Socia e Paulson até Jenna, que eu os ajudasse a limpar a sujeira. Não é isso mesmo, senador?"

Ele percebeu minha cólera e minha indignação, e sorriu. Ele sabia que eu não tinha nada contra ele, apenas perguntas e suposições. Sabia que não era possível ir além disso, e a vitória endureceu o seu olhar. Quanto mais eu pedisse, menos conseguiria. As coisas são assim.

"Passe-me os documentos, Pat", disse ele.

"Deixe-me ver o cheque, Sterl", retruquei.

Ele estendeu a mão e Jim colocou um cheque nela. Jim estava olhando para mim como se viéssemos jogando aquele jogo por anos a fio, e só agora ele percebera que eu não conhecia as regras. Ele balançou a cabeça devagar, como uma diretora de um internato. Jim daria uma excelente freira num bom convento.

Mulkern preencheu o cheque, mas não escreveu o valor. "Os documentos, Pat."

Inclinei-me e entreguei-lhe o envelope de papel manilha. Ele o abriu, tirou as fotos e as colocou sobre os joelhos. "Desta vez não são cópias, hein? Estou orgulhoso de você, Pat."

"Assine o cheque, senador", disse eu.

Ele examinou o resto das fotos, sorriu com tristeza olhando com mais vagar uma delas, recolocou-as no envelope. Pegou a caneta novamente, bateu com ela de leve na mesa. "Pat", disse, "acho que você precisa de uma lição por causa de seu comportamento. Sim. Vou cortar seu pagamento pela metade. O que você acha?"

"Eu tirei fotocópias."

"Fotocópias não têm nenhum valor jurídico."

"Mas elas podem causar o maior escândalo."

Ele olhou para mim, mediu-me por um segundo, balançou a cabeça. E se inclinou para o cheque.

"Ligue para Paulson", disse-lhe. "Pergunte-lhe qual delas está faltando."

A caneta parou. "Faltando?", ele perguntou.

"Faltando?", perguntou Jim.

Concordei. "Faltando. Paulson pode confirmar que eram vinte e duas ao todo. Nesse envelope há vinte e uma."

"E onde ela poderia estar?", perguntou Mulkern.

"Assine o cheque, cara, que você vai saber."

Acho que Mulkern nunca tinha sido chamado de "cara" em toda a sua vida. Ele não parecia ter gostado muito, mas quem sabe terminaria por se acostumar. "Passe-me a foto", disse ele.

"Assine o cheque e nada de 'lições', e eu lhe direi onde ela está."

"Não assine, senador", disse Jim.

"Cale a boca, Jim", retrucou o senador.

"Isso mesmo, cale a boca, Jim", disse eu. "Vá buscar um osso ou coisa do tipo para o senador."

Mulkern olhou para mim. Aquele parecia ser seu principal método de intimidação, entretanto de nada adiantava contra uma pessoa que passara os últimos dias servindo de alvo. Levou alguns minutos, mas acho que ele entendeu. "Aconteça o que acontecer", ele disse, "vou acabar com você." Assinou o cheque no valor certo e o entregou para mim.

"Ora, bolas", disse eu.

"Passe-me a fotografia."

"Eu falei que lhe diria onde ela está, senador. Eu não disse que iria lhe dar a foto."

Mulkern fechou os olhos por um instante e respirou fundo pelas narinas. "Ótimo. Onde ela está?"

"Bem ali", disse Angie apontando para o outro lado do bar.

A cabeça de Richie Colgan apontou por trás de uma samambaia. Ele acenou para nós, olhou para Mulkern e sorriu. Um sorriso largo. Os cantos de sua boca quase chegaram às pálpebras.

"Não", disse Mulkern.

Angie disse "Sim", e bateu em seu braço.

Eu disse: "Veja a coisa pelo lado bom, Sterl... você não vai ter que fazer um cheque para Richie. Ele vai acabar com você de graça". Levantamo-nos da mesa.

"Você está arruinado nesta cidade", disse Mulkern. "Você não vai conseguir nem o auxílio-desemprego."

"Verdade?", falei. "Então vou até Richie lhe dizer que você me deu este cheque para que eu o ajudasse a encobrir seu envolvimento em toda essa história."

"O que você ganharia com isso?", perguntou Mulkern.

"Eu o poria na situação em que você quer me colocar. E lhe garanto que ficaria muito feliz." Reclinei-me na cadeira, peguei minha cerveja e terminei de tomar. "Você ainda quer queimar o meu nome, Sterl?"

Mulkern segurou o envelope na mão. Ele disse: "Brian Paulson é um homem bom. Um bom político. E estas fotos têm quase sete anos. Por que desencavá-las agora? São coisas do passado".

Sorri e citei as suas palavras: "Tudo, menos o dia de ontem, vai lhe parecer novo, senador". Dei com o cotovelo em Jim. "Não é sempre assim?"

32

Tentamos conversar com Richie no estacionamento, mas era como tentar bater um papo com alguém que estivesse passando de avião. Ele ficava de pé, balançando para a frente e para trás e nos interrompia o tempo todo, dizendo "Espere um pouco, por favor". Depois cochichava alguma coisa em seu gravador portátil Com certeza, ele escreveu praticamente toda a sua coluna de pé, no estacionamento do Hyatt Regency.

Nós nos despedimos com um boa-noite, e ele percorreu todo o caminho de volta ao seu carro pulando na ponta dos pés. É verdade que eliminamos Socia, mas Richie iria enterrar Paulson.

Tomamos um táxi para casa; as ruas tranqüilas estavam juncadas de restos dos fogos de artifício; o vento trazia um cheiro de pólvora acre e forte. A excitação que experimentáramos ao enterrar o bode expiatório de Mulkern sob os seus olhos já começava a se dissipar. Ela escorria do táxi para as ruas desoladas, perdia-se em algum ponto em meio às sombras que caíam sobre nós, entre os postes de iluminação.

Quando chegamos em minha casa, Angie foi direto à geladeira e tirou uma garrafa de vinho californiano da porta. Ela pegou um copo, mas beber do jeito que estava bebendo não fazia o menor sentido; ela só poderia tomá-lo mais depressa se o injetasse na veia. Peguei umas duas cervejas e sentamos na sala de estar com as janelas abertas, ouvindo o vento carregar uma lata de cerveja pela avenida, batendo-a contra o asfalto, rolando-a pouco a pouco em direção à esquina.

Eu sabia que dentro de uma ou duas semanas iria lembrar de tudo isso com prazer, iria saborear a expressão do rosto de Mulkern ao perceber que acabara de me pagar uma grande soma de dinheiro para acabar com a sua vida. Eu acabara de realizar a mais rara das façanhas: conseguira pôr na berlinda alguém da Câmara. Em uma semana mais ou menos, aquele seria um sentimento agradável. Mas por enquanto não. Agora nos defrontávamos com algo totalmente diferente, e o ar estava carregado com o peso de nossas consciências.

Quando estava na metade da garrafa, Angie disse: "O que está acontecendo?".

Ela se levantou segurando a garrafa frouxamente entre o indicador e o médio, batendo-a contra a coxa.

Levantei-me, não muito certo de que estava pronto para encarar o fato. Eu disse: "Nós matamos uma pessoa". Aquilo pareceu simples.

"A sangue-frio."

"A sangue-frio." Abri uma cerveja, coloquei a outra no chão, junto da cadeira.

Ela esvaziou o copo, serviu um pouco mais. "Ele não era uma ameaça para nós."

"Naquela hora não."

"Mas ainda assim nós o matamos."

"Nós o matamos ainda assim", eu disse. Era uma conversa obsessiva e embrutecedora, mas eu tinha a impressão de que estávamos tentando dizer exatamente o que tínhamos feito, sem truques, sem mentiras que voltassem a nos perturbar mais tarde.

"Por quê?", ela perguntou.

"Porque ele nos dava nojo. Moralmente." Tomei um pouco de cerveja. Pela atenção que eu prestava no seu sabor, aquilo poderia ser água que não faria a menor diferença.

"Um monte de gente nos causa repulsa moral", disse ela. "Vamos matá-las também?"

"Acho que não."

"Por que não?"

"Vão faltar balas."

"Não quero brincar com isso. Agora não."

Ela tinha razão. "Desculpe", falei.

"Se a situação se repetisse, faríamos a mesmíssima coisa", ela disse.

Pensei em Socia segurando a foto, passando o dedo entre as pernas do filho. "Sim, faríamos."

"Ele era um predador", disse ela.

Aquiesci.

"Ele recebeu dinheiro para deixar que seu filho fosse estuprado, por isso nós o matamos." Ela tomou mais um pouco de vinho, mas já não o inalava. De pé no meio da sala, girava devagar, de vez em quando, a garrafa balançando como um pêndulo entre seus dedos.

"Em suma, é isso", eu disse.

"Paulson fez coisas parecidas", disse Angie. "Ele abusou daquela criança, provavelmente de centenas de outras. Sabíamos disso. Nós não o matamos."

"Matar Socia foi um impulso", respondi. "Não sabíamos que o faríamos quando fomos encontrá-lo."

Ela sorriu, um riso curto e seco. "Não sabíamos, hein? E por que levamos o silenciador?"

Deixei a pergunta cair entre nós, evitando respondê-la. Finalmente, eu disse: "Talvez tenhamos ido lá sabendo que o mataríamos porque tínhamos uma meia desculpa. Ele merecia".

"Paulson também. Ele está vivo."

"Nós iríamos para a cadeia se matássemos Paulson. Ninguém ligava para Socia. Eles vão pôr isso na conta da guerra entre as gangues, e vão ficar contentes que ele tenha sumido."

"Muito conveniente para nós."

Levantei-me, fui até ela. Pus as mãos em seus ombros, interrompi o seu giro lento. "Nós matamos Socia num impulso", disse-lhe. Se eu afirmasse isso repetidamente, talvez se tornasse verdade. "Não podíamos eliminar Paulson. Ele está muito bem protegido. Mas cuidamos dele."

"De uma maneira muito civilizada", respondeu Angie. Ela falou "civilizada" no mesmo tom com que certas pessoas dizem "impostos".

"Sim", disse eu.

"Quer dizer então que cuidamos de Socia de acordo com as leis da selva e de Paulson de acordo com as regras da civilização."

"Exatamente."

Ela olhou nos meus olhos e os seus estavam afogados em álcool, em cansaço e em fantasmas. Ela disse: "A civilização parece ser uma coisa pela qual optamos quando nos é conveniente".

Não havia o que objetar. Um proxeneta negro estava morto e em algum lugar um pedófilo branco preparava-se para fazer uma declaração à imprensa, diante de uma garrafa de Chivas, sendo ambos igualmente culpados.

Pessoas como Paulson sempre dariam um jeito de esconder-se por trás do poder. Elas podiam enfrentar a desgraça, podiam até passar seis meses num country clube federal e experimentar o opróbrio público, mas continuavam vivas. Paulson podia muito bem se safar daquela. Uns anos atrás, um congressista que admitira ter tido relações sexuais com um menino de quinze anos foi reeleito. Acho que, para certas pessoas, mesmo a corrupção de menores é algo relativo.

E gente como Socia podia escapar das malhas da lei por certo tempo, talvez por muito tempo. Eles matavam, mutilavam, tornavam a vida de todos à sua volta feia e triste, porém mais cedo ou mais tarde acabavam como o próprio Socia — perdiam o cérebro sob a alça de uma auto-estrada. Eles terminavam na página treze do caderno de notícias locais, e os policiais davam de ombros e pouco se empenhavam em descobrir os assassinos.

Um em desgraça, o outro morto. Um vivo, o outro morto. Um branco, o outro morto.

Passei a mão pelos cabelos, senti a areia e a oleosidade deste último dia, senti os resíduos e a sujeira em meus dedos. Naquele instante, odiei realmente o mundo e tudo o que nele havia.

Los Angeles incendeia-se, e em tantas outras cidades o fogo está latente, esperando o jato de gasolina sobre as brasas, e ouvimos políticos que alimentam nosso ódio e nossa estreiteza de espírito, que nos dizem tratar-se apenas de voltar aos antigos valores, enquanto eles se refestelam em suas propriedades à beira-mar ouvindo o barulho das ondas para não ter que ouvir o grito dos afogados.

Eles nos dizem que é uma questão de raça, e acreditamos neles. Eles chamam a isso de "democracia", e todos nós balançamos a cabeça, satisfeitos com o que somos. Censuramos os Socias, ocasionalmente zombamos dos Paulsons, mas sempre votamos nos Sterling Mulkerns. E em raros momentos de quase-lucidez nos perguntamos por que os Mulkerns deste mundo não nos respeitam.

Eles não nos respeitam porque somos as crianças de quem eles abusam sexualmente. Eles fodem com a gente de manhã, de tarde e de noite, mas enquanto nos agradam com um beijo, enquanto sussurram em nossos ouvidos "Papai ama você, papai vai cuidar de você", fechamos os olhos e dormimos, mercadejando nossos corpos, nossas almas, em troca do verniz confortante da "civilização" e da "segurança", os falsos ídolos de nosso sonho tolo do século XX.

É com essa fé nesse sonho que contam os Mulkern, os Paulson, os Socia, os Heróis deste mundo. É esse o seu torvo conhecimento. É por isso que eles ganham.

Sorri debilmente para Angie.

"Estou cansado", disse-lhe.

"Eu também", respondeu ela também com um riso desmaiado. "Exausta."

Ela foi até o sofá, estendeu o lençol que eu deixara sobre ele. "Um dia a gente tenta entender isso, tá?"

"Sim, um dia", disse, dirigindo-me ao meu quarto. "Sem dúvida."

33

A fotografia que demos a Richie mostrava o senador Paulson em toda a sua glória. Ela mostrava com toda a clareza de onde ele derivava a sua glória. O corpo de Roland ocupava um terço do quadro e se podia perceber muito bem a sua idade, a juventude do corpo que estava sob o de Paulson. Não havia dúvida quanto ao seu sexo. Mas, ao contrário do que acontecia com a maioria das demais fotografias, não se podia ver o rosto de Roland, apenas sua cabeça e as orelhas pequenas. Socia estava de pé no quarto, observando com uma expressão de enfado, fumando um cigarro.

O *Trib* mostrou a foto de forma discreta, com faixas cobrindo as partes do corpo que você pode imaginar. Ao lado da fotografia, havia outra — a de Socia jazendo de costas sobre o cascalho, o corpo parecendo o de uma boneca inflável que alguém esqueceu de inflar. A cabeça estava jogada para trás, o pequeno cachimbo ainda na mão. Sobre a foto, lia-se: O HOMEM DA FOTO DE PAULSON MORTO NUM AJUSTE DE CONTAS.

Além de sua coluna, Richie assinava uma matéria sobre o assassinato de Socia. Dizia que a polícia ainda não tinha nenhum suspeito e que todas as impressões digitais poderiam estar borradas se o assassino tivesse tido o cuidado de esfregar a mão no cascalho antes de pegar em qualquer coisa. O assassino tinha feito isso. Ele informava que a cópia da foto de Paulson fora encontrada no casaco de linho ensangüentado do morto. Mencionava também o casamento consensual com Jenna Angeline, a mesma Jenna Angeline que fora faxineira dos senadores Paulson e Mulkern, entre outros. Eles reproduziram a foto de Jenna morta, com a Câmara ao fundo.

Foi o maior escândalo desde que o promotor público desmascarou a história de Charles Stuart. Talvez ainda maior. Seria preciso esperar que tudo fosse apurado.

Algo que não viria a público era Roland. Duvido que Paulson soubesse quem era a criança com a qual se encontrara naquele dia; ao longo dos anos seguintes não tenho dúvida de que ele teve muitos outros. E, se ele soubesse, duvido que fosse sair dizendo isso aos quatro ventos. Socia não estava em condições de fazer declarações públicas naqueles dias, e Angie e eu estávamos claramente fora daquela história.

Richie era um excelente jornalista. Ele estabeleceu uma ligação entre Paulson, Socia e Jenna pelo terceiro parágrafo, então observou que a ata da sessão legislativa de sexta-feira registrava uma moção de Paulson propondo um dia de folga suplementar, precisamente o dia em que o projeto contra o terrorismo das ruas deveria ser debatido. Richie não insinuava nada, não acusava. Simplesmente ia alinhando os fatos na mesa do café da manhã de seus leitores, deixando que tirassem suas próprias conclusões.

Eu tinha comigo minhas dúvidas sobre quantos entenderiam, mas disse para mim mesmo que seria um número bastante grande.

Dizia-se que Paulson estava em férias na casa da família, em Marblehead, mas quando vi na televisão o noticiário matinal, lá estavam Devin e Oscar diante das câmeras em Marblehead. Oscar dizia: "O senador Paulson tem uma hora para se apresentar no Departamento de Polícia de Marblehead ou iremos atrás dele".

Devin mantinha-se calado. Ele estava de pé ao lado do colega, radiante, um charuto do tamanho de um Boeing na boca.

O repórter disse a Oscar: "Sargento Lee, seu colega parece muito satisfeito com o caso".

"Ele está tão contente", disse Oscar, "que não sabe se está com vontade de cagar ou de..." Eles cortaram para um comercial.

Mudei de canal, vi Sterling Mulkern no 7. Ele estava subindo as escadas da Câmara, uma multidão trotando ao seu lado e Jim Vurnan alguns passos atrás, esforçando-se para acompanhá-lo. Ele fendeu a massa de microfones como um remo num mar morto, recitando uma ladainha de "Nada a declarar" enquanto franqueava os portões de entrada. Eu torcia para que ele variasse um pouco, que entremeasse sua ladainha com alguns "Eu não me recordo" para quebrar a monotonia, mas acho que me agradar não estava na lista de suas obrigações daquela manhã.

Àquela altura, Angie estava acordada havia alguns minutos, o rosto apoiado no braço do sofá onde dormira, os olhos inchados de sono, mas vivos.

"Às vezes, Skid, esse trabalho não é tão mau."

Eu estava sentado no chão, junto do sofá. Olhei para ela. "O seu cabelo ainda fica arrepiado logo cedo?"

Não é algo que se diga a uma pessoa quando se está perto de seu pé. O que eu disse em seguida foi "Ai!".

Ela se levantou, jogou o lençol na minha cabeça e disse: "Café?".

"Seria ótimo", respondi livrando-me do lençol.

"Então faça que dê para nós dois, tá?" Ela foi andando um tanto trôpega para o banheiro e abriu o chuveiro.

No canal 5, os dois âncoras tinham chegado cedo e prometiam ficar comigo até que todos os fatos fossem esclarecidos. Tive vontade de lhes dizer que encomendassem pizzas para a emissora para os próximos dez anos, se era isso que estavam esperando, mas deixei pra lá. Logo eles iriam perceber por si mesmos.

Ken Mitchum, no canal 7, disse que certamente se tratava do maior escândalo desde a época de Curly.

Quando mudei para o canal 6, eles estavam fazendo referência ao episódio Stuart, comparando as implicações raciais dos dois casos. Ward não parava de sorrir enquanto apresentava a matéria, mas Ward sempre ri. Laura, por sua vez, parecia indignada. Laura é negra; eu a entendia.

Angie voltou do banho. Ela acabara de vestir um short cinza meu e uma camiseta pólo branca. A camiseta também era minha, mas macacos me mordam se não ficava muito melhor nela. "Onde está meu café?", perguntou ela.

"Junto com o sino. Avise-me quando os encontrar."

Ela franziu o cenho, escovando o cabelo, a cabeça inclinada para um lado.

A fotografia do cadáver de Socia apareceu na tela. Ela parou de escovar o cabelo por um instante. "Como está se sentindo?", perguntei.

Ela fez um gesto em direção à tevê. "Bem, desde que não pense sobre essa história. Venha, vamos sair daqui."

"E ir para onde?"

"Bem, criança, quanto a você eu não sei, mas quero gastar um pouco do dinheiro que ganhamos. E", acrescentou endireitando o corpo e jogando os longos cabelos para trás, "precisamos visitar o Bubba."

"Você já pensou na hipótese de que ele pode estar com raiva de nós?"

Ela deu de ombros. "A gente tem que morrer mesmo algum dia, certo?"

Peguei um gameboy Nintendo para Bubba, e comprei-lhe um punhado de jogos do tipo "Mate-os-Comunas-Terroristas" para acompanhar. Angie comprou-lhe um boneco Freddy Krueger e cinco revistas de mulher pelada.

Havia um guarda da polícia na porta de seu quarto, mas depois de alguns telefonemas ele nos deixou entrar. Quando entramos no quarto, Bubba estava lendo um exemplar meio bombardeado do *Receitas do anarquista*, aprendendo uma série de novas e interessantes maneiras de fabricar uma bomba de hidrogênio no quintal. Ele olhou para nós e, durante o mais longo segundo de minha vida, fiquei em dúvida se ele estava aborrecido ou não.

"Já estava hora de aparecer alguém legal", disse ele.

Reaprendi a respirar.

Ele estava pálido como eu nunca o vira, e com todo o lado esquerdo do peito e o braço engessados, mas, fora o gesso, já vira gente gripada parecendo muito pior do que ele. Angie se inclinou sobre ele e beijou sua testa; depois, de repente, puxou a cabeça dele aninhando-a em seu peito, mantendo-a ali por um instante, os olhos fechados. "Eu estava preocupada com você, seu maníaco."

"O que não me mata só me faz sangrar."

Bubba. Profundo como sempre.

Ele disse: "Um boneco de Freddy Krueger! Que barato!". Olhou para mim. "E você, seu sacana, o que trouxe pra mim?"

Fomos embora cerca de meia hora depois. A princípio os médicos pensaram que ele teria que ficar pelo menos uma semana na UTI; agora, contudo, já estavam considerando que ele teria alta daí a mais uns dois dias. Corria o risco de ter que enfrentar um processo, é claro, mas ele nos garantiu: "O que é uma testemunha? Para falar a verdade, nunca vi uma. É aquele povo que sempre parece ter um ataque de amnésia toda vez que vou ser julgado?".

Descemos a Charles Street e entramos na Back Bay, e o cartão de crédito de Angie ia fazendo o maior estrago. A Bonwitt Teller não teve a menor chance. Ela a atacou feito um furacão e, quando fomos embora, carregávamos metade do primeiro andar em sacolas de papel.

Fiz umas compras de meia hora na Eddie Bauer, de mais vinte minutos na Banana Republic do Copley Place, e meu estômago estava começando a embrulhar naquela atmosfera de cascatas de mármore que tombavam por três andares, janelas de ouro maciço e meias xadrezes de 85 dólares. Se

Donald Trump vomitasse, o que iria cair na latrina era com certeza o Copley Place.

Saímos pela porta de trás, que é o melhor lugar para se pegar um táxi à tarde. Estávamos pensando aonde poderíamos ir almoçar quando vi Roland no pé da escada rolante, o corpo imenso ocupando a porta da saída, um braço engessado, um olho fechado e o outro nos olhando fixamente.

Enfiei a mão debaixo da camisa, que estava para fora da calça, e segurei firme o nove milímetros, que estava frio na minha barriga mas quente em minha mão.

Roland deu um passo para trás. "Quero falar com vocês."

Mantive a mão no revólver.

"Então fale", disse Angie.

"Vamos dar uma volta." Ele deu meia-volta e saiu pela porta giratória.

Não saberia dizer por que o seguimos, mas foi o que fizemos. O sol brilhava forte, o ar estava quente mas não muito úmido enquanto subíamos a Dartmouth, afastando-nos dos hotéis imponentes, das lojas pitorescas, dos *yuppies* tomando *cappuccino* em meio a uma ilusão de civilização. Atravessamos a Columbus Avenue e descemos pelo South End, e logo as casas reformadas com fachadas de arenito pardo deram lugar a outras de aspecto mais modesto, ainda não tocadas pelo espírito conquistador da trupe Perrier-samambaias. Continuamos andando, sem dizer palavra, aproximando-nos cada vez mais de Roxbury. Quando passamos pela divisa, Roland disse: "Só queria falar um minuto com vocês".

Olhei em volta, e não vi nada que me tranqüilizasse, mas de certo modo confiei nele. Tendo examinado atentamente o espaço por trás da tipóia e constatado que não havia nenhuma arma, eu tinha um motivo concreto para confiar. Porém não era só isso. Pelo que sabia de Roland, ele não era como seu pai. Ele não atraía as pessoas para a morte ninando-as com algumas palavras em tom hipnótico. Ele atacava de cara, mandando-as para o caixão.

Também não podia deixar de notar que o rapaz era um gigante. Eu nunca estivera tão perto dele, estando ele de pé, e era impressionante. Ele tinha quase 1,95 metro de altura, e cada centímetro quadrado de sua pele recobria músculos rijos. Eu tenho 1,80 metro e perto dele me sentia um anão.

Roland parou num terreno baldio que esperava sua vez de se transformar num canteiro de obras, o próximo lugar a ser ocupado pelo grande capital para ganhar terreno, empurrando Roxbury, cada vez mais, para o oeste ou para o leste, até que este se transformasse num novo South End, outro lugar aonde se vai beber e ouvir música *underground*. Seus habitantes também teriam que se deslocar para o leste ou para o oeste, enquanto os políticos cortavam faixas de inauguração, apertavam as mãos dos empreiteiros e falavam de progresso, citando orgulhosos a queda dos índices de criminalidade naquela área e ignorando o aumento da criminalidade nas áreas onde as pessoas desalojadas se estabeleciam. Roxbury voltaria a ser um belo nome, e Dedham ou Randolph, nomes horríveis. E mais um bairro residencial iria desaparecer.

"Vocês dois mataram Marion", disse Roland.

Ficamos calados.

"Vocês achavam que isso iria me agradar? Que com isso eu manteria distância de vocês?"

"Não", disse eu. "A coisa não tinha nada a ver com você no momento, Roland. Ele enchia nosso saco. Só isso."

Ele me fitou, depois voltou o olhar para além do terreno. Não estávamos muito longe dos edifícios em ruína nos quais ele nos perseguira na noite anterior. Em toda a nossa volta, havia apenas edifícios em ruína e umas poucas áreas de expansão urbana. E isso não muito longe de Beacon Hill.

Ele pareceu ler meus pensamentos. "É isso mesmo", disse. "Estamos na porta de sua casa."

Olhei para trás, vi a silhueta dos edifícios que reverberavam ao sol da tarde, tão próxima que dava a impressão de que se poderia beijá-la. Eu me perguntava como seria viver ali onde estávamos, tão perto da cidade, sabendo que nunca se poderia desfrutar suas benesses. Não de graça. Alguns quilômetros e um mundo de distância.

"Pois é", respondi.

Roland disse: "Vocês não vão poder continuar fazendo isso conosco para sempre. Não vão poder nos segurar".

"Roland, não fomos 'nós' que o criamos. Não tente pôr também a culpa disso no 'homem branco'. Seu pai e você fizeram de você o que você é."

"E o que eu sou?", perguntou ele.

Dei de ombros. "Uma máquina de matar de dezesseis anos."

"Isso mesmo", disse ele. "Isso mesmo." Ele deu uma cusparada no chão, à esquerda do meu pé. "Mas nem sempre fui assim."

Pensei no menino magro das fotografias, procurei imaginar que pensamentos benevolentes e mesmo esperançosos lhe passavam pela cabeça antes que alguém os queimasse, sobrecarregando o circuito de forma a que o bom desse lugar ao mau. Olhei para o homem de dezesseis anos à minha frente, aquela pedra bruta, maciça, com o olho machucado e o braço engessado. Eu nunca conseguiria, em toda a minha vida, juntar os dois.

"Sim", disse eu. "Bem, todos fomos meninos um dia, Roland." Olhei para Angie. "Meninas também."

"Os brancos...", disse Roland.

Angie deixou cair a bolsa e disse: "Roland, não vamos ouvir essa história besta de 'homem branco'. Sabemos tudo sobre o homem branco. Sabemos que ele tem o poder e que o negro não tem. Sabemos como o mundo funciona e sabemos que ele está podre. Sabemos de tudo isso. Também não estamos nem um pouco satisfeitos com isso, mas é assim. E se por acaso você tiver algumas sugestões de como melhorar as coisas, teríamos o que discutir. Mas você mata as pessoas, Roland, e você vende crack. Não espere que as pessoas se comovam".

Ele sorriu para ela. Não era o riso mais caloroso que vira na vida — Roland tem tanto calor quanto a calota polar —, mas também não era de todo frio. "Talvez, talvez", respondeu. Ele coçou a pele logo acima do gesso, com a outra mão. "Você deixou... aquele troço fora dos jornais, por isso deve achar que lhe devo um favor." Ele olhou para nós. "Mas não é o caso. Eu não devo nada a ninguém porque não peço nada." Ele esfregou a pele ao lado do olho machucado. "Mas também não vejo mais razão para matar vocês."

Tive que lembrar a mim mesmo que ele tinha dezesseis anos.

"Roland, deixe-me perguntar uma coisa", disse-lhe.

Ele franziu o cenho, pareceu aborrecido de repente. "Pode falar."

"Todo esse ódio, toda essa raiva que você sente... será que diminuiu um pouco quando você soube que seu pai tinha morrido?"

Ele fez rolar um pedaço de tijolo com o pé e deu de ombros.

"Não. Talvez se eu mesmo tivesse apertado o gatilho... nesse caso acho que sim."

Balancei a cabeça. "Acho que as coisas não funcionam assim."

Ele chutou outro pedaço de tijolo. "Não", ele disse. "Acho que não." Levantou o olhar para além do mato e dos edifícios do outro lado do terreno, para além dos blocos de tijolos quebrados, eriçados de metal soldado que apontavam como bandeiras.

Seu império.

"Vão para casa vocês dois. Vamos nos esquecer mutuamente."

"Certo", respondi, mas com a impressão de que eu nunca iria esquecer Roland, mesmo depois de ler seu obituário.

Ele balançou a cabeça, mais para si mesmo que para nós, e foi andando. Tinha subido num montículo de lixo industrial quando parou, de costas para nós. Em algum lugar, não muito longe dali, uma sirene soou, com um som cavo. "Minha mãe era uma pessoa boa. Uma pessoa honesta."

Segurei a mão de Angie. "Era sim", respondi. "Mas ninguém nunca precisou dela."

Seus ombros fizeram um leve movimento: quem sabe um leve sacudir, quem sabe outra coisa. "Não se pode dizer o contrário", disse Roland recomeçando a andar. Ele atravessou o terreno enquanto o observávamos, ficando cada vez menor à medida que se aproximava dos conjuntos. Um príncipe solitário a caminho do trono, perguntando-se por que o gosto do poder não era tão doce quanto poderia ser.

Vimos Roland desaparecer no vão de uma porta escura, enquanto uma brisa — fresca para aquela estação do ano — vinha do oceano, passando pelos edifícios, passando por nós com seus dedos gelados que desgrenhavam nossos cabelos e arregalavam nossos olhos, avançando para o coração da cidade. A mão quente de Angie apertou a minha, demos meia-volta, contornamos o entulho e seguimos a brisa em direção à nossa parte da cidade.

ESTA OBRA FOI COMPOSTA PELA SPRESS EM GARAMOND E IMPRESSA PELA GEOGRÁFICA EM OFF-SET SOBRE PAPEL PRINT MAX DA VOTORANTIM PARA A EDITORA SCHWARCZ EM NOVEMBRO DE 2001